文 澜 学 术 文 库

本研究受教育部人文社会科学研究项目资助

项目批准号：11YJA751104

朱恒 著

旷代同调

—— 中国诗学论争的符号学考辨

社会科学文献出版社
SOCIAL SCIENCES ACADEMIC PRESS (CHINA)

总　序

　　中南财经政法大学新闻与文化传播学院建院虽然只有十余年，但院内新闻系、中文系和艺术系所属学科专业都是学校前身中原大学 1948 年建校之初就开办的，后因院系调整中断，但从首任校长范文澜先生出版《文心雕龙讲疏》开始其学者生涯，到当代学者古远清教授影响遍及海内外的台港文学研究，本校人文学科的研究可谓薪火相传、积淀丰赡。

　　1997 年，学校重新开办新闻学专业，创建新闻系，相关学科专业建设开始步入新的发展阶段，2004 年，新闻与文化传播学院组建。近年来，在学校建设"高水平、有特色的人文社科类研究型大学"的发展目标的指引下，中文系和艺术系相继在 2007 年和 2008 年成立，人文学科迅速得到恢复和发展。

　　为了检阅本院各学科研究工作的实绩，进一步推动研究的深入和学科的发展，我们将继续编辑出版本院教师系列学术论著"文澜学术文库"丛书。

　　丛书以"文澜"命名，一是表达我们对老校长范文澜先生的景仰和怀念，二是希望以范文澜先生的道德文章、治学精神为楷模以自律自勉。

　　范文澜先生曾在书斋悬挂一副对联："板凳要坐十年冷，文章不写一句空。"这种做学问的自律精神在今天更显得宝贵和具有现实意义。《文心雕龙讲疏》是范文澜先生而立之年根据在南开大学的讲稿整理完成的第一部学术著作，国学大师梁启超为之作序："展卷诵读，知其征证详核，考据精审，于训诂义理，皆多所发明，荟萃通人之说而折衷之，使义无不明，句无不达。是非特嘉惠于今世学子，而实大有勋劳于舍人也。"学术研究之意义与价值，贵在传承文明、承前启后、继往开来、推陈出新。范文澜先生之《文心雕龙讲疏》后又经多次修订，改名《文心雕龙注》以传世，作者有着严谨的学风、精益求精的精神，实为吾辈楷模。正因如此，其著作乃成为《文心雕龙》研究史上集旧注之大成、开新世纪之先河的里程碑式的巨著。

　　先贤已逝，风范长存。高山仰止，景行行止。虽不能至，然心向往之。

　　是为序。

胡德才

2015 年 7 月 6 日于武汉

目　录

第一章

所指偏向与能指偏向

中国文学的历史其实也是一部文学论争的历史，历朝历代的文学流派、文学运动背后都有一群或真实或假想的对手。这些对手有时处在同一个场域，腹诽面净，不依不饶；有时又悬隔多代，无风起浪。一些声名显赫的诗人或被后世奉为立论的宗主，或成为攻讦的靶子。这些论争看似偶然发生，彼此似无关联，但如果仔细考辨，就会发现论争的产生不仅具有相似性，而且具有必然性，恰似"花开而谢，谢而复开"（叶燮：《原诗》），呈现出旷代而同调的文学特征。对这种趋势具有自觉意识的是周作人，在当时整个时代都对看似无所依傍、横空出世的新文学运动不吝赞美之词的时候，他却敏锐、直接地指出："那一次的文学运动（即公安派对前后七子的反拨——引者注），和民国以来的这次文学革命运动，很有些相像的地方，两次的主张和趋势，几乎都很相同。更奇怪的是，有许多作品也都很相似。"[1] 事实上，"主张和趋势""都很相同"且"作品也很相似"的文学运动并不是只有这两次。陈子昂的振臂一呼，对"兴寄""风骨"的倡导；中唐元白的新乐府运动及韩柳的古文运动，以及晚近于坚对知识分子写作的挞伐等：似乎之间都有

---

① 周作人：《中国新文学的源流》，江苏文艺出版社，2007，第27页。

着某种前后相续的脉络。循着这个思路，继续回溯，明末的"那一次的文学运动"和中唐元白的"主张和趋势"也几乎相同，而元白与陈子昂、李谔的主张也多有渊源；如果再往后梳理，不仅胡适的主张与公安派如出一辙，于坚的"口语写作"主张也似乎不过是元白、三袁的现代翻版。他们的真实论敌或假想论敌则为另一脉：沈约、温李、王禹偁、宋祁、黄庭坚及江西诗派、前后七子、闻一多及与于坚争得不可开交的知识分子写作派等。而且，有趣的是，他们的"主张和趋势"也很相同，而"作品也很相似"。仔细梳理文学史，就会发现历代的文学运动、文学论争的主角都大体是这两派。文学史书写中，大多展示了这些论争，但常将其视为个别的、偶然的发生，对论争双方的知识背景、理论来源缺乏足够的清理，如果能够厘清论争回合背后的共性，不仅有助于我们把握中国文学流变的本质，也有助于我们对当下及今后中国文学发展的方向也会有更清晰的认识。

第一节 诗学论争的两派溯源

既然是论争，当然有论争的双方。但我们观察的视角并不局限在特定的某场论争中，而是对文学自觉时代以来重要的论争进行梳理、分析、比对、归纳，进而发现中国文学史上的重要文学运动具有相似性，即论争的主要内容大体相同，对辩方的攻击点基本一致，尽管跨越了年代，仍然可以将对阵双方通过类型的抽象划归两个阵营。中国诗学正是在相对立的这两股力量抗衡、斗争的过程中向前推进的。

文学中有着两种对立的风格，这样的观察很早就有。孔子对语言有两个几乎完全相反的看法：他一方面说，"辞达而已矣"（《论语·卫灵公》）；另一方面又说，"志有之，言以足志，文以足言。不言谁知其志？言之无文，行而不远"（《左传·襄公二十年》）。"辞达"与"言之有文"显然是相悖的不同追求，困扰后世多年，并引发了对孔子语言观长久的争论。当然孔子在这里谈的并不是书面的文学写作，而是"言""辞"问题，即口头表达问题。后世将孔子关于"君子"的一段表述，即"质胜文则野，文胜质则史，文质彬彬，然后君子"（《论语·雍也》）与文学风格结合起来，简言之就是"文派"和"质派"。孔子虽然没有谈论文章的写作、风格、流派等，但"文派""质派"与"文质彬彬派"很好地反映了文学论争的实际和文学的最高理想。后世的论争本质上大多也只是"文派"与"质派"的变体。

在孔子时代，文学还只是大而概之的混沌概念，今天意义上的文学尚未出现。孔子的提法可看作是对文学的隐喻性描述，是君子之道与文学之道的暗合。魏晋以降，文学进入了"文学自觉时代"（literature for it's own sake），文学不再仅仅是载道的工具，文章虽仍是"经国之大业，不朽之盛事"（曹丕：《典论·论文》），但不少人已经开始将眼光聚焦在文学本身。文学自身的存在价值开始凸显，"玩"文学的人开始增多。既然"道"已经不再是考评文学的标准，什么样的文学是好文学，什么样的诗歌是好诗歌，人们给出的答案就不尽相同了。

文学史上很少有作家、诗人得到了历朝历代一以贯之的认可，不少诗人都是在悬隔多代后才找到知音。比如陶渊明，沉寂几百年后突然在宋朝开始得到认可。苏轼对陶诗赞不绝口，其对陶诗"质而实绮，癯而实腴"的评价几成公论。王国维给予的评价更高，"屈子之后，文学上之雄者，渊明其尤也"（王国维：《文学小言》第 11 则），认为陶渊明成了唯一可与屈原比肩的诗人。但事实上陶渊明从他生活的年代直至宋朝，被人提及的常常并不是其诗歌成就，而是隐逸情怀及"不为五斗米折腰"的气节。《文心雕龙》臧否了大量作家、诗人，却对陶渊明未与置评；《诗品》也仅将其诗列为中品，认为其作"文体省净，殆无长语，笃意真古"，评价中性，并无推崇。唐宋以后，不知是陶渊明诗歌的价值显现出来，还是当时人们读诗品位有了改变，陶诗渐成经典。诗还是那些诗，为何对它的评价差距就那么大呢？从对陶渊明的选择性忽视到选择性拔高，反映出的其实恰恰是不同时代、不同文学观对同一诗人的不同看法。换句话说，在陶渊明被忽视的几百年里，一定另有与陶诗风格不同的诗歌风格主导了诗坛；而苏轼时代抬高陶诗，也是因为彼时诗风已经发生了变化，陶诗才终于在宋代遇到了知音。陶诗的接受史是值得深究的课题。根据对陶诗的态度，就可以将对陶诗评价不高的划归为一派，他们的风格与陶诗风格正好相左，姑且命名为"倒陶派"；而将苏轼及宋诗以后追捧陶诗的划归为另一派，他们的风格与陶诗正好暗合，暂且称之为"拥陶派"。

如果说，陶渊明的接受史反映的是文学观、诗学观的历时争论，有时在共时场域也会出现纷争，那么关于杜甫的评价，每个时代都有不同的声音。杜甫也是在宋代才开始享有极高的声誉的，虽然"李杜优劣"的论争未有止息，但杜甫绝对是当之无愧的伟大诗人。对于杜甫，比如身处同一时代、私交甚好的胡适和废名就有着几乎完全不同的看法。在倡导白话文运动的胡适眼里，虽然他也认为"杜甫是唐朝第一个大诗人"，但却认为杜诗的"好处"，"都在那些白话了的诗里，这也是无可疑的"。[1] 对杜甫的那些前无古人、后无来者的律诗，胡适表现出了完全的否定，说《秋兴八首》"其实也都是一些难懂的诗谜。这种诗全无文学价值，只是一些失败的诗顽艺儿而已"[2]。但废名却偏偏对《秋兴》钟爱有加，尤其喜爱

---

[1] 胡适：《国语文学史》，安徽教育出版社，2006，第35页。
[2] 胡适：《白话文学史》，骆玉明导读，上海古籍出版社，1999，第212页。

那些"难懂的诗谜",并称其为"文字禅"。可见,以杜诗为对象,固然有大量的"拥杜派",同时也有胡适这样的"倒杜派"。如果抛开对具体的诗人的评价,从总体上来看待中国文学的发展,并对所有论争进行清理后,我们发现,中国诗学论争的两派不仅确实存在,而且每一派都有着各自的脉络。

文学研究者从不同角度对这两个阵营命名。周作人认为文学从宗教里分离出来后,形成了"言志派"和"载道派"两种不同潮流,而且,"这两种潮流的起伏,便造成了中国的文学史"①。最有意思的是,周先生在追溯文学发展的历程中,不自觉地展示了两派各自的渊源。他认为,胡适与晚明公安派就有着思想上的一脉相承性。周先生说:"他们(公安派)的主张很简单,可以说和胡适之先生的主张差不多。"为了揭橥二者本质上的一致性,周先生幽默地说:"所不同的,那时是十六世纪,利玛窦还没有来中国,所以缺乏西洋思想。假如从现代胡适之先生的主张里面减去他所受到的西洋的影响,科学,哲学,文学以及思想各方面的,那便是公安派的思想和主张了。而他们对于中国文学变迁的看法,较诸现代谈文学的人或者还更清楚一点。理论和文学都很对很好,可惜他们的运气不好,到清朝他们的著作便都成为禁书了,他们的运动也给乾嘉学者所打倒了。"② 照周先生的观点,后世认为胡适所发动的那场"我国历史上前所未有的一次伟大而彻底的文学革新运动"③,不仅前有古人,而且后有来者,不仅不新鲜,而且还比不上公安派"清楚"。而以作品的相似性来划分,则"胡适之,冰心,徐志摩的作品,很像公安派的,清新透明而味道不甚深厚"。至于救公安之弊的竟陵派,周先生也为他们找到了旷代的"同道","和竟陵派相

---

① 周作人:《中国新文学的源流》,江苏文艺出版社,2007,第16~18页。
② 周作人:《中国新文学的源流》,江苏文艺出版社,2007,第22页。
③ 钱理群、温儒敏、吴福辉:《中国现代文学三十年》,北京大学出版社,1998,第12页。

似的是俞平伯，和废名两人，他们的作品有时很难懂，而这难懂却正是他们的好处"，更为重要的是，"然而奇怪的是俞平伯和废名并不读竟陵派的书籍，他们的相似完全是无意中的巧合"。① 周作人先生以自己对中国文学史的熟稔及跳出细节的宏观视野，将中国文学史的两派展示得异常清楚。我们要做的就是为这两派添加更多的名单。尤其是周先生谈及俞平伯、废名和竟陵派的相似之处时，说俞平伯、废名"并不读竟陵派的书"，然后说他们的相似"完全是无意中的巧合"，笔者以为这里很有推究的价值，二者之间并无直接甚至间接师承关系，作品却呈现出了相似性，难道真的全是巧合？如果俞平伯、废名与竟陵派是巧合，难道胡适、冰心、徐志摩与公安派"很像"也仅仅是巧合？多重的巧合，背后必有规律，试图破解这个规律也是本书的主要动因及目的。总之，在周先生看来，中国文学的"两派"分别是"言志派"和"载道派"。

钱钟书先生在《谈艺录》开篇即对中国诗歌做了最为概括的分类："诗分唐宋。"中国后世的文学史研究者，不知受何影响，常将文学的断代与政治的断代合二为一，所以教科书充斥着"先秦文学""西汉文学""东汉文学""魏晋南北朝文学""唐代文学""宋代文学""元明清文学"以至当下的"现代文学""当代文学"等称谓，似乎文学的流变史就是朝代的更替史。而事实上，唐诗并未在唐亡的那一年刎颈，宋词也没有在宋灭的那一天投江，元曲也没有在元终的那一刻噤声。因此，从宏观的视野看，整个中国文学史是从未中断、一脉相承的自己的历史。即便政权上异族入侵、同宗篡权，但文学史却从未有过断裂。可以说，中国文学历史的连续性比汉人自己历史的连续性要更完整一些。钱钟书先生也是在这个意义上提出其"诗分唐宋"的宏论的。"余窃谓就诗论诗，正当本

---

① 周作人：《中国新文学的源流》，江苏文艺出版社，2007，第27页。

体裁以划时期，不必尽与朝政国事之治乱盛衰吻合。"① 也就是说，从文学的角度看文学，从诗的角度看诗，诗是由"唐诗""宋诗"这两种类型的诗构成的。"唐诗、宋诗，亦非仅朝代之别，乃体格性分之殊。天下有两种人，斯分两种诗"；"唐诗多以丰神情韵擅长，宋诗多以筋骨思理见胜"。最振聋发聩的是，唐诗、宋诗之分并不以惯常的政权更替为本，"非曰唐诗必出唐人，宋诗必出宋人也"，不仅唐代有宋诗，宋代有唐诗，而且唐前宋后都有唐诗、宋诗。与周作人相同的是，钱先生在这里也对一些代表性的诗人进行了分类，他认为："唐之少陵、昌黎、香山、东野，实唐人之开宋调者；宋之柯山、白石、九僧、四灵，则宋人之有唐音者。"② 以钱先生的看法，诗学论争的双方不过是唐诗派或宋诗派的拥护者。这种超越时代、社会、体裁、题材等而纯以诗歌自身的"性格体分"为分类标准的做法，不仅十分大胆，而且是切中肯綮的。钱先生的观点与清代袁子才的"诗无唐宋"看似相左，其实一也。袁枚所谓的"诗无唐宋"，反对的是惯常的基于朝代的"唐诗""宋诗"。在《答施兰论诗书》中，袁枚说："夫诗无所谓唐宋也。唐宋者，一代之国号耳，与诗无与也。诗者，各人之性情也，与唐宋无与也。"钱先生的"诗分唐宋"的"唐""宋"不是朝代、国号的"唐""宋"，而是格调上的"唐""宋"。持同样观点的还有吴宓。按钱先生的讲法，他与吴宓是各自分别得出这个相同的观点的，不是相互启发或相互影响的结果。这更加证明了"诗分两派"不仅是中国诗歌的实际，而且是影响不少人诗学观点的方法论。

　　废名既是诗人又是讲授诗歌的教授，不仅对中国旧诗、新诗创作都有着切身体验，而且还对其做出了极深入的学理探寻。废名与胡适分别是笔者概括的两派的代表人物，二人的诗学观点交锋随处

---

① 钱钟书：《谈艺录》（补订重排本），生活·读书·新知三联书店，2001，第2页。
② 钱钟书：《谈艺录》（补订重排本），生活·读书·新知三联书店，2001，第3页。

可见（后文将详述）。与周作人先生一样，废名认为不应该将"白话诗"运动视为没有传统，好似无所依傍的文学运动。而对后世文学史评价甚高的胡适之的"白话诗"运动，废名首先指出，胡适的"前提夹杂不清，他对于已往的诗文学认识得不够"，而对胡适所认为的"已往的诗文学就有许多白话诗，不过随时有反动派在那里做障碍，到现在我们才自觉了，才有意的来这么一个白话诗的大运动"的观点，废名认为胡适之先生"只是从两派之中取了自己所接近的一派，而说这一派是诗的正路"。① 废名关于胡适的白话文、白话诗运动的渊源、本质的看法是十分精辟、透彻的，尤其对中国现当代文学史研究者有着极重要的启发意义。白话文、白话诗运动是否真的应该享有当下教科书给予的崇高声望？是否真的超越了文学史上的历次文学运动？抑或只是过去无数次文学运动的现代循环？也许在喧嚣退去后，历史自会给出不同的答案。不算巧合的是，废名也是"诗分两派"，其"两派"分别是，"'元白'易懂的一派同'温李'难懂的一派"，并且认为这是旧诗向来有的"两个趋势"。② 废名不仅确立了两派各自的"盟主"，而且将胡适划归为"元白易懂派"。"元白易懂派"的对立面自然就是"温李难懂派"，因此胡适对李商隐的诗评价不高，甚至大加贬抑，也就在情理之中了。废名的这番推理充满了真知灼见，消解了胡适在白话文运动中被过度拔高的重要性，因为，胡适"只是从两派之中取了自己接近的一派，而说这一派是诗的正路，从古以来就做了我们今日白话新诗的同志，其结果我们今日的白话新诗反而无立足点，元白一派的旧诗也失其存在的意义了"③。废名与周作人的观察对象不同，视角各异，但结论却相当接近：周先生眼里的"清新透明而味道不甚深

① 《新诗十二讲——废名的老北大讲义》，辽宁教育出版社，2006，第 25～27 页。
② 《新诗十二讲——废名的老北大讲义》，辽宁教育出版社，2006，第 25～27 页。
③ 《新诗十二讲——废名的老北大讲义》，辽宁教育出版社，2006，第 25～27 页。

厚"不就是"易懂"吗？"胡适之，冰心，徐志摩的作品，很像公安派的"，不是同样也很像"元白"的吗？而"废名、俞平伯"及"竟陵派"显然就是"温李难懂派"。可见，诗分两派并不是偶然性的结论。

　　在对六朝诗歌的研究中，孙康宜拈出的"两种互相反对的力量"是"表现"（expression）和"描写"（description）。借用这一组源自 20 世纪 80 年代美国文学批评界的术语，孙康宜对陶渊明、谢灵运、鲍照、谢朓、庾信等诗人的"个人风格"进行了"检验"。他将陶渊明视为"重新发扬诗歌的抒情传统"的诗人，而认为谢灵运是"创造新的描写模式"的代表人物。简而言之，陶渊明是"抒情派"的代表人物，谢灵运则是"描写派"的代表人物。如果按照孙康宜自己解释的："现代人所谓的'表现'，其实就是中国古代诗人常说的'抒情'，而'描写'即六朝人所谓的'状物'与'形似'。"①简而言之，不管理论资源来自何处，孙康宜的"诗分两派"中的"两派"是"抒情派"和"描写派"，其代表人物分别是陶渊明和谢灵运。具体解释一下，孙教授所说的"抒情派"就是借助语言表达自己真实情感的诗歌；而"描写派"更多是借助文字传达情感以外的东西，即所谓"状物""形似"。这两派，从表现对象看，也可称为"内派"与"外派"；从表现工具看，就是"言派"和"文派"。如果对六朝前后做更仔细的辨别、区分，多数诗人大体是可以划归这两个派别的。应当注意的是，这两个派别并不是绝对对立的，其对立性只是在某些特定的时候和特定的诗人身上表现出来，多数情况下，诗人大多兼具这两种风格，只是有时候侧重有所不同。更多的时候，"表现"（抒情）和"描写"（状物）处于相互吸引、转化的共生状态，"中国古典诗歌就

---

①　孙康宜：《抒情与描写：六朝诗歌概论》，钟振振译，上海三联书店，2006，中文版序。

是在表现与描写两种因素的互动中，逐渐成长出来的一种既复杂又丰富的抒情文学"①。这样，陶诗、元白的诗、宋诗，胡适、于坚等的诗就是"抒情派"；而六朝诗歌，杜律，温李、黄庭坚的诗，知识分子写作的诗就是"描写派"。

近来还有许多研究者借用西方文论成果考察中国诗歌，如江弱水先生就是"想拿西方诗学的试纸，来检测一下中国古典诗的化学成分"②。江先生借用的是西方的"现代性"理论试纸，分析的是他认为具有现代性特质的"唐诗和宋词中的六位重要作者，杜甫、李贺、李商隐、周邦彦、姜夔、吴文英"，如果不是误读江先生的话，我们其实也可以将上述六位作者方便地称为"现代派"。但"现代派"显然不是中国古典诗歌的全部，"只不过这是一些高标挺秀的树，代表了整个林子里十分显眼的一大种类"。江先生也承认，与这一大种类对立还有另一种类，指的是"陶潜、李白、苏轼、辛弃疾"等属于"古典式写作的伟大传统"的诗人，为方便起见，我们将这一大类诗人称为"古典派"。这样，江先生的两派就是"现代派"和"古典派"了。应该说，从风格或江先生所说的"写作传统"来看，上列两派是确实存在的，并且在不少论述中，大家也会给出类似的划分，只是给两派分别戴上"现代派"和"古典派"的帽子，颇有时空错乱之感。一则，对"现代""现代性""现代主义"这些范畴的内涵、外延尚未有一致看法，并且如作者老师黄维樑先生所质疑的那样："各时代有各时代不同的现代性，如果一定要在一切时代的公约数上来概括出现代性的本质来，应该怎样做才是？"（后序一）再则，尽管作者给出了定义及种种辩驳，黄先生仍然认为"现代性"这一名称"有时代不正确之弊"。但不管怎样，江先生对杜甫、李贺、李商隐、周邦彦、姜夔、

---

① 孙康宜：《抒情与描写：六朝诗歌概论》，钟振振译，上海三联书店，2006，中文版序。
② 江弱水：《古典诗的现代性》，生活·读书·新知三联书店，2010，绪论。

吴文英六人写作风格内在一致性所做的爬梳剔抉的确具有开创之功，而用"现代性"作为串珠之线，将这六位分属不同年代的诗人划归同一类型，是极具学术勇气和眼光的。笔者细读江先生颇费苦心的论述后，第一觉得将杜甫、李贺、李商隐、周邦彦、姜夔、吴文英这些诗人的诗歌风格用马拉美、瓦雷里、波德莱尔、艾略特等西方"现代派"诗论家的观点来印证的确有"荒诞"的感觉；第二是上述六位诗人的所谓"现代性"写作其实就是"文字性"写作。延伸一下，江先生所说的陶潜、李白、苏轼、辛弃疾的"古典性"写作其实就是"语言性"写作，只是，辛弃疾不是特别明显地体现了这一点，其他三位笔者后文都有论述。

我们相信，这样类似的将中国古典诗歌分成"某某派"和"某某派"的表述还有很多，但有一点，如果将前述所有分类再整合一下，我们发现，尽管提出者所处年代不同，视角不同，知识背景不同，但一是两派各自涵盖的重要诗人大体相同，如都将陶渊明、公安派、元白等归为一派；而沈约、李商隐、黄庭坚等似乎又可归为一派。二是两派诗人的各自的总体特点也大致接近。将前面罗列的观点梳理一下，则"质派""言志派""宋诗派""易懂派""抒情派""古典派"差不多是一派，陶渊明、公安派、元白等必定是这几派的共同"明星"；而"文派""载道派""唐诗派""难懂派""表现派""现代派"则有着不少的共同特点，如果添加具有这样的创作实践或理论倡导的诗人或诗论家的名单的话，沈约、李商隐、黄庭坚等大约均会入选。如果将古代、现代、当代文学史打通，在前面一派（"质派"）还可以添加胡适、以于坚为代表的口语派诗人等；而后一派（"文派"）则可以将废名、知识分子写作派涵盖其中。

笔者对上述"两种潮流"或"两个派别"的表述深表认同，但"沿波以讨源"，上述命名要么只是文学书写的策略选择，如

"言志"与"载道","抒情"与"表现";要么是诗人诗作的风格显现,如"唐诗"与"宋诗";要么是读者接受问题,如"难懂"与"易懂":总之,似乎尚未触及文学发展的根本,即造成这些对立性因素的深层原因。上述两派诗人的出身背景、社会地位、政治生涯的穷达均不相同,是什么促使他们做出上述选择,自觉或不自觉地将自己的观念、创作归于某类?中国诗歌这个"一"是因为什么而分成了"二"(两派)的?我们以为,这与上述作家、诗人的语言观及语言立场有关。

"文学是语言的艺术"似乎已成公理,但这个表述其实不够严密。因为在哪个层面使用"语言"十分重要。如果"语言"指的是"说的话",则"语言"的艺术不是文学,而是演讲。文学自觉时代的诗歌的一个重要特点就是,诗不再是像《诗经》"歌诗三百"那样是唱出来的,而是"写"出来的。这样,"语言"就是"说话"与记录"说话"的文字的结合体了。因此,似乎也可以说,文学是文字的艺术,但为了方便,本书认为"语言"是以文字形式呈现的语言,文学是语言的艺术,隐含的意思也是文学是写作的艺术。但不管怎么说,诗人在创作时,都是以语言、文字为载体和质料的,尤其是文学自觉时代以后,文字的重要性得到了凸显。(注:修订书稿时,笔者在伦敦大学亚非学院图书馆查阅到蔡英俊先生的《中国古典诗论中"语言"与"意义"的论题——"意在言外"的用言方式与"含蓄"的美典》一书,里面有与笔者极为近似的论述,现予转引,以证明对"文学是语言的艺术"论断的质疑并非孤例。蔡先生认为:"在文学艺术的场域中,一旦论及'表现'的议题,则相关的论述除了探索'表现的内容是什么'之外,也必然牵涉到'表现活动所凭藉的媒介为何',因此也就关系到对于语言文字特质的陈述。然而,就'文学做为一种语言的艺术'此一命题而言,一般学者即倾向于把有形的文字视为语言所表出的声音的一种记录，因而将'语言'与'文字'两者合而为一，不甚细辨其间的异同。究实而言，语言与文字的分合现象在中国文化传统的历史发展中，其实是一个十分复杂的问题。根据高友工先生的意见，尽管在春秋战国之际文字早已相当普及，然而，当时的文化现象似乎仍然是围绕着'言、说'的实际活动而生，并不是如后世所强调的以'文、辞'为根据。因此，严格说来，春秋战国之际是'口说文化'与'文字文化'两种传统并存的时代，并且由是而绵亘不断，形成中国文化的一个特色，进而影响到此一文化各个不同的层面。如果就整体的历史发展来看，那么对于语言与文字现象的沈思与反省，当然构成汉代文化的一种总体的倾向，只是此时以'文字文化'系统为中心所发展的文化论述也逐渐取得优势。"①)

非常可惜的是，多年来文化、文学研究者很少有将"口语"与"文字"区分开来进行深入研究的。一是因为"口语"过耳不留，很难再现，所以研究起来很困难。二是我们在文字中浸淫日久，要恢复不要文字或没有文字侵入的口语状态（沃尔特·翁称之为"原生口语文化"，也就是"尚未触及文字的文化"）已经是基本不可能的了。即便是语言研究者也是如此。沃尔特·翁就对此十分不满："现代语言学的各个派别都十分注重语音，尽管如此，它们却很少注意原生口语文化（primary orality）与书面文化的差别，即使有所注意，那也是前不久的事情，而且他们的研究也是一曝十寒，偶尔为之。"②

任何文化都是口语文化先于书面文化，但我们却完全忽视了口语文化的地位，好像口语文化根本不曾存在过一样。口语和文字都

---

① 蔡英俊：《中国古典诗论中"语言"与"意义"的论题——"意在言外"的用言方式与"含蓄"的美典》，台湾学生书局，2001，第 42~43 页。

② 〔美〕沃尔特·翁：《口语文化与书面文化：语词的技术化》，何道宽译，北京大学出版社，2008，第 1 页。

是重要的"媒介",按麦克卢汉的观点,"媒介即讯息"。即媒介本身才是真正有意义的讯息。麦克卢汉说:"所谓媒介即讯息不过是说:任何媒介(即人的任何延伸)对个人和社会的影响,都是由于新的尺度产生的;我们的任何一种延伸(或曰任何一种新技术)都要在外面的事务中引进一种新的尺度。"① 人类只有在拥有了某种媒介之后才有可能从事与之相适应的传播和其他社会活动。媒介最重要的作用就是"影响了我们理解和思考的习惯"。因此,对于社会来说,真正有意义、有价值的"讯息"不是各个时代的媒体所传播的内容,而是这个时代所使用的传播工具的性质、它所开创的可能性以及带来的社会变革。人类的历史不过是媒介塑造的历史,麦克卢汉认为,人类历史的划分是由媒介决定的。媒介有三种类型:以听觉为主导的口头媒介、延伸视觉的文字或印刷媒介、无所不包的电力媒介。因而人类历史的断代就应该是相应的三个时期:部落化时期、非部落化时期、重新部落化时期。这三个时期里,人们的组织方式、思维方式、行动方式均受到当时媒介的影响与规约,分别与当时的媒介形态相契合。比如说麦克卢汉认为文字与印刷术的结合就直接产生了"民族主义、个人主义、宗教改革、装配线及其后代、工业革命、笛卡儿和牛顿的宇宙观、艺术中的透视、文学中的叙事排列"②。这当然是具有颠覆性的结论。在惯常的思维中,各种主义、哲学、艺术手法及文学表达都是社会"发展"的产物,是"自然而然"地出现的,人是立法者和最终的尺度。殊不知在麦克卢汉眼里,这一切不过是媒介的产物。在 20 世纪 60 年代,这些观点简直耸人听闻,当时很多人将麦克卢汉视为"怪人",但今天网

---

① 〔加拿大〕马歇尔·麦克卢汉:《理解媒介——论人的延伸》,何道宽译,商务印书馆,2000,第 33 页。

② 〔加拿大〕马歇尔·麦克卢汉:《理解媒介——论人的延伸》,何道宽译,商务印书馆,2000,第 238 页。

络、手机这些新媒介对我们生活的塑造、支配、控制、改变已经证明了麦克卢汉伟大的预见性，从媒介的角度反思文化、文学、艺术的研究也正日益增多。对文学创作而言，使用什么样的媒介直接决定着"理解和思考的习惯"，文学会表现出因媒介而生的种种特点；文学发展的内在动力取决于媒介；某些文体会出现（也只能出现）在特定的时代同样是由媒介决定的。我们无意否定人在其中的重要性——毕竟媒介也是人创造、发明的，但媒介一旦出现，它就不会仅仅外在于人，而会内化到人的生活中。

在麦克卢汉列举的 26 种媒介里，口语、文字都赫然在列。但在中国传统的语言观里，语言、文字都只是工具。正如《庄子·外物》篇说的那样，"筌者所以在鱼，得鱼而忘筌；蹄者所以在兔，得兔而忘蹄；言者所以在意，得意而忘言"，语言、文字只是记录思想（"意"）的工具。在这样的语言观的支配下，语言、文字处于从属地位，拥有"意"的作者被赋予了崇高的地位。但人与语言究竟是什么关系，语言是否仅仅是人可以任意操纵的工具，如筷子、铁锹一般？自 20 世纪 80 年代西方英美哲学宣称哲学的"语言转向"（linguistic turn）（注：有人译为"语言学转向"，其实是不够准确的，"linguistic"固然有"语言学的"的意思，但"哲学的语言学转向"在字面上给人错觉，让人以为语言学研究取代了哲学研究；而其实，英美哲学的本意是语言而不是语言学成为哲学研究的重要内容及视角。笔者认同王一川教授翻译的"语言论转向"[1]。当然，译为"语言转向"也是可以的）。语言的本体研究，语言与人的关系问题，语言与文明形态、政治形态的关系问题等逐渐进入哲学视野，并成为重要的哲学课题。维特根斯坦、海德格尔、施莱尔马赫等都是靠对语言问题的研究获得了哲学声望。语言、文字并

---

[1] 王一川：《语言乌托邦之诞生——语言论转向与 20 世纪西方美学》，《北京师范大学学报》（社会科学版）1995 年第 1 期。

不是外在于我们的工具，吊诡的是，也许我们只不过是语言的工具。语言固然是人创造的，但对个体的人而言，语言是先于我们存在的。对个体的我们而言，我们来到这个世界之前，语言已经延续了无数年。拉康与海德格尔都曾有过"不是人说话，而是话说人"的表述，这个表述是相当深刻的。美国的杰姆逊（Fredric Jameson）认为：

> 在过去的语言学中，或是在我们的日常生活中，有一个观念，以为我们能够掌握自己的语言。语言是工具，人则是语言的中心，但现代语言学正是在这个意义上成为一场哥白尼式的革命。……结构主义宣布：说话的主体并非控制着语言，语言是一个独立的体系，"我"只是语言体系的一部分，是语言说我，而不是我说语言。①

如此一来，语言、文字的特点决定了语言、文字使用者（诗人们）的语言观，而自觉不自觉的语言观又让诗人们的创作呈现出特定的样态。换句话说，前述的"文派""载道派""难懂派""表现派"等与"质派""言志派""易懂派""抒情派"的对立只不过是不同语言观或语言立场的对立。

第二节　诗学论争两派形成的语言学根据

通过前面的梳理、分析，我们发现将中国诗歌分为两派是极其常见的做法，不同时代都有研究者发现一些诗学理论、主张或诗歌

---

① 〔美〕杰姆逊：《后现代主义与文化理论——杰姆逊教授讲演录》，唐小兵译，陕西师范大学出版社，1986，第28～29页。

呈现的特征具有相似性。如果我们不是简单地将这些相似性归为"巧合"的话，就必然会探究这些多次出现的"巧合"背后的深层动因。

一种"文"学、一种"文"化、一种"文"明的出现、发展、定型，是与"文"的出现有着极为密切的关系的。这个"文"其实就是文字。过去的数十年，在辩证唯物主义观和历史唯物主义观的影响下，我们将"人民"视为历史前进的推动力量，这当然是正确的结论。但是，既然是"文"明，"文"才是让人"明"的先决条件，一种"文明"的"明"的程度与形式是受制于"文"的。有什么样的"文"，就有什么样的"文"明。从这个意义上讲，秦始皇的"书同文"政策已经预先设定了中华文化的走向。我们先看文字与文明、文化的关系。史作柽在《哲学人类学序说》中曾提出，"要探索全人类之历史文明必须通过对文字的省察来"，他说：

> 欲观人类文明，惟有把握文字。因单一符号，并无记录历史之可能：纯形式之科学，本身具有反历史之性质，亦不能与整体之历史直接关联。能正面记录、成形，并有前瞻性创造之可能者，厥唯文字。整个文明的形成、说明、记录与批评，亦皆以文字出之。……文字的创造，代表人类以自由而创造的心灵，进行了对"观念如何表达"的探索。所以，观察文字如何被创造，也就了解了文明创始之真相。[1]

龚鹏程的《文化符号学：中国社会的肌理与文化法则》也是"旨在说明中国语文与中国历史文化发展的内在联系，故由对文字

---

[1] 史作柽：《哲学人类学序说》，第16～24章，仰哲出版社，1988，转引自龚鹏程《文化符号学：中国社会的肌理与文化法则》，上海人民出版社，2009，第151～152页

符号的解析，指向文化传统，进行文学与文化批评，一方面建构一个新的符号学规模，一方面则以此符号学来展开我对中国'文字—文学—文化'一体性结构的总体解释"①。史作柽先生为文明找到了文字解释的路径，而龚鹏程教授则直接将文字、文学、文化联系在了一起，认为三者是"一体性结构"。史、龚二人理论大的哲学背景是德里达的文字学转向，同时在中国古代小学那里找到了思想支撑。我们得到的启示是，一些文化现象、文学现象是否应该到语言、文字那里去寻找解释的依据。有鉴于此，笔者认为，中国文学论争周而复始的发生，第一，绝不是巧合，第二，也应该有其文字上的动因。

关于"文学"，定义颇多，各不相同，但章太炎先生给文学下的定义是："文学者，以有文字著于竹帛，故谓之文；论其法式，谓之文学。"② 在章太炎先生眼里，文学是文字之学，即如何处理文字排列的问题，初看似觉偏颇，细察则深表认同。文学与非文学的区别首先就是文字问题。而文学与文字的关系，章先生认为，"文学之始，盖权舆于言语"，故强调治文学"宜略识字"，"世有精练小学拙于文辞者矣，未有不知小学而可言文者也"。③ "小学"当然是文字训诂之学，没有文字功底是谈不上文学的。因此汉字可能是破解文学奥秘的锁钥。

与其他语言相比，汉语有些什么"独得之秘"呢？关键就在汉字与汉语的关系上。对西方的语言与文字的关系，索绪尔在《普通语言学教程》里有过极为清晰的表述："语言和文字是两种不同的符号系统，后者唯一的存在理由是在于表现前者。语言学的对象不

---

① 龚鹏程：《文化符号学：中国社会的肌理与文化法则》，上海人民出版社，2009，再版序。
② 章太炎：《国故论衡》，上海中西书局，1924，第91页。
③ 章太炎：《文学说例》，《新民丛报》第5册，1902年4月。

是书写的词和口说的词的结合，而是由后者单独构成的。"① 显然，索绪尔的结论是站在拼音文字的角度上做出的。在该教程中，索绪尔也谈到了汉语和汉字，首先，他认为，世界上只有两种文字体系，汉字属于表意体系，"一个词只用一个符号表示，而这个符号却与词赖以构成的声音无关。这个符号和整个词发生关系，因此也就间接地和它所表达的观念发生关系。这种体系的典范例子就是汉字"。"对汉人来说，表意字和口说的词都是观念的符号；在他们看来，文字就是第二语言。在谈话中，如果有两个口说的词发音相同，他们有时就求助于书写的词来说明他们的思想。"② 作为语言学家，索绪尔对汉语与汉字的观察是极有见地的，非常深刻地揭示了汉字的特点，对汉语的语法研究提供了极好的思路。遗憾的是，不少语言研究者并不重视索绪尔的这个观点，相反却将他"限于表音体系"的语言理论照搬到汉语研究中，用"洋框框"窒碍了汉语研究的活力。只有重新重视汉字在汉语中的重要性，汉语研究才有可能取得突破，激发研究活力，汉语文学的一些问题、弊端也才有解决的可能。比如郜元宝教授就认为，中国现代文学的症候是"普遍的粗糙"，而原因正是"现代文学的发端，是传统语言文字的衰亡，是知识分子对母语自信心的丧失，是新语言形成的过于仓促，是作家们急于表达他们认为最重要的'思想感情'而普遍视语言文字为雕虫小技，这就决定了中国现代文学普遍的粗糙"③。"汉字是汉人的第二语言"，索绪尔也在提醒我们，汉语文学也应该体现"汉字"性。

---

① 〔瑞士〕费尔迪南·德·索绪尔：《普通语言学教程》，高名凯译，商务印书馆，1980，第47~48页。

② 〔瑞士〕费尔迪南·德·索绪尔：《普通语言学教程》，高名凯译，商务印书馆，1980，第50~51页。

③ 郜元宝：《为什么粗糙？——中国现代知识分子语言观念与现当代文学》，《文艺争鸣》2004年第2期。

晚清后，中国知识界在反思社会落后的原因时，认为西方侵略是因为中国落后，中国落后是因为中国人受教育程度低，即"智民"少，"智民"少是因为汉字太难。"汉字不灭，中国必亡"几成当时知识界共识。梁启超就认为汉字是"美观而不适用"的"文"，拼音文字是"适用而不美观"的"质"。他说："中国文字畸于形，宜于通人博士，笺注词章，文家言也。外国文字畸于声，宜于妇人孺子，日用饮食，质家言也。二端对待，不能相非，不能相胜，天之道也。"① 梁启超从"文"与"质"的角度看出了两种语言表达效果的差异，是极其敏锐、深刻的，也是与书面汉语和其他语言之间实际存在的差异相符合的。问题在于，"外国文字畸于声"的论断虽然正确，但"中国文字畸于形"的论断则多少有些似是而非。

持同样观点的并不只有梁启超，胡适也认为"汉字乃是视官的文字，非听官的文字"，理由是，"凡一字有二要，一为其声，一为其义：无论何种文字，皆不能同时并达此二者。字母的文字但能传声，不能达意，象形会意之文字，但可达意而不能传声。今之汉文已失象形会意指事之特长；而教者又不复知说文学。其结果遂令吾国文字既不能传声，又不能达意。向之有一短者，今乃并失所长"。② 胡适的说法显然是受了西方语音中心主义文字观的影响，得出了"无论何种文字，皆不能同时并达此二者"的武断结论，忘记了中国传统文字学中，"字"的得名就是因为"形声相宜"，"形旁"就是"义符"，乃达意之工具。

在外国人甚至不少中国人的印象中，汉字就是象形字。实则未必。如一些汉学家对汉字给出了截然相反的论断。《剑桥中国文学史》中柯马丁撰写的第一章，就对人们对汉字的误解做了"澄

---

① 倪海曙：《清末汉语拼音运动编年史》，上海人民出版社，1959，第49页。
② 胡适：《胡适古典文学研究论集》，上海古籍出版社，2013，第174页。

清"。"有一定数量的汉字明显源于象形文字。这一事实造成了人们对汉字的一种误解，以为汉字总体上是象形文字（事物的形象）或表意文字（观念的形象）。应该说，汉字是一种记号（logographs），将汉语语言书写为文字。汉字主要代表的不是观念，而是声音；总的说来，汉字的功能，与其它书写系统的字母或字符相同，虽然更加繁琐一些。"① 也就是说，在柯马丁眼里，汉字不仅不是"畸于形"，而且跟拼音文字一样，是"畸于声"的，即"汉字主要代表的不是观念，而是声音"。这当然又走到了另一个极端，是戴着声音中心主义的有色眼镜在看问题。

从汉字造字的"六书"（其实只有前"四书"是造字法，后两书与字的构造并无关系，且占比极小）来看，在《说文解字》收录的9353个汉字中，据清代朱骏声《说文通训定声》统计，象形字不过364个，所占比例仅为3.9%，即便加上125个指事字、1167个会意字，总占比也不到20%。也就是说，80%以上的汉字是通过形声造字的方法造出的。这就意味着，说"中国文字畸于形"是不合汉字实际的。在《说文解字序》中，许慎非常明确地指出："仓颉之初作书，盖依类象形，故谓之文；其后形声相宜，即谓之字。"严格地说，"象形字"的表述是不准确的，纯象形者乃"文"者，非"字"也。"字"之为字，就是因为字本身就是"形声相宜"，既不"畸于形"也不"畸于声"。而且，从某种意义上讲，正是通过形声造字法，汉字巧妙解决了"畸于形"与"畸于声"的矛盾，不仅让汉字与汉语发生了联系，而且让汉字既能"畸于形"也能"畸于声"。可以想象，如果不是形声造字法的出现，汉字迟早会如其他早期象形文字那样走上"畸于声"的拼音化道路。

---

① 孙康宜、〔美〕宇文所安主编《剑桥中国文学史》（上卷，1375年之前），刘倩等译，生活·读书·新知三联书店，2013，第29页。

关于中国文字的特点，钱穆先生有一段论述是极切合汉语、汉字实际的：

中国人最早创造文字之时间，今尚无从悬断。即据安阳甲骨文字，考其年代已在三千年以上。论其文字之构造，实有特殊之优点，其先若以象形开始，而继之以象事（即指事），又以单字相组合或颠倒减省而有象意（即会意）。复以形声相错综而有象声（即形声，或又称谐声）。合是四者而中国文字之大体略备。形可象则象形，事可象则象事，无形事可象则会意，无意可会则谐声。大率象形多独体文，而象事意声者则多合体字。以文为母，以字为子，文能生字，字又相生。孳乳寖多，而有转注。转注以本意相生，本意有感不足，则变通其义而有假借。注之与借，亦寓乎四象之中而复超乎四象之外。四象为经，注借为纬，此中国文字之所谓六书。一考中国文字之发展史，其聪慧活泼自然而允贴，即足象征中国全部文化之意味。

故中国文字虽原本于象形，而不为形所拘，虽终极于谐声，而亦不为声所限。此最中国文字之杰出所在。故中国文字之与其语言乃得相辅而成，相引而长，而不至于相妨。夫物形有限，口音无穷。泰西文字，率主衍声。人类无数百年不变之语言，语言变，斯文字随之。如与影竞走，身及而影又移。又如积薪，后来居上。语音日变，新字叠起。文字递增，心力弗胜。数百年前，已成皇古。山河暌隔，即需异文。欧洲人追溯祖始，皆出雅里安种。当其未有文字之先，业已分驰四散，各阅数千年之久。迨其始制文字，则已方言大异，然犹得追迹方言，穷其语根，而知诸异初本一原。然因无文字记载，故其政俗法律，风气习尚，由同趋异，日殊日远。其俗乃厚己而薄邻，荣今而蔑古，一分不合，长往莫返。

至于中国，文字之发明既早，而语文之联系又密。形声字，于六书占十之九。北言河洛，南云江漾，方言各别，制字亦异。至于古人言厥，后世言其。古人称粤，后人称曰，亦复字随音变，各适时宜。故在昔有右文之编，近贤有文始之绪，讨源文字，推本音语。故谓中国文字与语言隔绝，实乃浅说。惟中国文字虽与语言相亲接，而自具特有之基准，可不随语言而俱化，又能调洽殊方，沟贯异代，此则中国文化绵历之久，镕凝之广，所有赖于文字者独深也。①

之所以要引用钱穆先生这么长的一段表述，是因为笔者觉得这些年来从事汉语研究、文学研究的，极少有人对汉语、汉字的特点有如此真切的认知和体验。钱穆先生受旧学熏染既深，对中国传统文化、文字也有着强烈的民族自豪感；既不同于鲁迅、钱玄同等人当年对汉字欲除之而后快的急切，也不同于今世某些汉语研究者唯西洋语法马首是瞻的奴颜。更重要的是，钱先生对汉语、汉字的观察具有极强的解释力，尤其是对汉字与汉语之间关系的阐释与索绪尔的相关表述是暗合的，而以为中国文化的"绵历之久"，"所有赖于文字者独深也"的结论又显然具有了极高的文化学视野。

形声字很好地解决了汉字与汉语的关系问题，其"形声相宜"，但是，"相宜"虽然表面上做到了"统一"，但"形"与"声"也经常会展现出其"对立"与"相互转化"的一面。形声字由形旁（有的也称为"意符"）和声旁（也可叫"声符"）共同构成，但在有的情况下，比如用作对外来词译音的记录时，形声字的"形"（意符）就会消失、脱落，而仅仅成为一个纯粹的声音符号。如

---

① 钱穆：《中国文学论丛》，生活·读书·新知三联书店，2002，第2~4页。

"沙"就是形声字，"氵"表明"沙"与"水"有关，但在记录英文"sofa"的译音"沙发"时，"沙"就仅仅成为一个声音"shā"，与"水"没有丝毫关系。所以，索绪尔说："表意文字很容易变成混合的：某些表意字失去了它们原有的价值，终于变成了表示孤立的声音的符号。"① 但这个说法不是特别准确，因为这些表意字并不是单向度地从"形声相宜"变成"畸于声"，这只是在记录声音时的一种临时变通，说明汉字也有"畸于声"的功能。

如前所述，形声字的大量出现，其实已经解决了汉字与汉语的关系问题，或者说解决了声音与视觉的矛盾问题，汉字表声能力大幅提高，以至于有人像前述柯马丁那样，认为汉字代表的不是观念，而是声音。其实质就是只看到汉字的"有声性"，即记录语言的功能。但我们始终不要忘记索绪尔对我们的提醒，即便是在文字唯一的存在理由是在于表现语言的"表音体系"里，"书写的词常跟它所表现的口说的词紧密混在一起，结果篡夺了主要的作用；人们终于把声音符号的代表看得和这符号本身一样重要或比它更加重要。这好像人们相信，要认识一个人，与其看他的面貌，不如看他的相片"②。索绪尔的意思是，只要文字出现，即便是以记录语言为全部使命的文字的出现，文字都会最终"僭夺它无权取得的重要地位"③。"表音体系"的文字尚且如此，本身就是"第二语言"的汉字，"这倾向更为强烈"。最终，"文字遮掩住了语言的面貌，文字不是一件衣服，而是一种假装"④。以汉字为例，很多文字，我们并

---

① 〔瑞士〕费尔迪南·德·索绪尔：《普通语言学教程》，高名凯译，商务印书馆，1980，第51页。
② 〔瑞士〕费尔迪南·德·索绪尔：《普通语言学教程》，高名凯译，商务印书馆，1980，第48页。
③ 〔瑞士〕费尔迪南·德·索绪尔：《普通语言学教程》，高名凯译，商务印书馆，1980，第50页。
④ 〔瑞士〕费尔迪南·德·索绪尔：《普通语言学教程》，高名凯译，商务印书馆，1980，第56页。

不需要知道它的读音，仅凭字形就可猜到意义（当然，很多字也能猜到大致的读音，所谓"认字认半边"）。这样，本是记录语言的文字离开了语言，以自己的面貌呈现，也就是"畸于形"。

在这里，我们找到了"表意"体系和"表音"体系文字的共同之处，即文字都会对语言造成影响，甚至改变语言。但两种体系中文字影响语言的程度是不一样的。以拼音文字为代表的"表音"体系中文字虽会篡夺语言的地位，但总体而言，影响的广度、深度都是有限的。而在以汉字为代表的"表意"体系中，文字对语言的影响是长久的、深远的。

关于语言，索绪尔的另一个伟大贡献在于他提出了"能指"和"所指"这一对范畴，以此来描写语言，分析语言。在论述"能指"和"所指"关系时，索绪尔特别强调，"把这种具有两面性的单位比之于由身躯和灵魂构成的人，是难以令人满意的"，而"比较正确的是把它比作化学中的化合物，例如水。水是氢和氧的结合；分开来考虑，每个要素都没有任何水的特性"。[①] 在这里，索绪尔特别提醒他的读者，能指和所指并不是简单的"构成"或"结构"关系，而应该是一种"化生"关系。也就是说，能指、所指之间的关系并不是板滞的、僵死的固定结构关系，而是动态的、弹性的甚至是压制与反压制的变量关系，笔者称之为"能指、所指的双向滑动"。[②] 借用这一组范畴，我们就可以将"表音"体系的语言总体描写为"所指偏向型"语言。在这类语言中，"意义"是所指，将"意义"外化、物化的声音就是能指，而记录声音的文字是能指的能指。由于其文字纯粹因记录声音而生，文字没有自身的价值，在能指—所指关系中，所指的重要性大于能指，处于支配地

---

① 〔瑞士〕费尔迪南·德·索绪尔：《普通语言学教程》，高名凯译，商务印书馆，1980，第 147 页。
② 朱恒：《语言的维度与翻译的限度及标准》，《中国翻译》2015 年第 2 期。

位，笔者将这类语言称为"所指偏向型"语言。而"表意"体系的语言，文字既可记录声音，也可有自己相对独立的地位，如汉语。其中一个表现就是，有时并不知道一个字的读音，但并不影响阅读，从字形就能大概知道其字义。在这类语言的能指—所指关系里，能指并不具有绝对重要性（不知道读音也没关系），能指的能指本身已经含有意义（通过字形可猜出字义），我们将这类语言命名为"能指偏向型"语言。通常意义上，人们一般会认为以英语为代表的印欧语系的语言是所指偏向型语言；而以汉语为代表的表意语言则是能指偏向型语言。但汉语的情况要复杂一些。因为汉字的"形声相宜"性，汉字"畸于形"时就是能指偏向型语言，"畸于声"时就与英语一样成了所指偏向型语言。这里要特别注意度的区别，因为"形声相宜"只是理想状态，实际运用中，或多或少都会有"形"或"声"的偏向。只要偏离没有超越容忍之度，文学革命、文学运动就不会发生。

这是就索绪尔在语言与文字的关系上对"表音体系"和"表意体系"得出的整体性的结论。也就是说，总体而言，"表音体系"的语言是"所指偏向型"语言；"表意体系"的语言则是"能指偏向型"语言。汉语的复杂性也正在于汉语与汉字之间可离可合的关系，以及构成汉字主体的形声字"畸形畸声"的特质。晚清时贤攻讦汉语"言文不合"者颇多，其行为合理与否，须与当时大的时代背景结合起来考量，我们不能仅以今天的眼光简单地予以置评。但"言文不合"四个字是极精准地概括了汉语、汉字的实际情况的，如果我们不从语言学上对"言文不合"与"言文合一"做出价值判断，"言文不合"带给我们的客观信息是，汉语存在两套话语体系，即"言"的话语体系和"文"的话语体系。问题在于，这两套话语体系又共用同样的一套文字。废名就特别指出过，"元白"易懂的一派同"温李"难懂的一派，"都是在诗的文字之下变戏法。他们的不同大约是他们的辞汇，总决不是他们的文法。而他们的文法又决不是我们白话文学的文法。至于他们两派的诗都是同一的音节，更是不待说的了"①。废名的意思是，用同样的文字体系，可能造成完全不同的两派诗歌："易懂"派和"难懂"派。二者的区别其实就是"畸于声"与"畸于形"的问题，"畸于声"的语言"易懂"，"畸于形"的语言"难懂"。倒推一下就是，"元白"一派就是"畸于声"派，"易懂派"；"温李"一派就是"畸于形"派，"难懂派"。总之，虽同样用汉字，但由于汉字既可表音又可表意的双重属性，我们就不能简单地将汉语划归为"能指偏向型"语言。就实际情况来看，汉语既可能是"能指偏向型"也可能是"所指偏向型语言"，未发生偏移时，即"偏向"的度不为人所察觉时，我们称它为"能所相宜型"。这样，汉语诗歌就会基于语言的特点呈现出三种特征，可划分为三种类型："能所相宜型"、"能指偏向型"和"所指偏向型"。巧合的是，郭绍虞先生很早就将中国文学划分为三种类型。在《新文艺运动应走的新途径》一文中，郭先生说："中国的文学正因语言与文字之专有特性造成了语言与文字之分歧，造成了文字型，语言型，与文字化的语言型三种典型之文学。"② 套用一下我们前面的术语，郭先生的"文字型"也可以叫作"畸形型"，也就是"能指偏向型"；而"语言型"就是"畸声型"，即"所指偏向型"；"文字化的语言型"则为"形声相宜型"。如果个别诗人或者整个时代的诗歌呈现的都是"形声相宜"的创作风貌时，自然不会有文学论争、文学运动的发生，因为论争总是出现在偏执一端的时候。但是，"形声相宜"毕竟只有极少数天才型的诗人才能达到，因此，斗争是长期的，绝对的。

---

① 《新诗十二讲——废名的老北大讲义》，辽宁教育出版社，2006，第 26 页。
② 《中国语言与文字之分歧在文学史上的演变现象》，载郭绍虞《照隅室古典文学论集》（上编），上海古籍出版社，2009，第 489 页。

总之，诗歌写作的本质问题是符号问题，是语言操作问题。汉语诗歌与英语诗歌的不同源自语言（文字）的不同。《诗经》即便拥有了"经"的地位，也不能称作"文学的自觉"，根本原因就是其文字的参与程度较轻或者没有文字参与。我们今天读到是经过整理的文字形式的《诗经》，它与当初的"歌""弦""舞""颂"融合的口头的《诗经》已经不是一回事了，套用索绪尔的说法：文字的《诗经》只是口头《诗经》的照片。

"字"虽有形有声，但形声相宜时少，形声不相宜（要么"畸于形"，要么"畸于声"）的情形多，于是"畸于形"派与"畸于声"派就出现了，汉语诗歌绵力不绝的论争也就出现了。但毕竟"畸于形"与"畸于声"的表述过于笼统，流于印象，用索绪尔的能指、所指范畴来表达更为清晰，即汉语诗歌论争的根本原因是汉字的侵入，造成了能指偏向型语言和所指偏向型语言，汉语诗歌的论争始终围绕着这两种语言的斗争，其他所有论争的焦点都可以划归到这两种语言名下。

第三节　诗学论争发生的动力机制

"诗分两派"的标准是什么呢？或者说，"两派"之间的论争是以什么为中心发生的？又是什么促成了中国文学史上周而复始的文学论争呢？这就涉及文学论争发生的动力机制了。

袁枚虽然反对"诗分唐宋"，但认为"诗者，各人之性情也，与唐宋无与也"（袁枚：《答施兰论诗书》）。如果要为诗歌分类，袁枚的标准就是"人之性情"，即"性情派"和"非性情派"。事实上，袁枚的"性灵说"就是表明自己是站在"性情派"一边的，也即"性灵派"。而与他自己看法不同的，袁枚虽然没有给出明确的名称，但我们大致可以称之为"非性灵派"。从动力机制的角度看，袁枚认为诗歌有不同派别、不同看法是因"人之性情"而起的。

钱钟书先生也是从"人"的角度提出"诗分唐宋"的。他说，"天下有两种人，斯分两种诗"；而这两种人，按钱先生的说法是"本乎人质之'玄虑'、'明白'"，这个说法来自刘邵。为了更准确地说明何为"玄虑"，何为"明白"，钱先生认为它们与西方的心理学术语 introvert 和 extrovert 大体接近。用今天的话说就是"内向"和"外向"两种"性格"——"性格"是现代名称，其实就是袁枚的"性情"。具体而言，就是"高明者近唐，沉潜者近宋"[①]。在钱先生看来，不同的人写出不同的诗歌，或者对诗歌有不同的审美态度，是因"夫人禀性，各有偏至"[②] 造成的。

持与袁枚、钱钟书相同观点的诗评家还有不少。"性情说"或"禀性说"是有一定合理性的——任何艺术都是与人的禀赋、天性有关的。但一方面，即便人都可划归为上述两类性格，但人的"高明"还是"沉潜"并不是静止的、凝固的存在，而是会随着阅历、环境、认知、氛围等外在因素发生变化的。世界上并无绝对的内向性格和外向性格，我们也很难将一个人的性格简单定位为内向或者外向。钱先生自己也认为："一集之内，一生之中，少年才气发扬，遂为唐体，晚节思虑深沉，乃染宋调。若木之明，崦嵫之景，心光既异，心声亦以先后不侔。"[③] 这样的话，将人的性格定位为"内向"或"外向"就不太可靠了；而且，对一个人而言，少年时的诗多为"唐诗"，晚节时的诗则多为"宋诗"，那也就不存在什么"唐人开宋调，宋人有唐音"的现象了，倒好像应该是"少年染宋

---

① 钱钟书：《谈艺录》（补订重排本），生活·读书·新知三联书店，2001，第 2 页。
② 钱钟书：《谈艺录》（补订重排本），生活·读书·新知三联书店，2001，第 2 页。
③ 钱钟书：《谈艺录》（补订重排本），生活·读书·新知三联书店，2001，第 3 页。

调，晚节有唐音"，而这也不符合绝大多数诗人诗歌创作的实际。另外，性格都必须借助一定的手段来表现。对诗人而言，能够借以判断其属于"高明"或"沉潜"的只有他的诗，更具体地说，是只有他的诗歌的文字。因此，变幻不居的"性情"或"禀性"只有借助于文字才能够看清并得以分析。而且，如前所述，诗可以分为"唐宋"，还可以有其他很多划分，"性格""禀性"并不能将它们都统一起来。比如于坚说的："诗歌中始终存在着两种倾向的斗争。古代亦然。诗歌之身与形而上的'言志'倾向的斗争。歌德所谓生命之树和理论之树的斗争。天才的诗人写作和读者的知识写作的斗争。有性的，生殖创造着的身体写作和无性的，只是对知识的形而上体系加以修辞式证实的写作的斗争。后者的力量更强大，它有着体制、制度、现时代、图书馆和历史造就的读者的广泛的支持，前者是孤独的、自生自灭的、非时代的、非历史的，它仅仅靠自己的力量呈现自己。它会被历史选择，但更会被历史淹没。非历史是它的力量之源，但进入历史或被历史遗忘都由不得它。"① 将"诗歌之身""生命之树""天才的诗人写作""有性的，生殖创造着的身体写作"与"形而上的'言志'倾向""理论之树""读者的知识写作""无性的，只是对知识的形而上体系加以修辞式证实的写作"之间的不同归因于性格的不同，显然过于简单化了。因为，这些特征只是表象，背后具有决定性作用的因素正是语言——如果不仅仅把语言看作工具的话。

虽然因语言与文字的"分歧"而造成了"三派"，其中"形声相宜"派将汉字的"形""声"特点做了融会、变通、折中、调适，对二者各自的特点都进行了一定程度的抑制，也可以说其相互让步或相互彰显。没有突出的矛盾，也就不会有所谓的文学论争和

---

① 于坚：《拒绝隐喻》，云南人民出版社，2004，第93页。

文学革命了。所以，文学论争总是在"形声不相宜"的"畸于形"和"畸于声"之间发生。

　　以前，我们总认为，文学运动是一场双向的争斗，或像周作人所描述的那样："中国的文学，在过去所走并不是一条直路，而是像一道弯曲的河流，从甲处流到乙处，又从乙处流到甲处。遇到一次抵抗，其方向即起一次转变。"[①] 对周先生的这个观点，我却不是完全赞同的，因为纵观所有文学革命，都是语言扬言要革文字的命，或者说，是"所指偏向型"语言在革"能指偏向型"语言的命，而不是相反。文字从来没有公开宣扬要革语言的命——其实，打着"文字为语言服务"的旗号，文字已经在不经意间偷偷将权力转移到自己这里，"文字遮掩住了语言的面貌，文字不是一件衣服，而是一种假装"[②]。当语言终于发现，本应"代表"自己的文字完全挤压了自己的生存空间，才发现上了文字的当，于是一场争取语言自身权利的运动便发生了。换言之，中国文学史上的重要文学运动的实质都是要将语言从文字那里解放出来，从而焕发语言被文字禁锢了的活力。

　　为什么会这样呢？这里面的深层动因完全可以用索绪尔的"字母（文字）的暴虐"理论来解释。索绪尔认为，一旦有了文字，必定会带来两个结果：第一个结果是，"文字遮掩住了语言的面貌，文字不是一件衣服，而是一种假装"；第二个结果是，"文字越是不表示它所应该表现的语言，人们把它当作基础的倾向就越是增强；语法学家老是要大家注意书写的形式"，从而造成"好像书写符号就是规范"。[③] 对汉语而言，文字对语言的遮蔽更为严重，直接表现

---

① 周作人：《中国新文学的源流》，江苏文艺出版社，2007，第 17 页。
② 〔瑞士〕费尔迪南·德·索绪尔：《普通语言学教程》，高名凯译，商务印书馆，1980，第 56 页。
③ 〔瑞士〕费尔迪南·德·索绪尔：《普通语言学教程》，高名凯译，商务印书馆，1980，第 56 页。

就是，几乎所有诗歌体裁都有一个"文人化"的过程，如早期乐府、词、曲最初都是民间的"唱词"，主要是口头创作、口头表演，受众接受的方式也主要是听。但后来这些东西都逐渐被文人"文"化，变成了书面（文字）创作，丧失了其最初出现的"口语"特质；接受方式也变成了看，听众变成了读者。后来的"新乐府运动"及"我手写我口"的诗学主张本质就是"去文字化"，希望借文字的表音功能，在一定程度上恢复诗歌的口语特点。

中国的文学运动，与其说是两派的斗争，不如说是"言"（口语）对"文"的纠偏。反映在文学创作与理论建设上，"能指偏向型"语言的支持者似乎基本没有自己的主张，只是创作实践中明显地表现出某种风格，而这些风格往往成为"所指偏向型"语言的支持者攻击的靶子。而"所指偏向型"语言的支持者在发动攻击时，则往往有大量的理由、理论，有时甚至极为偏激。比如现代文学史上的白话文运动，对文字型语言简直是要除恶务尽，赶尽杀绝，而文字型语言却似乎安坐如山，不屑还手。那么，又是什么造成了文学论争的这一特点呢？我们认为，这涉及诗之为诗的理论问题。本书之所以以文学自觉时代为讨论时段的起始点，就是想通过对"文学自觉"的考辨，进一步探寻文学之为文学、诗之为诗的动力机制。

"文学自觉"的观念最早是由日本汉学家铃木虎雄于1920年提出的，他认为，汉末以前中国人都没有离开过道德论的文学观，所以不可能产生从文学自身看其存在价值的倾向。他得出"魏晋的时代是中国文学的自觉时代"这一结论。主要证据，就是他对曹丕的《典论·论文》的分析。鲁迅1927年在《魏晋风度及文章与药及酒之关系》的演讲中也沿用了"文学的自觉"的说法。文学自觉的核心就是语言的自觉，更准确地说，是文字的自觉。在以"言志载道"为旨归的"文学"中，语言、文字只是"言志载道"的工具，呈现"志""道"这个所指才是终极目的，因而，"言志载道"的文学是所指偏向型文学。文学自觉时代则不同，"志""道"不再是文学表现的内容和目的，语言、文字自身的美才是诗人追寻的目标，骈文的盛行是其典型反映。郭绍虞先生认为："后来进到骈文时代，这才是充分发挥文字特点的时代。利用字形之无语尾变化，于是可讲对偶；利用字音之一形一音，有时一音一义，于是可讲声律。对偶是形的骈俪，声律是音的骈俪。再加文学的技巧，又重在遣词运典，剪裁割裂，以使错综配合，所以进到此期，文字的应用之能事已尽，可以说当时是文学语言以文字为工具而演进的时代。易言之，即此时代文学流变之原因之一，是在运用文字的技巧上的逐步演进。于是，当时的文学由辞赋时代进到骈文时代了。"[①] 这更加证明了"文学的自觉"实质上是文字的自觉，也可以说，是"能指偏向型"文学的极致。这其实为后世文学发展预设了一个主题，即文学自觉时代以来，文字偏向型的文学才是文学的正宗；当然，按龚鹏程先生的理论，掌握"文字"的"文人"又强化了文字的重要性，为"文学"制定了标准。

无独有偶，虽然文字类型有别，但西方关于"文学性""诗性"的探究也得出了与中国文论较为一致的结论。1921 年，语言学家罗曼·雅可布逊在以俄文发表的长文《最近的俄罗斯诗歌》中指出："文学研究的主体不是文学，而是'文学性'（literariness）；亦即：某作品成为文学作品的因素。"[②] 当然，什么才是让一部作品成为"文学"作品的因素呢？古今中外，探寻颇多。借用符号学"能指""所指"这一对术语，文学性语言可以被描述成"能指偏向型"语言，而日常语言，也称工具性语言，则可被描述为"所指偏向型"语言。与工具性语言"所指偏向"不同的是，"能指偏向

---

① 郭绍虞：《照隅室古典文学论集》，上海古籍出版社，2009，第 494～495 页。
② R. Jakobson, *Selected Writing*, Vol. V, Hague, Paris, New York, Mouton, 1979, 229–354.

型"语言并不以抵达所指为目的，甚至有意干扰能指通往所指的路径与行程，而将受众的注意力吸引到能指符号自身。形式主义诗学明确指出："如果说，日常语言具有能指（声音、排列组合的意义）和所指功能（符号意义），那么文学语言只有能指功能。"[①] 这里的文学撇开了文学其他属性，如虚构、想象、反映生活等，而将重点放在语言上。英国文学批评家特雷·伊格尔顿在追溯文学性时，曾对形式主义的文学观有过论述，他说：

> 也许，文学的可以定义并不在于它的虚构性或"想象性"，而是因为它以种种特殊方式运用语言。根据这种理论，文学是一种写作方式，这种写作方式，用俄国批评家罗曼·雅各布逊（Roman Jakobson）的话来说，代表一种"对普通言语所施加的有组织的暴力"（organized violence committed on ordinary speech）。文学改变和强化普通语言，系统地偏离日常言语。如果在一个公共汽车站上，你走到我身边，嘴里低吟着"Thou still unravished bride of quietness"（汝童贞未失之宁馨新妇），那么我立刻就会意识到：文学在我面前。我知道这一点是因为，你的话的组织（texture）、节奏和音响大大多于可从这句话中抽取的意义——或者，按照语言学家更为技术性的说法，这句话的能指（signifier）与所指（signified）之间的比例不当。你的语言吸引人们注意其自身，它炫耀自己的物质存在，而"你知道司机们正在罢工吗？"这样的陈述则并不如此。[②]

虽然伊格尔顿并不完全赞同形式主义关于文学性的论述，但通过他本人的这段转述、分析，我们仍然必须承认，文学性的核心是

---

① 朱立元主编《当代西方文艺理论》，华东师范大学出版社，2005，第47页。

② 〔英〕特雷·伊格尔顿：《二十世纪西方文学理论》，伍晓明译，北京大学出版社，2007，第2页。

"以种种特殊方式运用语言"。如果不是特别强调口语创作的话，则严格说来，文学性的核心就应该是以种种特殊方式运用"文字"。如前所述，西方文学理论也认为，文字偏向型是文学创作的正宗。胡适所提倡的"有什么话，说什么话；话怎么说，就怎么说。这样方才可能有真正白话诗，方才可以表现白话的文学可能性"[1]，其实质是基于一个"言文合一"的语言乌托邦，同时也是受到西方"声音中心主义"语言观浸染的结果。胡适的悖谬之处正在于他既希望清除文字的影响，又不得不借用文字来创作并阐述他的理论。

借用符号学的能指、所指术语描写不同维度的语言，便于我们看清能指、所指关系变动所带来的语言变动。其实，我们也可以方便地把所指偏向型语言称为"声音中心主义"，而把能指偏向型语言叫作"文字中心主义"。其矛盾的实质同样来自于语言与文字的离合。索绪尔认为，文字存在的唯一理由就是记录语言，但文字并不绝对服从语言，并且，还会"欺骗大众，影响语言，使它发生变化"，索绪尔称之为"字母的暴虐"[2]。语言和文字各自有自己的运行轨迹和速度，"语言是不断发展的，而文字却有停滞不前的倾向，后来写法终于变成了不符合于它所应该表现的东西"[3]。笔者认为，正是语言与文字之间的固有差异以及二者发展的不同步形成了历次文学运动、文学革命的动力机制。

语言与文字的不同，据孟华教授的研究，主要有"固态和气态"、"看与听"、"不在场性与在场性"和"替补与内在"。四组概念中，前面的是谈文字的，后面的就是讲语言的。所谓"固态"是指，"文字在一定意义上讲是凝结语言的固态符号，它的物理属性

---

① 胡适：《尝试集》，人民文学出版社，1984，第149页。
② 〔瑞士〕费尔迪南·德·索绪尔：《普通语言学教程》，高名凯译，商务印书馆，1980，第58页。
③ 〔瑞士〕费尔迪南·德·索绪尔：《普通语言学教程》，高名凯译，商务印书馆，1980，第52页。

外在于、独立于人的身体，是人的视觉功能的延伸，因此文字具有更强的可加工性"，"文字的固态性也叫物质铭刻性，它将瞬间转化为永恒"。而语言的"气态"则是语言"稍纵即逝，其传播受到时间和空间的限制"的特点。文字具有的"看"的特点是，"文字倾向于以可感、可视、形象、有理据的方式显示对象"；"听"是指语言"无形无状，仿佛是概念透明的载体，语音与概念之间是一种任意约定的关系"，这也同时带来语言的线性特点和文字的非线性特点。语言与文字的第三组差异则是"不在场性与在场性"。"在场"是重要的西方哲学术语，本身就源于语言的声音属性，所以也可以将其叫作"有声性"。"有声性"的意义在于，"只有发出声音，事物、思想和观念才能被唤出，才能实现自己的出场"，而文字"是以无声的方式表达语言的声音的，其间有一个由视觉符号转换为听觉符号的言此意彼的过程，即通过推迟语言在场的方式呈现语言"，对文本而言，文字使得书写性文本"切断了表达者与接受者、与语言、与语境的当下联系"，"使书写文本意义的产生由对语境的依赖转向对上下文即文字与文字关系的依赖"。最后一组差异是"替补与内在"。语言具有"内在性"，即"它内在于人的身体、内在于思想"；文字的替补性则表现在，"文字产生于语言的无能，它填补了语言的某些先天缺失，比如口耳相传的方式不利于保留历史记忆，人们便用各种碑刻性、图像性、仪式性符号或以文字为载体的典籍符号来弥补语言在记忆方面的缺陷。在语言无能为力的地方，文字出现了"。[①] 孟华教授的这些以符号学为基础的观点是极为深刻的，颇具哲学解释力，本书后面对不同诗歌风格即文学论争的解释都会从这里寻找学理上的依据。

简言之，文学自觉的核心是文字自觉，文字自觉强化了文学的

---

① 孟华：《文字论》，山东教育出版社，2008，第 56~62 页。

文字性倾向，即能指偏向性。而对文字的强化，必然削弱对语言的表现，没有语言作为源头之水，文字必然日益枯竭。所以，文学运动、文学革命的本质就是唤醒文字的语言功能，即所指偏向功能，恢复文字的声音功能。如果说，文字偏向型或能指偏向型语言的极致是骈文、律诗、"难懂"、"诗玩意儿"的话，所指偏向型语言的极致则往往会走到口语、日常语言、工具语言那里去，结果很可能消解诗与非诗的界限，得到"透明""不含蓄""莲花落"（学衡派对胡适白话诗的评价）等评价。

事实上，前述分类中有很多就是从语言的角度来分类的。废名的"易懂派"和"难懂派"就不用说了，即便是有些学者的"古典派"和"现代派"之分，语言也是其重要的分类标准。江弱水先生在其《古典诗的现代性》后序二里，谈到他自己的"宏观愿景""就是打算勾勒出中国古典诗歌内部的两大传统：一个是以陶潜、李白、韩、白、苏、辛为代表作家的，主要受古文与古诗影响的、着重语言秩序和意义传达的古典主义写作传统；一个则是从杜甫、李贺、李商隐到周邦彦、姜夔、吴文英的、主要受骈文与律诗影响的、着重文字凸现和美感经营的现代性写作传统"。[1] 在江先生看来，以陶潜、李白为代表的"古典派"，其写作特征正是"着重语言秩序和意义传达"。结合后文看，这里的"语言"显然是与文字相对的狭义的"语言"，而着重"意义传达"正是所指偏向；所以，"古典派"也是"语言派"，着重"意义传达"，也就是所指偏向派。而以杜甫、李商隐为代表的"现代派"，他们诗歌创作的外在表征也是"着重文字凸现和美感经营"。"着重文字凸现"自然就是能指偏向。因此，"现代派"就是"文字派""能指偏向派"。我们是不是也可以这样说，这些诗人的作品表现出"古典派"和

---

[1] 江弱水：《古典诗的现代性》，生活·读书·新知三联书店，2010，第312页。

"现代派"的一些特点，正是因为他们在语言和文字之间有意识地做出了选择？是语言和文字让他们的作品呈现出"古典"和"现代"的特点，而不是相反。该书作者对他的这一"分宗别派的结论"是充满学术自信的，认为"尽管有古今论者往往针对具体作家作品的大量的随感与偶谈加以支持，总还没有人从整体上这样讲过，所以，借用《文心雕龙·论说》中的表述，虽不敢说'师心独见，锋颖精密'，倒也算得上'多抽前绪'而后的'日新'之论"①。江先生的分类对前人众多分散的观察确有整合之功，只是不知道为什么那么清楚地点明了"语言"和"文字"是二者分别看重的东西，却不从此着手，却硬要为它们贴上"古典性"或"现代性"的标签。

本书将给予中国文学史上的文学运动、文学革命中的两派新的名称，即能指偏向派和所指偏向派。这样称呼的目的，一是避免传统用法的模糊性和歧义性，比如，"白话""口语"的提法都会造成误解，让人以为"白话""口语"都是真正意义上的"话""语"，忘记它们都是通过文字来实现的；二是便于后面运用语言学、语言哲学、符号学的一些理论来解剖文学革命，发现文学论争的共性，展望文学的新走势。正如前面说过的，你也可以将能指偏向型文学叫作文字中心主义文学，将所指偏向型文学叫作声音中心主义文学。我们也可以像魏建功先生那样，将这两派文学叫作"目治的文学"和"口治的文学"。巧合的是，魏先生也是以汉字与汉语的关系作为标准来划分的。他认为，正是汉字和汉语之间的"合而不合"造就了中国文学的两个演变中心，"一个是汉字的文学，一个是汉语的文学。汉字的文学形态便是上面所说的'目治的'文学，

---

① 江弱水：《古典诗的现代性》，生活·读书·新知三联书店，2010，第312页。

那两种'口治的'文学就是汉语的文学形态"①。于是，文字的、"目治的"就是"能指偏向"的；语言的、"口治的"、声音的、语言的也就是"所指偏向"的。同时，也可以将论争双方的一些重要人物排个队，大体而言，"能指队"有六朝诗人、沈约、庾信、温庭筠、李商隐、江西诗派、竟陵派、闻一多派与知识分子写作派等；与之对应的是"所指派"，有陶渊明、李谔、陈子昂、元稹、白居易、宋诗派、公安派、胡适派与以于坚、韩东为代表的"口语写作派"或"民间写作派"等。论述需要时，其也会涉及其他支持两派的诗人。

需要特别注意的是，虽然语言与文字、所指偏向型与能指偏向型之间的差异、对立是绝对的，但二者之间的统一也是频繁的、必然的。某个时期，某个诗人的诗歌、诗观没有在度上偏离过多，没有鲜明地体现出文字或口语色彩，文学运动则没有发生的动力。而且，对具体诗人而言，其作品与诗学观念、主张之间并非绝对重合。以元白为例，虽然他们发起了"新乐府运动"，提倡"文章合为事而著，歌诗合为事而作"，但他们同样创作了大量的律诗、"难懂"的诗。这与中国文人的"代言"传统有直接关系，五四时期那些提倡白话文的主张有不少就是用文言写的，比如，裘廷梁的《论白话为维新之本》就是如此。提倡白话的宣言，竟然用文言写成，不能不说是一种反讽。

第四节 "兼善"与"偏美"

什么样的诗才是好诗呢？《文心雕龙》臧否诗人颇多，认为做

---

① 《中国纯文学的形态与中国语言文学》，载《魏建功语言学论文集》，商务印书馆，2012，第434~438页。

到"兼善"的极少，曹植、王粲是其中的佼佼者。《章表》篇说："陈思之表，独冠群才。观其体赡而律调，辞清而志显，应物掣巧，随变生趣，执辔有余，故能缓急应节矣。"（《文心雕龙·章表》）刘勰在这里褒扬了曹植写"表"的水平，其实也是在阐释自亡的观点，他认为，诗性语言的运用，不仅要"体赡"而且还要"律调"；不仅要"志显"，而且还要"辞清"；"巧"因"物"而起，"趣"随"变"而生。而曹植的诗歌达到了"兼善"的高度。

钟嵘对曹植的评价是：

> 其源出于国风。骨气奇高，词采华茂；情兼雅怨，体被文质，粲溢今古，卓尔不群。嗟乎！陈思之于文章也，譬人伦之有周、孔，鳞羽之有龙凤，音乐之有琴笙，女工之有黼黻。俾尔怀铅吮墨者，抱篇章而景慕，映馀晖以自烛。故孔氏之门如用诗，则公干升堂，思王入室，景阳、潘、陆，自可坐于廊庑之间矣。（《诗品·魏陈思王植》）

这个评价可以说是古今中外诗人能够得到的最高评价了。而且，给出这样评价的并不是只有钟嵘一个人。《文心雕龙·明诗》说，"建安之初，五言腾踊，文帝陈思，纵辔以骋节"，并且在"诗有恒裁，思无定位，随性适分，鲜能通圆"的情形下，只有子建、仲宣做到了"兼善"。唐释皎然《诗式》对曹植的评价是："邺中七子，陈王最高。"明人胡应麟《诗薮》（内编卷二）则谓："其才藻宏富，骨气雄高，八斗之称，良非溢美。"黄侃先生认为曹植的诗"五彩缤纷而不脱里闾之质"（黄侃：《诗品讲疏》）。"五彩缤纷"就是"文字游戏"的结果，属"文"；"里闾歌谣之质"则为语言尤其是口语创作的特点，属"质"。曹植的诗歌将文字性和语言性完美结合起来了，当然应该归为"上品"。今人葛晓音在《八代诗史》中对曹植诗也有专门评价：

　　总的说来，曹植的诗歌……在中国古典诗歌从朴质无华的民歌转向文质兼备的文人诗这一发展阶段中，作出了巨大贡献。王世贞说："汉乐府之变，自子建始。"这一变化，一方面是指乐府由叙事转向抒情，另一方面指从朴质转向华茂。曹植继承发展了汉乐府的表现手法，善于刻划人物及其内心活动；并吸取诗经、楚辞、汉末文人诗的成就，运用比兴抒发情感，表现个性；同时又注意对偶、声律和雕琢辞藻，讲究声色和意境的描绘，工于起调和锻炼警句，从而丰富了中国诗歌的表现艺术，提高了文人诗直抒襟怀的能力。①

　　论者表述中的"一方面……另一方面……""继承发展了""并吸取""同时又注意"等，是明显的兼顾两端的表达方式，就是为了说明曹植的诗歌在做到"这"的时候没有忽视"那"，而在追求"那"的时候，也没有偏废"这"。此即"兼善"。所谓"兼善"，其实是做到了"骨"与"气"、"辞"与"情"、"雅"与"怨"、"文"与"质"、"今"与"古"等的高度统一。对汉魏诗歌评价，出现频率最高的术语莫过于"骨气"（也叫"风骨"）。对这个"玄之又玄"的术语的解释多种多样，但黄侃却认为，这其实是个言—意关系问题。黄侃说："文之有意，所以宣达思理，纲维全篇，譬之于物，则犹风也。文之有辞，所以摅写中怀，显明条贯，譬之于物，则犹骨也。必知风即文意，骨即文词，然后不蹈空虚之弊。"②"骨气奇高"，也就是对"言""意"关系的处理、调适达到极高水平，没有偏废。"言—意"关系其实也就是我所认为的"能指—所指"关系，"骨气奇高"也可以说是协调能指、所指关系的水平"奇高"。这当然不是件容易的事。文学史上，赢得如

---

① 葛晓音：《八代诗史》（修订本），中华书局，2007，第 54~55 页。
② 黄侃：《文心雕龙札记》，中华书局，1962，第 99 页。

此一致的赞誉的人屈指可数。

"兼善"如此之难,一般诗人,甚至《诗品》划归"上品"的诗人由于在协调语言符号的能指、所指关系时难免有所偏向,最终只能是"偏美":偏向"骨"的美或偏向"气"("风")的美。比如刘桢和王粲就分别是偏向"骨"和偏向"气"的代表。《诗品》认为刘桢的诗:"仗气爱奇,动多振绝。真骨凌霜,高风跨俗。但气过其文,雕润恨少。然自陈思已下,桢称独步。"(钟嵘:《诗品》)"气"为"文意","骨"为"文词","气过其文",即"文意"强于"文词",属"所指偏向型",属"质派"。王粲得到的评价则是:"其源出于李陵。发愀怆之词,文秀而质羸。在曹刘间,别构一体。方陈思不足,比魏文有余。"(钟嵘:《诗品》)评价的核心是"文秀而质羸",即"文词"优,而"文意"偏弱,即能指强于所指,为"能指偏向型",属"文派"。

虽然《文心雕龙》里认为好的诗文应该是"志足而言文,情信而辞巧,乃含章之玉牒,秉文之金科矣"(《文心雕龙·征圣》),即"志""情"与表达它们的"文""辞"都很重要,但在当时"俪采百字之偶,争价一句之奇,情必极貌以写物,辞必穷力而追新"(《文心雕龙·明诗》)的时代风气影响下,刘勰仍然认为,"古来文章,以雕缛成体"(《文心雕龙·序志》)。也就是说,刘勰固然欣赏子建、仲宣这样做到了"兼善"的作家,但相对而言,他还是更喜欢辞藻华丽的诗作。《文心雕龙》品评诗人颇多,唯独对陶渊明不置一词(《隐秀》篇有一句言及陶诗,但属伪文)。《诗品》虽将陶诗入品,但仅列中品。钟嵘对其诗的评价是:"文体省净,殆无长语。笃意真古,词兴婉惬。每观其文,想其人德。世叹其质直。至如欢言醉春酒,日暮天无云,风华清靡,岂直为田家语耶!古今隐逸诗人之宗也。"(《诗品·宋征士陶潜》)钟嵘的意思很清楚,陶潜入选中品,除了诗作水平外,"人德"及"隐逸"也是重要标准。并且，钟嵘还暗示出陶诗不受重视的原因是其"质直"，语言缺少修饰（"殆无长语"）。要知道，在一个崇尚修饰的年代，"质直"并不是个褒义词，意思近于孔子说的"质胜文则野"。北齐阳休之更是直接指出，陶诗"辞采未优"。许学夷的时代，诗歌美学风尚已经发生了非常大的变化，陶渊明也早已获得了极高声望，在《诗源变体》里，许学夷首先肯定了"靖节诗直写己怀，自然成文"，但同时也指出陶诗"'饥来驱我去'，'相知何必旧'，'天道幽且远'二三篇，语近质野耳"。（《诗源辨体》第六卷第十二条）这些都证明，陶渊明诗歌在当时不受重视都是因为语言缺少修饰，缺乏辞采。

如果说，所指偏向型语言将重心放在意义上，有意或无意地将读者的注意力从对文字的经营中转移出来，而忘掉语言本身，同时将注意力放到意义的传达上，那么，陶渊明的诗歌显然是符合这一要求的。"从一开始，陶潜平易质朴的语言就既向读者也向批评家提出了一个难题，因为它的透明性很容易模糊其价值和意义。"[①] 有意思的是，另一位同属"中品"的诗人颜延之为陶潜写了赞诔。颜延之在《诗品》中得到的评价与陶渊明几乎完全相反。钟嵘对颜延之的评价是："尚巧似。体裁绮密，情喻渊深。动无虚散，一句一字，皆致意焉。又喜用古事，弥见拘束。虽乖秀逸，是经纶文雅才。雅才减若人，则蹈于困踬矣。汤惠休曰：'谢诗如芙蓉出水，颜如错彩镂金。'颜终身病之。"（钟嵘：《诗品·宋光禄大夫颜延之》）颜延之是典型的能指偏向型诗人，"错彩镂金"，文字雕琢华丽，但缺乏陶诗的真情、真意，显得做作。可以想象的是，颜延之是不会欣赏陶潜的诗的。因此，颜延之的赞诔主要是放在对陶潜的人格、道德的评价上的，对其诗，仅"文取指达"四字而已。"文

---

① 张隆溪：《道与逻各斯》，江苏教育出版社，2006，第158~169页。

取指达"与孔子的"辞达而已矣"显然说的是同一回事，这恰恰是工具性语言，或所指偏向型语言的最高标准。但如果以它作为诗歌语言的追求，必然是"言之无文"，自然也就"行而不远"。陶诗不传于当世也是因为"无文"。对此，张隆溪有一段很精彩的评述："然而，在这样做时，他（颜延之）却默而不宣地把陶潜的作品贬低为缺乏精致的典饰和修辞上的招摇——而这些正是他和他的同时代人极为推崇的。这样一来，陶潜的作品在当时大多数读者眼中便必然是粗糙和缺乏色彩的，它的特征是如此的缄默少言和质朴无华，以至于他的同时代人中竟没有一个人把他视为诗人而给予高度评价。"① 总而言之，陶渊明在当时虽然也有一定的名气，但主要是因"不为五斗米折腰"获取的道德上的声誉，以及"种豆南山下"的隐逸情怀。他的"笃意真古""辞采未优"的诗篇，在当时刚刚脱离口语、追寻肆意玩弄文字乐趣的大的背景下，不受重视是必然的。当然，既然是"偏美"，陶诗也是偏向"质"、偏向"气"、偏向"意义"、偏向"所指"的美的，只是在当时追求"雕润"之功的大背景下，这种诗歌风格无法引起许多人的注意罢了。陶诗几乎被遗忘时，也不是绝对无人赏识，比如，萧统对陶渊明的评价就很高，说陶诗是"文章不群，辞采精拔，跌宕昭彰，独超众类，抑扬爽朗，莫之与京。横素波而傍流，干青云而直上"（萧统：《〈陶渊明集〉序》）。说明即便在萧统所处的时代的以文字为能事的大风气之下，仍然有人发现了陶渊明的"偏美"——只是这种"偏美"在当时是孤独的，悬隔几个世纪后，才找到了它真正的知音。

虽然追求辞采是当时总的时代风尚，但真正的好诗仍然应该是"兼善"型的，不能过于"质"，也不能过于"文"，既不过于偏向所指，也不过于偏向能指，是"文质彬彬"，相得益彰的。这当然

---

① 张隆溪：《道与逻各斯》，江苏教育出版社，2006，第158～169页。

是个诗学难题，既不能让读者一下就清楚地知道"我"写的是什么，也不能让读者完全不知道"我"写的是什么。文字既要记录传达"言"（意），又不能隐匿自身，只剩"言"（意），否则就是陶渊明的"辞采未优"；文字也不能远离"言"（意），只追求自身的存在感和价值体现，这样又会像颜延之的"错彩镂金"，美则美矣，又缺乏语言应有的清新与流动。在诗歌创作中，文字所起的作用是"逗引"，作者的情思、巧思不宜直接说出，而应该借助文字与语言的关系，将"意"逗引出来。如果没有"逗引"过程，直接说出，不是好诗；反之，全是"逗引"，只余文字，也不是好诗。所以叶燮指出："诗之至处，妙在含蓄无垠，思致微渺，其寄托在可言与不可言之间，其指归在可解不可解之会，言在此而意在彼，泯端倪而离形象，绝议论而穷思维，引人于冥漠恍惚之境，所以为至也。"（叶燮：《原诗》下篇）叶燮在这里追寻的应该是"兼善型"诗歌，既要有"言"（否则不成其为诗），也要有"不可言"。如果"言"尽"意"尽，则为工具性语言，不是诗歌语言。反之，如果只有"言"，而"指归"全不可解，则又完全不知所云。用"言"巧妙地将"意""逗引"出来，是一切"好诗"的永恒追求。而文学论争、文学革命的发生也主要发生在"偏美"过度之时。

　　另一个达到"兼善"水准的是杜甫。杜甫的语言型（所指偏向型）、文字型（能指偏向型）和文字化的语言型（能所相宜型）都达到了前无古人、后无来者的高度。杜甫的所指偏向型诗歌如"三吏三别"等乐府诗达到了极高的艺术水平，胡适也看到了这一点，他说："杜甫的好处，都在那些白话化了的诗里，这也是无可疑的。"[1]这当然是小看或"偏看"了杜甫。杜甫的能指偏向型诗歌，如《秋兴》八首，达到的高度更是无人能及，得到的认可远超

---

[1]　胡适：《国语文学史》，安徽教育出版社，2006，第35页。

前者。因此，宇文所安在《盛唐诗》中对杜甫的评价是："杜甫是最伟大的中国诗人。他的伟大基于一千多年来读者的一致公认，以及中国和西方文学标准的罕见巧合。"① 其实，"一致公认"不是杜甫伟大的原因，在杜诗接受史上这也不是事实。比如，对杜甫的享有更高声誉的律诗，除了胡适说它是"难懂的诗谜""失败的诗顽艺儿"② 之外，朱熹也直白地发问"不知是如何以为好否？"（《朱子语类》）王世贞也说《秋兴》八首"藻绣太过，肌肤太肥，造语牵率而情不接，结响凑合而意未调"（转引自仇兆鳌《杜诗详注》第四册）。这样的声音虽不算多，但也总时有耳闻。显然，杜甫的伟大并非来自"一致公认"，而是因为他真正做到了兼善，无论是所指偏向型的白话诗，还是能指偏向型的《秋兴》，都达到了极高水准，后世的读者可以根据自己的语言偏向各取所需。在《盛唐诗》中，宇文所安也指出了杜甫（其实更应该是杜甫的诗歌）伟大的真正原因。宇文所安先是对杜甫极尽褒扬，说"杜甫是律诗的文体大师，社会批评的诗人，日常生活的诗人，及虚幻想像的诗人"，紧接着，宇文所安对杜甫赢得如此声誉的原因从语言层面给出了解释："他比同时代任何诗人更自由地运用了口语和日常表达；他最大胆地试用了稠密修饰的诗歌语言；他是最博学的诗人，大量运用深奥的典故成语，并感受到语言的历史性。"③ "口语与日常表达"正是笔者所说的所指偏向型语言；而"稠密修饰的诗歌语言"正好是能指偏向型的诗性语言，"典故成语"则是能指偏向型语言最重要的表现形式。在这两种类型语言的运用上都达到了"兼善"才是杜甫伟大的真正原因。

元稹曾对杜甫有过并非溢美的褒扬："至于子美，盖所谓上薄

---

① 〔美〕宇文所安：《盛唐诗》，贾晋华译，生活·读书·新知三联书店，2004，第213页。
② 胡适：《白话文学史》，安徽教育出版社，2006，第255页。
③ 〔美〕宇文所安：《盛唐诗》，贾晋华译，生活·读书·新知三联书店，2004，第214页。

风骚，下该沈宋，古傍苏李，气夺曹刘，掩颜谢之孤高，杂徐庾之流丽，尽得古今之体势，而兼人人之所独专矣。"（《唐故工部员外郎杜君墓系铭并序》）一句话，杜诗有所有一流诗人的好，毫无"偏美"诗人的短，"爱其浩荡津涯，处处臻到"；但杜诗又没有文字偏向型、能指偏向型诗人如"沈、宋"的"不存寄兴"的缺点，以及语言偏向型、所指偏向型诗人如陈子昂的"未暇旁备"的短处。白居易同样对杜甫给出了极高的评价，并且公开表示，杜优于李："诗之豪者，世称李杜。……至于贯穿今古，觇缕格律，尽工尽善，又过于李。"（白居易：《与元九书》）既能"尽工"，又能"尽善"，当然是"尽美"了。这样的"兼善"型诗人只可能是"天才"了。所以元稹说："杜甫天才颇绝伦，每寻诗卷似情亲。怜君直道当时语，不著心源傍古人。"（元稹：《酬李甫见赠十首》）

除了极少数天才外，"兼善"都不是件容易的事，萧统在《答湘东王求文集及诗苑英华书》中云：

> 夫文典则累野，丽则伤浮。能丽而不浮，典而不野，文质彬彬有君子之致，吾尝欲为之，但恨未逮耳。

刘知几也说："至若书功过，记善恶，文而不丽，质而非野。使人味其滋旨，怀其德音，三复忘疲，百遍无致。自非作者曰圣，其孰能与于此乎？"（刘知几：《史通·叙事》）不管怎么说，兼善都是在"文"与"质"中调合的，由于"文"易生"丽"，"质"常傍"野"，因此既要"文"，又不能"丽"，既要"质"，又不能"野"，这自然不是常人能够轻易做到的。也正是因为这种标准的难以企及，中国文学史上的绝大多数诗人只能达到"偏美"，而对"偏美"的追求又必然导致诗学论争的发生。

第二章

能指的游戏与所指的救赎

如前所述，中国文学史上以至当下的文学论争，多是由所指派发动的。我们需要解决的问题是，如何解释各"所指派"在时间、空间未必有交集，观念、学理也未必有师承的前提下，诗学观点却具有惊人的相似之处；而这些相似性又是以什么样的方式表现出来的。这个问题又可以拆解为两个方面：一、什么是他们提倡的；二、什么是他们反对的，换句话说，即他们对能指派的攻击主要集中在哪些方面。能指派明确的主张、宣言不多，他们的诗学观点主要体现于对诗歌技术的研究，以及诗歌创作。他们的"问题"主要是由所指派指出的。我们不可能将中国文学史上所有文学论争、文学运动拿出来一一分析，但可以择取一些有代表性的诗人或流派领袖的观点，从符号学、语言学、语言哲学等视角予以辨析。为叙述方便，对所指偏向派，我们将主要考察李谔、陈子昂、元白、公安派、胡适及于坚的诗学观点。按照这个分类，陶渊明应该属于所指派，但我们的考察仅限于其作品，他本人并未给我们留下太多的诗学观点。陶诗本身倒是成了后世诗人和诗论家归类排队的试金石。

如索绪尔所言，语言符号是能指和所指的结合，所以并不存在没有所指的能指，也不存在没有能指的所指，只是相对而言，在某些特定情况下，符号的能指、所指具有一定的偏向性，也就是笔者前面说过的能指与所指的"双向滑动"。从哲学的角度对语言研究的成果进行梳理，我们发现语言至少具有三个维度：工具维度、思想维度和诗性维度。笔者曾经借用能指、所指术语对这三个维度进行过较为细致的描写。笔者认为，工具性维度的语言可描写为所指偏向型语言，思想维度的语言则是能所同一型语言，而诗歌维度的语言是能指偏向型语言。① 尽管相对于语言的工具维度、思想维度而言，诗歌语言总体上属于能指偏向型语言，但从不同诗歌的具体情况看，其能指偏向的"度"又是有差别的。也就是说，既然都是"诗歌"，其语言形态已经与其他文体的语言形态有了区别，比如分行排列，这本身就是能指偏向。但有的诗歌仅仅是基本的、简单的能指偏向，比如分行、押韵，其能指偏向性或技术性几乎可以忽略；但有的诗歌的能指偏向性就要明显得多，除了分行、押韵外，还讲究齐言、平仄、对仗、音律等，表现出更为强烈的能指偏向性和极高的技术性。比如杜甫的"三吏三别"与《秋兴》（八首），二者的偏向性是很容易辨别的。虽然与通知、布告、消息等文体相比，二者都具有能指偏向性，但将它们放在一起比较，《秋兴》当然是明显的能指偏向型；而"三吏三别"虽也有能指偏向性，但与《秋兴》相比，几乎可以忽略，并且诗人创作时的重心本不在此，即"三吏三别"的语言更具有所指偏向性。将诗歌语言从与工具语言、思想语言的比较中抽离出来，只对诗歌语言本身进行分类，就可将其分成所指偏向型的诗歌语言和能指偏向型的诗歌语言。

　　所谓所指偏向型语言，即是文字的表音功能得到充分体现的语言，文字只是作为记录语言的工具。在"言—意"关系中，"言"（口说的与书写的）就是"能指"，"意"则是"所指"，所指偏向

---

① 朱恒：《语言的维度与翻译的限度及标准》，《中国翻译》2015 年第 2 期。

型语言的实质就是"能指"通过自身的不断隐匿、消失而让"所指"显形、现身。比如人们在闲聊时,语言本身不会引起我们的特别重视,说的人与听的人之间流淌的仿佛是信息、思想本身。信息、思想似乎不需要借助外在的语言,表现为一种透明的存在。没有人会先分析句子的主谓宾,然后再来组织意思。这种语言是最具语言基础功能的语言,也是语言得以产生的真正原因。在所指偏向型语言中,文字服从语言,视觉服从声音。尤其是汉字,在所指偏向型语言中,汉字的"形"遭到了否弃,如索绪尔所说,其"存在的唯一理由就是表现前者",也就是表现声音。

汉字的地位从晚清就开始岌岌可危了,在败于入侵者后,不少知识精英开始反思中国落后挨打的原因。器物不是,制度不是,最后整个知识界几乎异口同声地认为,汉字才是中国落后的罪魁祸首。逻辑是:国家落后,因国民落后,国民落后,因知识落后,知识落后,因教育落后,教育落后,因汉字太难。"识字者多,则民智,智则强;识字者少,则民愚,愚则弱。强弱之攸分,非以文字之难易为之本哉!然则今日而图自强,非简易其文字不为功矣。"①改革汉字的原因是汉语"言文不合"。这其实是对汉字有着相当大的误解的。许慎非常明确地指出:"仓颉之初作书,盖依类象形,故谓之文;其后形声相宜,即谓之字。"(许慎:《说文解字》序)许慎简明的表述中包含了极其丰富的语言学理论,揭示了语言学中最为重要的"言""文""字"之间的关系。现代语言学"文""字"统称为"文字",消解了"文"与"字"之间的畛域。"文"与"字"的区别正在于,"文"为"纹",仅"象形";"字"则不仅关乎"形",而且还关乎"声"。"文"与"字"本不相同,各有所指。事实上,"文"与"言"起源各殊,分属两途;但"字"

---

① 文字改革出版社编《清末文字改革文集》,文字改革出版社,1958,第77页。

的发明解决了"文"（形）与"言"（声）的分裂状态，因为"字"本身就是"形声相宜"的。"言"与"文"的确不合，但"文"（象形文字）在汉字中所占并比例并不算高，占绝大比例的是"字"。"字"是"形声相宜"的结合体，"字"本身就有表音的功能。我们可以说"言文不合"，但不能证明"言字不合"。五四时期，那么多学者、贤达攻击的汉语的"言文不合"其实只是一个似是而非的伪命题，幸好（当然也不可能）汉字最终没有拼音化，否则这些人真是"罪莫大焉"。而且，从语言尤其是书面语教学的角度讲，汉字的学习也未必真的比英语单词的学习更难。外国人站在他们的角度说，汉语难学，汉字难学；但从中国人学英语的实际看，"言文合一"的英语就真的那么简单？现在的学生从小学开始学英语，学时数也远超别的学科，但大学里真的达到熟练运用英语的学生同样少之又少。这从侧面告诉我们，不可轻易得出孰难孰易的结论。这也是那么多学者殚精竭虑地创制拼音符号，甚至后来动用官方力量推行拼音化却未能成功的原因。汉字本身就是形、声（音）的合体。从以下例子可以看出汉字的记言功能。

　　五四前后，关于<u>柏里玺天德</u>说得不多，倒是人们成天嚷着欢迎德先生和赛先生——那就是<u>德谟克拉西</u>和<u>赛恩斯</u>。主义学说纷至沓来，什么<u>安那其</u>，什么<u>康敏尼</u>，不一而足。当时有个<u>尖头鳗</u>提出<u>费尔泼赖</u>，而另一位<u>密司脱</u>则以为<u>爱斯不难读</u>可以代替汉字。（下画线由引者所加）[1]

标注下画线的这些词，字个个我们都认识，合起来什么意思就不是每个人都清楚了。这些音译词，就是汉字记言（记音）功能的集中展示。这个例子让我们可以改变一下总是以为汉字只是视觉的

---

[1]　转引自何南林《横行的英文》，齐鲁书社，2006，第259页。

方块字的错觉，原来汉字也可以发声，也可以是汉语。当汉字从属于汉语时，语言呈现的就是所指偏向功能。既然我们将陶渊明的创作及李谔、陈子昂、元白、公安派、胡适及于坚的诗学观划归所指偏向派，那么他们的诗歌更多的是声音的汉字，是用汉字记录、模拟汉语。同样，六朝诗人（整体诗风）、沈约（明确的诗学理论）、温李、前后七子、新月派、知识分子写作等有着大体相同的诗学趣味，他们的诗歌创作更偏向汉字，偏向从具体语言抽离出来的汉字，未经整饬的自然语音不是他们关注的重点。这种偏向非常重要，直接决定了他们创作的动因，并且因选择的偏向造成了观点的不同、趣味的迥异，因而形成了论争。

第一节　媒介发展与文学自觉

至于"文学的自觉"到底发生在哪一年，则是一个很难说清的问题，但大体是在汉魏两晋南北朝时期。"文学的自觉"的发生与创作媒介的变化有着极为密切的关系。文学自觉以前，文学创作赖以进行的思维材料是语言，即声音形式的符号。文学自觉，从某种意义上讲，就是文字自觉，即诗人发现了文字的美，这时的创作材料既有声音符号，也有视觉符号。不同的符号对应着不同的思维方式。由于纸张的广泛运用，声音符号可以通过文字较为方便、低廉地固定下来，于是，这一时代"文字游戏"的诗作十分盛行，这必然导致对辞采的追求，因而华丽的骈体文学在这一阶段达到了鼎盛。世风、文风如此，不关注能指修饰的所指偏向型的诗歌自然就不多了，而且受到了群体性忽视。陶渊明诗歌为什么在那个年代是一个较为特殊的存在，并且未能得到认可，原因正在于此。

如前所述，如果首先厘清语言与文字的关系，再来对一些文学现象进行深层次分析的话，我们就会对诸如"文学是语言的艺术""文学源于生活，高于生活""文学是人学"等一些"真理性"的结论提出质疑。"文学是语言的艺术"中的"语言"指的是什么？文学源于"生活"，恐怕李商隐就不同意这个观点。"文学"不是源于"文字"吗？文学为什么非得是"人"学，文学为什么不是"文"学呢？用另外一门艺术比如音乐来做比，为什么音乐一定要反映"生活"，音乐（创作）难道不更是音符的组合艺术吗？目前，中国文学遭到了放逐，文学在人们生活中的重要性已大不如前，这固然有着多方面的原因，但笔者认为其中一个重要原因是我们忘记了文学是语言文字的艺术，忽视了对语言、文字的掌控及操练，因而消解了文学的艺术价值。当"人人为诗人"的时候，诗人也就不存在了。

文学自觉的核心是"文字"自觉。在文学自觉以前，人们的思维介质主要是语言（口语），文字主要是辅助性的记录工具。在文字与语言的互动中，试图用文字追摹声音是解决文字记录问题的主要推动力量。通过梳理记录文字介质的发展过程，我们发现，这些介质的提升都是为了解决这一问题的。比如，文字最初刻写在龟甲兽骨上，刻写在石碑上，后来刻写在竹简上，但这些刻写无论是在速度上还是音调上都是无法追摹声音的，但讲述者的意思又必须表达，所以只得"文其言"，于是产生了"文言"。阮元也曾说过："古人无笔砚纸墨之便，往往铸金刻石，始传久远；其著之简策者，亦有漆书刀削之劳，非如今人下笔千言，言事甚易也。"（阮元：《文言说》，见《揅经室三集》卷二）阮元的这个推断是有极强的逻辑性和极高的可信度的。这里实际上已经揭示了语言与语言的记录之间似连非连的尴尬关系，并将"笔砚纸墨"的出现视为与"铸金刻石""漆书刀削"完全不同的记言方式，同时也提醒我们，要研究中国语言、文字、文学、文明的变迁，必须考虑文学、文明出现时记录语言的介质状态。这里还要特别注意，从"铸金刻石""漆书刀削"到用毛笔书写的"下笔千言"绝对不只是书写速度加快了，这些不同的书写方式其实要处理的是背后"言"与"文"的关系问题。"铸金刻石""漆书刀学"由于完全不能追摹"言"，所以只得"文其言"，将"言"的内容用"文"的形式表达出来；既然照实记言缺乏技术上的支持，且为了消除"转相告语"中的"愆误"，只得"寡其词，协其音，以文其言，使人易于记诵，无能增改，且无方言俗语杂于其间，始能达意，始能行远"（阮元：《文言说》，见《揅经室三集》卷二）。而到了"下笔千言"时，文字追摹语言的速度大大加快，语言自身的面貌可以通过文字大体呈现出来。这些都说明，在魏晋以前，"言"与"记言"方式，即"言"与"文言"是分途发展的，形成了汉语社会的"言"传统与"文（言）"传统。

现在学术界一般认为，造纸术是东汉蔡伦发明的。电脑的键盘输入代替手写时，社会上曾有各种抵制，引发了对书写文明失落的感叹。与当初对键盘输入的未卜前程的担忧一样，在一个已经习惯于竹简刻写的社会，要推广"轻薄"的纸张书写，并不是一件容易的事。东晋桓玄在废晋安帝后，就曾诏令天下："古无纸，故用简，非主于敬也。今诸用简者，皆以黄纸代之。"（《隋书·经籍志叙》）可见，当时纸张书写在技术上已经完全成熟，造价较缣帛有大幅下降，但未能推广开来，这是因为整个社会都觉得在纸上的肆意书写，对文字缺乏"敬"意。纸张的发明终于将文字从无法追摹语言的困境中解放出来，文字自身也从最初具有神性的占卜、记史等活动中解放出来，终于成为人们可以自由驱使的工具，估计当时不少人都沉浸在一种对文字的报复性玩弄的快感中。压迫人们几千年的文字（其实是文字背后的神性、威权等）终于成为玩弄的对象。这应该是文学自觉的最重要的动因。以前的文学史过于将眼光放在朝代的更迭上，其实张家当皇帝与李家当皇帝对诗歌创作有多大影响呢？战争也不是到魏晋才出现的新鲜事。将文学自觉归因于社会变迁总有隔靴搔痒之感。比如有论者认为："建安时代，战场上群雄并峙，逐鹿中原；文坛上俊才云蒸，作家辈出。诗人们秉受时代的豪气，继承诗经、楚辞、汉乐府的优良传统，'慷慨以任气，磊落以使才'，反映社会动乱和民生疾苦，抒写建功立业的人生理想，将我国古典诗歌推上了一个新的高峰。"① 可以说，翻开任何一本中国文学史教科书，我们都可以看到类似的论述。笔者对文学史研究前辈心存敬意，但仍不免要问，为什么是建安？"群雄并峙""俊才云蒸"并不仅仅是建安才有；"反映社会动乱和民生疾苦"，"书写建功立业的人生理想"不也是几乎所有中国古代诗人的共同追求吗？那么，为什么建安时代就可以"将我国古典诗歌推上了一个新的高峰"呢？或者说，为什么具备同样基质的其他时代就没有做到呢？雷·韦勒克和奥·沃伦对文学即文学批评的见解发人深省：

> 文学研究的合情合理的出发点是解释和分析作品本身。无论怎么说，毕竟只有作品能够判断我们对作家的生平、社会环境及其文学创作的全过程所产生的兴趣是否正确。然而，奇怪的是，过去的文学史却过分地关注文学的背景，对于作品本身的分析极不重视，反而把大量的精力消耗在对环境及背景的研究上。②

笔者引述韦勒克和沃伦的看法是想说明，文学流变、文学论争、文学风尚等的形成背后都有着超越"环境""背景"等的更重要原

---

① 葛晓音：《八代诗史》（修订本），中华书局，2007，第31页。
② 〔美〕雷·韦勒克、〔美〕奥·沃伦：《文学理论》，刘象愚、邢培明、陈圣生、李哲明译，生活·读书·新知三联书店，1984，第145页。

因；而所谓"作品本身"不正是只剩下文字和意义的结合体了吗？如果说，决定文学史的不是"文学的背景"，而是"作品本身"，即"文"本，那么"文"的发展史就决定了"文学的发展史"。

宇文所安在他的文学史著作中也越来越看重媒介演变与文学演变之间的关系。比如在对文学史进行分期时，他认为"按朝代进行分期的文学史，是文学中的博物馆形式。我们已经拜访了很多这样的博物馆，它们是我们整理阅读经验的熟悉模式。这种理解模式并不算坏，但是只有从一个陌生的角度进行观察，我们才能看到新东西"①。所谓"陌生的角度"，宇文所安指的就是"除了文学本身的原因外，其传播方式也有着关键性的意义"，他认为"战国与西汉不应该被割裂"（他称之为"近古"），而"东汉和魏、西晋则可以划为另一个历史时期"。其理由正是"在这两个时期，文本的刻写和印刷技术等都发生了变化。战国和西汉时书写方式比较慢，好多东西还是在竹简上刻，而到了东汉就快多了，开始用笔来写，纸也开始付诸使用。这在多大程度上影响了文学的阅读和制作以及对文学的创作有什么样的作用？具体的创作活动当然无法复原，但文学的制作过程、书写方式、传抄情况，却都是有迹可循的。写文学史时，就不能不考虑这些因素"②。从汉末开始，纸张的发明消解了汉字曾经有过的神圣性、神秘性。因为书写困难，刻写汉字是一项颇具专业性的任务，谁会没有事在石头上、竹简上刻字玩呢？缣帛虽易，但极其昂贵，所以纸张的发明和推广对当时人们对汉字的崇拜、敬畏之心造成了极大的改变。汉字成了游戏的工具，谁玩儿得好，谁就可以获得很高的声望，于是骈文、书法诞生了。与大陆学

---

① 〔美〕宇文所安：《中国"中世纪"的终结：中唐文学文化论集》，陈引驰、陈磊译，生活·读书·新知三联书店，2006，前言。

② 张宏生：《"对传统加以再创造，同时又不让它失真"——访哈佛大学东亚语言与文明系斯蒂芬·欧文教授》，《文学遗产》1998年第1期。

界流行观点不同的是，笔者不认为当时的环境、思想、政治生态是造成骈文盛行的原因。六朝时期，诗歌呈现出整体上的靡丽风气，根本原因就是纸张的发明所带来的书写方式的进步，从而解放了汉字。所谓"靡丽"风气，换句话说，不过是盛行"文字游戏"，整个社会都沉浸在"玩文字"的快感中。"玩文字""文字游戏"在今天的文学教育和文学批评中，带有很强的鄙夷、贬抑味道。人们总要求文学反映现实、要求文学成为"载道"的工具，成为"经国之大业，不朽之盛事"（曹丕：《典论·论文》），这其实抹杀了文学的艺术特性。如果承认文学是艺术，则无功利的游戏心态是艺术的重要特性，因此，"玩文字""文字游戏"就是文学艺术性的题中应有之义。既然是"玩文字"，自然就要对文字进行装饰、变换，使其呈现出华丽、藻饰的效果，当时重要的文学批评家也以雕饰、文采作为品评诗歌的标准。在诗歌创作方面，王运熙先生曾对南朝重要作家、诗人的风格及文学地位有过较为详细的梳理，学界意见也大体相同，本文借鉴转引如下：

> 先秦文学，历来公认以《诗经》、《楚辞》的成就为最高。汉代最发达的文学样式是辞赋。汉赋句式多整齐，重排偶，辞藻富丽，开骈体文学先河。其代表作家，西汉为司马相如、杨雄，东汉为班固、张衡。西汉贾谊辞赋外兼长论文，东汉蔡邕特长碑文，两人的散文均富有文采，故亦为后人所推重。建安以来，五言诗最为流行，骈文骈赋也同时发展，文学成绩突出的是建安、太康（或元康）、元嘉、永明等时代。汉魏之际的建安时代，文人五言诗大为发展，语言也由过去民歌式的质朴开始趋向华美，同时文、赋也更加重视辞藻、对偶。这时代的代表作家是曹植、王粲。西晋太康时代，以陆机、潘岳为代表的一群作家，其创作主要倾向是沿着曹植、王粲的轨迹前进，

文采更加繁缛。中经枯燥平淡的玄言诗一度泛滥，到刘宋元嘉时代，谢灵运、颜延之等作家出来，才从根本上扭转局面。他们的作品不但重视描写山水风景等日常生活与环境，艺术上也很重视华美细致，注意字句的新奇精巧。到南宋永明年间，沈约、谢朓在过去诗赋注意声韵之美的基础上提倡严格的声律论，并写作新体诗。其后到梁代庾信、徐陵，兼长诗、赋、骈文，其作品对辞藻、对偶、用典、声调等都很重视，刻意雕饰，使南朝长期发展的骈体文学达到了高峰。以上就是对汉魏六朝骈体文学发展过程中几个重要时代及其代表作家的最概括的描述。

在骈体文学昌盛、居文坛统治地位的南朝，上面所说的那几个重要时代及其代表作家的文学成就，是当时大多数人所公认的。换句话说，即把那几个时代及其代表作家成就视为文学正宗。我们看到，沈约、刘勰等批评家，都在不同程度上对那几个重要时代及其代表作家的成就给予赞美和肯定，视为文学正宗（其中沈约、谢朓、徐陵、庾信等人，由于时代较晚关系，批评家大抵没有论述）。同时，他们又以骈体文学文采之美为衡量标准，对那些文采不足以至缺乏文采的作家作品，则给予较低、甚至很低的评价。①

总之，王先生认为汉魏六朝骈体文学的总体倾向是很"重视辞藻、对偶、用典、声调等"，在文字上最重要的表现就是"刻意雕琢"。不仅是文学创作实践，文学批评同样如此：

南朝齐梁时代是中国文学批评史上的一个高峰阶段，出现了沈约、刘勰、萧统等重要批评家，形成了我国古代文论的光

---

① 王运熙：《中古文论要义十讲》，复旦大学出版社，2004，第38~39页。

辉夺目的局面。这些批评家的意见并不一致，但却有一个共同之点，那就是他们处在骈体文学昌盛的时代，受时代风尚的影响，都承认语言华美的骈体诗、文、辞赋为文学正宗；重视辞藻、对偶和声调之美，并以此为衡量标准对作家作品进行评价。[①]

也就是说，当时的文化圈不仅在创作上，而且在观念上都呈现出将"雕琢""藻饰"当作文学之美、当作文学正宗的倾向。最应该引起我们注意的是，这并不是创作上少数人的一时求新求异的行为，背后更有着文学理论上的有意提倡和推崇，这足以证明当时的文风不是一时的、偶然性的出现，而是一种"自觉"的美学追求，这也是这个时代被称为"文学自觉时代"的原因。

第二节　"遣词皆中律"：文字的游戏

从语言、文字的关系上考辨，齐梁时代的文学风尚正是呈现出了文字偏向型的特点，即能指偏向型的特点，这其实也是一些"纯文学""纯诗"追求的特点。文学不再是载道、言志、抒情的工具，文学存在的唯一意义就是呈现文学本身——雅克布逊所说的"文学性"。"说什么"的重要性已经大为降低，"怎么说"才是最值得文学关心的东西。前面已经说过，文字作为"文"的外在雕饰主要表现为书法艺术；而作为"字"（语言性），其内在雕饰则表现在对字音的处理上，即所谓"宫律"上。文学的自觉就是文字的自觉，文字的自觉就是诗歌创作的能指偏向，能指偏向的表现就是充分展现汉字自身的特点。

---

① 王运熙：《中古文论要义十讲》，复旦大学出版社，2004，第38页。

汉字"形声相宜",其主要功能是表意,因此,汉字自然就是形、声、意三者的结合了。鲁迅先生在《汉文学史纲》中有一段关于汉字的议论,曰:"昔者文字初作,首必象形,触目会心,不待授受,渐而演进,则会意指事之类兴焉。今之文字,形声转多,而察其缔构,什九以形象为本柢,诵习一字,当识形音义三:口诵耳闻其音,目察其形,心通其义,三识并用,一字之功乃全。"① 从符号学的角度看,形、声(音)属于能指,意(义)则为所指。在实际运用中,我们很少需要"三识并用",尤其是在对这套符号体系熟悉之后,根据不同的使用情境和目的,往往有所偏向。将重点放在"意"(义)上,就是所指偏向;而更关注汉字的"形"与"声",就是能指偏向了。就"形"的方面而言,汉字的"形"本身就能够带来意味和美学效果。"其在文章,则写山曰崚嶒嵯峨,状水曰汪洋澎湃,蔽芾葱茏,恍逢丰木,鳟鲂鳗鲤,如见多鱼。故其所函,遂具三美:意美以感心,一也;音美以感耳,二也;形美以感目,三也。"② 这是将注意力放在能指符号本身的表现,是能指偏向型的一种表达方式,即偏向字"形"。在鲁迅的年代,估计写作时在字形上下功夫的少了,所以鲁迅认为这样的"形"还算一种美。但在刘勰的年代,人们对玩文字极度痴迷,有人专门找一些在形式上有关联的字来写作,用之过度,反伤其美,所以刘勰在《文心雕龙》专设《练字》篇,以纠其偏:

> 是以缀字属篇,必须拣择:一避诡异,二省联边,三权重出,四调单复。诡异者,字体瑰怪者也。曹摅诗称"岂不愿斯游,褊心恶呴呶。"两字诡异,大疵美篇,况乃过此,其可观乎!联边者,半字同文者也。状貌山川,古今咸用,施于常

---

① 《鲁迅全集》(第9卷),人民文学出版社,2005,第354页。
② 《鲁迅全集》(第9卷),人民文学出版社,2005,第354页。

文，则龃龉为瑕，如不获免，可至三接，三接之外，其字林乎！重出者，同字相犯者也。《诗》、《骚》适会，而近世忌同，若两字俱要，则宁在相犯。故善为文者，富于万篇，贫于一字，一字非少，相避为难也。单复者，字形肥瘠者也。瘠字累句，则纤疏而行劣；肥字积文，则黯黕而篇暗；善酌字者，参伍单复，磊落如珠矣。凡此四条，虽文不必有，而体例不无。若值而莫悟，则非精解。（刘勰：《文心雕龙·练字》）

刘勰反对"诡异""联边""重出""单复"的做法，实际上就是认为文字本身在写作中是至关重要的。这是文字自觉时代能指偏向的极端例证，这不像是写文章，倒像是画画。由于缺少了"字"（音）的参与，文字与语言之间的关系被隔绝开来，这样的写作成了与语言毫无关涉的纯粹的文字游戏。即便有时有些意义，但终嫌勉强。比如著名的"联边"对联：寄寓客家牢守寒窗空寂寞，迷途远避退还莲迳返逍遥。上联尚属能解，下联则显牵强，一连串的"走字底"让人目乏。这样的纯粹的文字游戏，写作中并不常见，但其的出现证明了文学自觉就是文字自觉，文字（字形）游戏是文字自觉的表现之一。除了字词的安排需讲究搭配、调协，章句同样也有讲究："若夫笔句无常，而字有条数，四字密而不促，六字格而非缓，或变之以三五，盖应机之权节也。"（《文心雕龙·章句》）不同字数的句子会造成不同的抒情效果，因此应该谨慎选用。对字形、章句的排布都证明了文字自身在当时创作中的重要性。

《文心雕龙·情采》中云："立文之道，其理有三：一曰形文，五色是也；二曰声文，五声是也；曰情文，五性是也。"这"三道"显然是因文字的"形、音、义"三要素而生的。但由于"形文"过于偏向字形本身，常会疏离语言（语言的核心是声音），同时也会疏离意义，这样的极端的文字型文本并不多见。更多的人将游戏的目光投向了字音。汉字的特点，一是单音节，一是声调。单音节的发展将对偶推向了极端，产生了骈文；声调发展出了"宫律"，催生了"律诗"。单音节与声调是不可分的，因此对偶和宫律也是结合在一起的。沈约的一系列理论就是典型代表。

齐梁时期，诗坛出现了一种新的诗歌写作方式，世称"永明体"，沈约是永明体的领袖。《南史·陆厥传》曾经谈及所谓"永明体"："永明时，盛为文章，无兴沈约、陈郡谢朓、琅琊王融以气类相推毂。汝南周颙善识声韵。约等文皆用宫商：将平、上、去、入四声，以此制韵，有平头、上尾、蜂腰、鹤膝。五字之中，音韵悉异；两句之内，角徵不同。不可增减，世呼为永明体。"永明体的出现对中国诗歌而言是一件极其重要的大事，因为它开创了中国文学的自觉的"文"偏向传统。汉字既可表意，又可绘声，但作为"绘声"的汉字记录的是当时的口语，汉字服从于汉语。《诗经》、乐府传统的诗歌就是先以声音形式存在，后来才用文字记录下来的。这些诗歌自然也有音韵问题，但它们的音韵却主要是自然的韵律，诗歌的音韵来自自然的声音，文字版的《诗经》、乐府诗歌是对自然音韵的记录和模拟。但到了齐梁时代，由于文字的自觉，文字有时不再服从汉语，而开始发出自己的声音，这就是人工音律了。郭绍虞先生一针见血地指出："所谓'永明体'者，不过是人工的音律之应用于文辞而已。"① 可以说，永明体是文字偏向型文学的极致。其语言学意义正在于，汉字不仅可以记录自然的言语，而且可以发出自己的声音。当汉字发出自己的声音的时候，其记录汉语的功能、职责自然也就大打折扣了。人工音律的实质就是汉字改造汉语，或者说是汉字脱离汉语。

---

① 郭绍虞：《中国文学批评史》（上册），商务印书馆，2010，第161页。

沈约不仅在创作中使用永明体，而且理论上开创、完善了音韵理论。沈约撰有《四声谱》，在《梁书·沈约传》里记载了沈约对自己《四声谱》的自得之情："约撰《四声谱》，以为在昔词人，累千载而不寤，而独得胸襟，穷其妙旨，自谓入神之作。"这里我们不禁要问，为什么"在昔词人"，"累千载而不寤"？为什么"灵均以来此秘未睹"（沈约《宋书·谢灵运传论》），而到沈约就突然"独得胸襟""穷其妙旨"了呢？是前人眼光短狭，还是沈约智力超群？如果不是人的问题，那就应该是沈约生活的时代语言、文字之间的关系发生了某种变化，而沈约敏锐地洞察到了这种变化。

"累千载而不寤"倒也不是沈约的自大之词，当时这似乎也算公论。钟嵘《诗品序》里有一段话可为旁证。"昔曹、刘殆文章之圣，陆、谢为体贰之才。锐精研思，千百年中，而不闻宫商之辨，四声之论。或谓前达偶然不见，岂其然乎？"（钟嵘：《诗品序》）这段话间接证明了"宫商之辨，四声之论"出现在齐梁时期，而且时人都认为在此之前，那些"锐精研思"的"文章之圣""体贰之才"不曾谈及这个问题，当时有人对此的解释是前人"偶然不见"，即"偶然地"没有注意到这个问题。这表明了当时人的"问题意识"。凡事都可溯及既往，渊源有自，萧规曹随，独独此事闻所未闻，见所未见，纯属原创，原因何在？一定是当时出现了以前从未曾有过的东西。我们认为核心原因就是文字从语言那里独立出来了。以前那些"文章之圣""体贰之才"当然也用文字，但在他们眼里，文字只是载道、言志的工具，从属于语言。但现在不同了，文字不再是只是工具，文字既是手段，也是目的了。

沈约在《宋书·谢灵运传论》论述了他自己的"独得胸襟"：

　　若夫敷衽论心，商榷前藻，工拙之数，如有可言。夫五色相宣，八音协畅，由乎玄黄律吕，各适物宜。欲使宫羽相变，低昂

舛节,若前有浮声,则后须切响。一简之内,音韵尽殊;两句之中,轻重悉异:妙达此旨,始可言文。(《宋书·谢灵运传论》)

这样的写作,哪里还有半点"生活"的影子?推敲、琢磨的是文字的"浮声""切响""音韵""轻重",即便有"生活","生活"也得服从文字。其实,音声问题并不是沈约首先提出来的,但沈约将文字本身的音律问题拈出来加以专门研究,并为其制定规则,确有首创之功。

黄侃先生在《文心雕龙札记》里就曾经指出:"为文须论声律,其说始于魏晋之际,而遗文粲然可见者,惟士衡《文赋》数言。"① 所谓惟士衡数言,其实就是陆机《文赋》里说的"暨音声之迭代,若五色之相宣"。但黄侃先生在这里显然没有区分自然音律与人工音律。陆机的"音声之迭代"说的主要是自然音律,即口语形态的文学创作的音律问题。所以,在后面的论述中,黄侃先生很自然地将陆机的观点与《诗传》和左丘明的观点放在一起了。黄先生说:"细审其旨,盖谓文章音节,须令谐调。本之《诗序》'情发于声,成文为音'之说,稽之左氏'琴瑟专壹,谁能听之'之言,故非士衡所创获也。"② 从语言与文字的关系角度讲,陆机的论断的确与前人的论断基本一致,讲的都是口语(声音)形态的文学创作要讲究音律谐调,便于记诵配乐。既然早有这样的观点,沈约又绝不可能不知道这些观点,但他仍然坚持认为自己"独得胸襟",而前人"此秘未睹",唯一的解释就是沈约坚信自己的发现与前人的观点表面相同,本质并不一样。钟嵘《诗品序》对此的解释是:"尝试言之,古曰诗颂,皆被之金竹。故非调五音,无以谐会。若'置酒高堂上'、'明月照高楼'为韵之首。故三祖之词,

---

① 黄侃:《文心雕龙札记》,中华书局,1962,第115页。
② 黄侃:《文心雕龙札记》,中华书局,1962,第115页。

文或不工，而韵入歌唱，此重音韵之义也。与世之言宫商异矣。今既不被管弦，亦何取于声律耶？"（钟嵘：《诗品序》）钟嵘很敏锐地发现了"音韵"和"宫商"的不同，他认为二者的不同是"被管弦"和"不被管弦"的不同，这是很有见地的，涉及了"言"创作与"文"创作的不同之处。文学自觉还有个表现就是文学从其他艺术门类中独立出来了。文学自觉是因为文字的自觉；文学不自觉是因为文字不自觉。文字不自觉之前的语言状态自然是所指偏向型的口语形态，即"言"形态。"言"形态的文学为什么要与"管弦"结合起来呢？《礼记·乐记》的这段话透露了其中的玄机："歌之为言也，长言之也。说之，故言之；言之不足，故长言之。"（《礼记·乐记》）仅仅是"言"不足以传达出"说"（悦），所以要"长言"，即配合音乐演唱。也就是说，"被管弦"的写作是"言"的写作，由于书写工具的局限，当时的人不可能想到"文"能独立于"言"。而"不被管弦"的写作是"文"的写作，自然不能再用源于"言"的"声律"了，所以要另创一套"宫商"。

《诗传》认为"情发于声，成文为音"，其逻辑关系为：情—声—文—音，即"情"为前提，"声"赋其形，"文"录其声。虽然后世读到的是文字记录的《诗经》，但其记录的是"声"，即当时人们通过声音形式创作的诗歌。但到沈约这里就不一样了。首先，文字不再是记录自然之"声"的工具了，诗歌创作首先变成了对文字的安排。所谓"永明体"，就是要求"五字之中，音韵悉异；两句之内，角徵不同"（《南史·陆厥传》），这已经非常清楚地指出了诗歌写作是"字""句"的安排与处置的活动了。其次，文字将自身的声音（声母、韵母加上声调）掩饰为语言，声韵的和谐重于自然声音的和谐。前人所讲的和谐是自然声音的和谐，也可以说是声音的自然和谐；但沈约所讲的和谐是字音（声、韵、调）的和谐。阮元很早就认识到了这一点，他说："休文所矜为创获者，谓汉魏之音韵乃暗合于无心；休文之音韵乃多出于意匠也。"（阮元：《揅经室续集》三）"汉魏之音韵暗合于无心"，是说汉魏虽也有音韵，但却是"无心"而为之，是一种相对自然的音韵；"休文之音韵"则是有意而为之，人工而为之（"意匠"），其实就是人工音律。郭绍虞认为阮元的见解"此言极是"，因为"惟其为自然的音调，所以以人工的音律衡之，便不免有或合或不合之处；纵有会合，亦不得谓为明了人工的音律；而且纵有论及音律之处，亦只能明其然，而不能罗举其条例"。沈约所言的人的工音律也正在于："迨到人工的音律制定以后，则也有客观标准，便易于遵守了。"①而所谓的"人的工音律"来自哪里呢？就是来自"字"音（字的声调、韵部）。沈约的理论是对其所处时代创作实践的总结与提升，具有划时代的意义。我们可以将沈约之前的时代划归为"自然音韵"的时代，而将沈约的及其以后的时代划归为"人的工音律"的时代。"自然音韵"是以人声作为材料及标准；"人的工音律"是以"字音"作为材料和标准。后世的汉语诗歌莫不是在这两种"音律"里讨生活。

《文心雕龙》大体上也是从这个角度判定文学的价值的。《梁书·刘勰传》曾专门谈到刘勰与沈约的结识经过："既成，未为时流所称，勰自重其文，欲取定于沈约。约时贵盛，无由自达，乃负其书，候约出，干之于车前，状若货鬻者。约便命取读，大重之，谓为深得文理，常陈诸几案。"（《梁书·刘勰传》）沈约对刘勰的理论"大重之"，一个重要原因是刘勰也窥察到了文字本身的声音在创作中的重要作用。沈约用的术语是"四声八病"，刘勰用的则是"韵""和"。刘勰认为"同声相应，谓之韵"，"异音相从，谓之和"，要达到"韵""和"的要求，声音形式的自然韵律已经不

---

① 郭绍虞：《中国文学批评史》（上册），商务印书馆，2010，第 173 页。

是考虑的对象了，首先要考虑的是"字"本身的"声"和"音"了。总之都是对文字字音（平、上、去、入）的排列、摆布。在《神思》中，刘勰就提出了"寻声律而定墨"的主张；他在《声律》中又说："凡声有飞沉，响有双迭。双声隔字而每舛，迭韵杂句而必睽；沉则响发而断，飞则声飏不还。"（《文心雕龙·声律》）意思是字调有阴阳、清浊、平仄之分，声韵有双声叠韵之别。在此之前是借用音乐术语"宫商角徵羽"来指称声调的高低的。按《文镜秘府论》的"调声三术"：即宫商为平声，徵为上声，羽为去声，角为入声。宫商为平，上去入为仄。所谓"飞沉"，大概相对于平仄。"飞"指阴与清，平声；"沉"指阳与浊，属仄声。阴阳、清浊之字，应平、仄穿插交替。如果缺乏调协，连用平声，就有声气升飏飘飘不降之感；如果连用仄声，就有声气沉沉欲断之觉。比如曹植的"罗衣何飘飘，轻裾随风还"（曹植：《美女篇》）；潘岳的"望庐思其人，入室想所历"（潘岳：《悼亡诗》），或连用平声，或连用仄声，确实有刘勰所说的弊端。而双声叠韵，必须连用，若两词之间插入他字，或将一词分用于相邻两句，则会造成"吃文"——拗口的毛病。当然，符合声律标准的文字与语言的音韵也可能有重合甚至融合，这样的话，"则声转于吻，玲玲如振玉；辞靡于耳，累累如贯珠矣"（《文心雕龙·声律》）。"写"的与"说"的（"吻""耳"）、"看"的与"听"的就结合在一起了。

刘勰认为，作韵易而选"和"难，"异音相从谓之和"，即平、仄调和得当；"同声相应谓之韵"，如何用韵？《文心雕龙·章句》曰："若乃改韵从调，所以节文辞气。……然两韵辄易，则声韵微躁；百句不迁，则唇吻告劳；妙才激扬，虽触思利贞，曷若折之中和，庶保无咎。"只有处理好了"异音""同声"的调和问题，才有写出好诗的可能。

由于语言符号是能指和所指的结合体，对能指、所指关注程度的差异，会导致语言功能的改变，让语言呈现出某种特定的形态来。由于文学自觉，这一时期的人们将注意力主要放到了文字本身的声音上，对能指符号的关注高于对所指的关注，其文学呈现出鲜明的能指偏向的特色。对能指符号本身的过度关注，必然导致对所指的一定程度的忽视，也就是对意义的传达有所忽略，这也自然成了所指偏向派攻讦的焦点。

我们这里要特别注意的是，虽然刘勰非常注重文字的声韵问题，但刘勰论文时还是较为折中的，他追求的并不是"偏美"的文字型诗歌，而更多的是"兼善"的文字、语言并重型诗歌。《文心雕龙》虽然对藻饰略有偏重，但总体而言，不少观点其实是对当时过度追求文字的纠偏。所以，刘勰既不推重陶渊明、曹操等语言偏向型诗人，对过度文字化的文字偏向型诗人也多有訾议。《文心雕龙·宗经》篇就说"楚艳汉侈，流弊不还"，希望能够"正末归本"，达到"体约而不芜"，"文丽而不淫"。刘勰对当时的文风虽也颇多指斥，说"去圣久远，文体解散，辞人爱奇，言贵浮诡，饰羽尚画，文绣鞶帨，离本弥甚，将逐讹滥"（《文心雕龙·序志》）。但在当时大的背景下，将文字型文学视为文学正宗仍然是大势所趋。

由于文字型文学的正宗地位已被确定，这一派的奉行者是不需要用大量的理论来证明自己的，诗歌"创作"变成了诗歌"写作"。既然是"写作"，文字理所当然地成了最重要的东西。这在中国文学的演进过程中就形成了一个奇怪的现象：虽说是文学运动，但运动的发起者总是语言型的诗人或诗论家，文字型文学从来都是被攻讦的对象。语言型一派有大量的意见、主张、理论，言辞通常都较为激烈；而被攻击的文字型一派却几乎从不还口，只是在创作上默默奉行文字型文学的主张。语言派通常都有意见领袖，如陈子昂、李谔、公安三袁、胡适、于坚等，但文字派却从来没有抱过团，他们的创作实践和作品成了语言派的靶子。中国文学史上似乎很少出现双方同时出场对阵的场面，比如李谔、陈子昂在反对当时及前代淫丽文风时，并没有某个诗人、作家或者写作者跳出来接招，他们攻击的对象不过是笼统的"风气"；元白同样如此，他们的主张也不是仅仅针对某个或某些人的，他们反对的不过是一些他们认为"不对"的现象。即便是胡适，虽然他和当时的一些持复古意见的人有过交锋，但胡适的出发点并不是针对这些人的，只是"甲寅派"的这些人实在看不过意了，出来提醒提醒而已。如果借用"文学革命"这个术语，可以说，被"革命"者往往是过去的、历时久远的诗人，或者毋宁说，"革命"的对象不过是六朝以来的文字型写作传统。

这一派写作的代表人物还有杜甫、温李、黄庭坚，新月派及当代的知识分子写作一派的作家。在能指—所指关系上，他们更喜欢和推崇的是文字型写作，也就是能指偏向型写作。在这里，对杜甫的写作要特别介绍一下。前面说过了，杜甫是"兼善型"，即在所指偏向和能指偏向的创作上都有佳作，他也被后世不同派别，甚至是针锋相对的派别奉为宗主。但杜甫晚期的创作是有着鲜明的语言美学的追求的，"律"是杜甫晚期诗歌写作最为重要的内容，他推崇的是"律比昆仑竹，音知燥湿弦"（杜甫：《秋日夔府咏怀奉寄郑监李宾客一百韵》），公开宣称自己"晚节渐于诗律细"（杜甫：《遣闷戏呈路十九曹长》）。与李白相比，杜甫的诗风特征更为明显。李白对齐梁体的态度基本上是反对的，以"复古道"为己任。所以他说，"梁陈以来，艳薄斯极，沈休文又尚以声律，将复古道，非我而谁！"[1] 李白认为，正是梁陈以来的"尚以声律"中断了"古道"。"声律"源自文字，前面已有论述，"古道"就是一种与

---

[1]　孟棨：《本事诗》引，载丁福保辑《历代诗话续编》（上册），中华书局，1983，第14页。

文字偏向型对立的诗歌写作方式，即语言偏向型写作。在创作实践上，李白也是多古风、歌行而少律诗、绝句。李白的诗歌创作是有着明确的语言观的，他曾说过："兴寄深微，五言不如四言，七言又其靡也。况使束于声调俳优哉。"（孟棨：《本事诗》引）李白显然认为四言是更有"兴寄"，即所指的；而且不喜欢受"声调俳优"的束缚，从这个意义上看，李白是所指偏向型的"偏美"诗人。杜甫虽然对李白甚为崇拜（从杜甫写过多首《梦李白》可以看出），但在诗歌美学上，他是坚定地保留着自己的追求的。杜甫写过不少称赞、仰慕六朝诗人的论诗诗。如："庾信文章老更成，凌云健笔意纵横。今人嗤点流传赋，不觉前贤畏后生。"（杜甫：《戏为六绝句》）杜甫诗歌是近体、古体都很好，后世有喜欢杜甫古体诗的，如胡适等，而喜欢其律诗的人就更多了。因此，杜甫虽是"兼善型"，但其总体诗风仍然呈现出偏向文字的"偏美型"。

关于李白、杜甫诗风的归类，郭绍虞先生有过极为细致的观察。他说："我以为李白的主张是反齐梁的，杜甫的主张，是沿袭齐梁而加以变化的。李白仗其天才，绝足奔放，所以能易古典的作风为浪漫的作风。杜甫加以学力，包罗万象，所以能善用齐梁的藻丽而无其浮靡。前者是对于齐梁作风的反抗，几欲并其艺术美的优点而亦废弃之者。后者对于齐梁作风之演进，发挥其艺术美的优点，而补救其过度使用之缺陷者。前者废弃其修辞的技巧，而能自成一家的作风，所以显其才；后者不妨师法齐梁，而能不落于齐梁，所以显其学；显其才者，其诗犹有古法；显其学者，其诗转成创格。我们若从这一点以为诗仙诗圣的解释，庶不致限于空洞而渺茫。"[1] 齐梁诗风的核心正是语言问题，李白、杜甫对语言的不同偏

---

① 郭绍虞：《中国文学批评史》（上册），商务印书馆，2010，第218～219页。

好导致了他们对六朝诗风的不同偏好：李白认为"绮丽不足珍"，而要"垂衣贵清真"（李白：《古风》）；而杜甫则偏偏好像抬杠似的说，"不薄今人爱古人，清词丽句必为邻"（杜甫：《戏为六绝句》）；六朝人重雕饰，杜甫是"遣词必中律，利物常发硎"（杜甫：《桥陵诗三十韵因呈县内诸官》）；而李白则认为"雕虫丧天真"（李白：《古风》）。李白对杜甫的诗歌写作方式和态度大概也不太认同，从《戏赠杜甫》就可以看见一些端倪："饭颗山头逢杜甫，头戴笠子日卓午。借问别来太瘦生，总为从前作诗苦。"（李白：《戏赠杜甫》）这虽然只是朋友间的玩笑、戏谑，但也透露了李、杜对诗歌写作的不同追求。借用中国诗歌的"两派"理论，李白与杜甫分属不同派别，李白是语言偏向派，即所指偏向派；而杜甫则是文字偏向派，也就是能指偏向派。与其他偏向派诗人不同的是，他们二人的才华、学力对这种"偏向"有一定的纠偏功能，因而其偏向没有走火入魔，尚在可控范围之内。

老杜这种文字型偏向在唐代的一个著名的承继者是李商隐。发现杜甫的律诗与李商隐诗歌之间具有"类型学"上的一致性的是王安石。《蔡宽夫诗话》曾经记载：

> 王荆公晚年亦喜称义山诗，以为唐人知学老杜而得其藩篱者，唯义山一人而已。每诵其"雪岭未归天外使，松州犹驻殿前军"，"永忆江湖归白发，欲回天地入扁舟"与"池光不受月，暮气欲沉山"，"江海三年客，乾坤百战场"之类，虽老杜无以过也。

至于李商隐是有意学杜还是他的诗只是偶然地呈现出了与杜律一样的诗风，从后世研究看，并无资料证明李商隐是因为喜欢杜诗而刻意学杜诗的。废名对李商隐学杜的观点持反对意见，他说："封建文人开口闭口说李商隐学杜，他们知道李商隐究竟学了杜甫的什么呢？所谓'学'，应该不是模仿，各人有各人的时代背景，从民族传统之中，有时对某一点继承相似而发挥不同罢了。"① 废名对杜甫、李商隐诗歌的偏爱，让他更清楚地看到了李商隐与杜甫诗风的近似并不是"学"的结果，而是"民族传统之中"的"某一点"引发了二人的创作，才使得二人的诗风有了并非巧合的相近。但废名并没有指出"民族传统之中"的"某一点"具体是什么，哪个"民族传统"，民族传统中的"哪一点"，笔者认为废名的"民族传统"正是汉字传统，"某一点"就是"文字偏向型"这一点。这就是说，李商隐的"文字偏向型"语言观决定了他的诗歌会呈现出与杜诗近似的风格，并且甚至有时写得比杜甫还要好，"虽老杜无以过也"。毫无疑问，在诗歌风格体现上，李商隐的诗歌所具有的特点必然与六朝、杜甫诗风一致，由于其学力不如老杜，因而李商隐诗歌的缺点与六朝更为接近。李涪在《刊误·释怪》中对李商隐的诗歌及人品有如下评价：

> 近世尚绮靡，鄙稽古，商隐词藻奇丽，为一时之最；所著尺牍篇咏，少年师之如不及。无一言经国，无纤意奖善，唯逞章句。因以知夫为锦者，纤巧万状，光辉耀日，首出百工，唯是一端得其性也。至于君臣长幼之义，举四隅莫反其一也。彼商隐者，乃一锦工耳，岂妨其愚也哉！

"绮靡""辞藻奇丽""唯逞章句"等评价与一般人对六朝诗风的评价几乎如出一辙，莫非王荆公还要认为李商隐是学六朝浮靡之风而窥堂奥者？从这个角度看，笔者认为，对一些真正有天分的诗人来说，选择某种诗风纯粹是由天性决定的，与时代、家庭、经历、遭遇等并不具备必然联系。

六朝诗、杜律、义山诗在宋代的传人是黄庭坚。王安石指出了

---

① 《废名讲诗》，陈建军、冯思纯编订，华中师范大学出版社，2007，第 287 页。

李商隐与杜甫的"师承"关系（其实并非"师承"，只是类型上的接近）；而许𫖮则将黄庭坚与李商隐划归为同一类别。许𫖮首先指出了李商隐诗歌的文字型偏向，"李义山诗，字字锻炼，用事婉约，仍多近体"——"字字锻炼"是文字偏向型的明证，然后又针对宋诗整体上的浅俗鄙陋开出了药方："……作诗浅易鄙陋之气不除，大可恶。客问何以去之，仆曰：'熟读唐李义山诗与本朝黄鲁直诗而深思焉，则去之。'"（许𫖮：《彦周诗话》）恰如王安石认为李商隐的诗歌与杜甫的律诗有类型学上的相近性，许𫖮认为李义山与黄鲁直的诗歌也有着类型学上的相近性，并且将这种类型的诗歌当成了矫治平易浅陋诗风的良药，揭示了诗歌中的"两派"之间的对应性差异。总之，六朝诗的"绮靡"、杜诗的"中律"、义山的"字字锻炼"说的都是对诗歌文字的看重，在文字的音、形、义中，"音"作为"遑章句"的首选，即为对"宫律"的重视。书写介质及传播方式的改进也让人们接触文字的机会大为增加，文字对人的支配作用越来越强，因此，在五四白话文运动（准确地说，是白话诗运动）以前，"宫律"是几乎所有学诗的人必须掌握的技能，后世推崇这一派的诗人实在不少。只是多数诗歌没有呈现出强烈的偏向性，而多数诗人也没有如两派代表人物那样表现出语言自觉。

五四时期是中国语言发生巨变的时期，在诸多因素的共振下，白话文终于取代文言文，成了官方语言。白话文运动并不是五四才有，元白、三袁的运动都是白话文运动，但五四这一次的白话文运动又确实与以前的白话文运动有所不同，它们之间的不同主要是结果的不同——"五四"使白话文（注意：是"白话文"而不是"白话"，"白话"本来就是官话）的官方地位最终被确立下来。从文学创作的角度看，这时创作的符号系统并没有发生变化，所有的诗歌仍然是用汉字书写的；但值得注意的是，文字与语言的关系及这种关系在整个社会的地位有了变化。五四以前的文学是文字偏向型为主、语言偏向型为辅，文字偏向型处于支配地位；而到了五四，不仅语言与文字的关系更加紧密了——"白话文"的称谓本身就说明"文"是以"话"为前提的，即语言决定文字，文字服从语言——整个社会的语言使用也是以语言偏向型为主、文字偏向型为辅，过度文字化的语言（文言）成为被革命、被清除的对象。

五四白话文运动确立了白话文的官方地位，虽说不上彻底，但也基本推翻了文言的垄断地位。按理说白话文运动已经取得了成功，"话"取代"文"成了思维、写作的中心。但正如索绪尔的语言理论所分析的那样，文字并不会轻易地交出"话语权"，它只是一种"假装"，它很快就会重新"僭夺"语言才应该有的地位。在当时复杂的语言背景下，汉字对汉语（白话）的侵入、控制以另外一种方式出现了：欧化。刚刚解决文言的问题，又必须面对欧化这个新问题。而欧化的问题甚至比过去文言的问题更为严重。事实上，当时就有很多人认为欧化语言就是"新文言"，对这种语言也多有指斥，认为"'五四'式白话，实际上只是一种新式文言，除去少数的欧化绅商和摩登青年而外，一般工农大众，不仅念不出来听不懂，就是看起来也差不多同看文言一样吃力"①。所谓"新式文言"，就是说这种语言仍然是文字偏向型的，没有将语言（"话"）的特点传达出来。"念不出来听不懂"，即文字没有体现语言的声音性，不像"话"。五四时期及以后，中国的语言状况变得异常复杂，本来以为打倒文言，就可轻易实现"言文合一"了。结果，文言没有被彻底打倒，倒搞出一种"新式文言"（欧化语）来了。只要汉字仍然存在，诗歌语言的文字偏向（能指偏向）和语言偏向（所指偏向）之间的对立就会存在下去。只是这时的文字偏向有了两种表现形式：文言式的文字偏向和欧化式的文字偏向。文言

---

① 寒生：《文艺大众化与大众文艺》，载文振庭编《文艺大众化问题讨论资料》，上海文艺出版社，1987，第86页。

式的文字偏向延续了以往的种种特点，"中律"仍然是自觉的同时也是极高的诗学追求。欧化式的文字偏向，虽然语言的特质有了改变，但不管怎么说，其本质是文字偏向型或能指偏向型，用这类语言创作就不可避免地关注文字本身，对"律"的追求就是再自然不过的事了——只不过是要创造一种本于新语言的新格律。

五四之后语言确实发生了很大变化，但有一点没有改变，就是汉语仍然是通过汉字来记录的（虽然其间有过不少关于汉字拼音化的探讨）。这就意味着汉字仍然是"形、音、义"的合一，刘勰所言的"立文之道三"仍然存在，因此，从"形、音"角度入手进行新格律的探讨很早就有——遗憾的是，这些探讨没有得到"新诗"创作者的重视，当下的诗人更是不愿戴上好不容易打破的"镣铐"了。笔者始终认为这是新诗衰亡的最重要原因。①

探索最多、最深、最自觉的是新月派诗人，尤其是闻一多和徐志摩。闻一多是新诗格律的最早探索者。早在1922年3月，当时还是学生的闻一多就写了《律诗底研究》一文，文中不少观点显然是针对当时很多将形式"一切打破"的所谓"新诗"的。闻一多从中国古典诗歌的形式和他所受的西洋美术训练中得到启发，在这篇文章里指出"抒情之作，宜整齐也"，"中国艺术中最大的一个特质是均齐，而这个特质在其建筑与诗中尤为显著。中国这两种艺术底美——即中国式的美"。而胡适等人提倡的"话怎么说，文章就怎么写"，以"话"作为评判诗歌优劣的标准，错误正在于抹去了日常语言与诗性语言的界线。② 闻一多对此深不以为然，他说："偶然在言语里发现了一点类似诗的节奏，便说言语就是诗，便要打破诗的音节，要它变得和言语一样——这真是诗的自杀政策

---

① 参见朱恒、何锡章《欧化对诗形的冲击及对策》，《理论与创作》2007年第6期。

② 朱恒、何锡章：《五四白话文运动的语言学考辨》，《文学评论》2008年第2期。

了。"① "言语"与"诗"的不同，最重要的自然是"形式"的不同。闻一多认为"形式"其实就是"格律"。他说："格律在这里是 form 的意思。'格律'两个字最近含着了一点坏的意思；但是直译 form 为形体或格式也不妥当。并且我们若是想起 form 和节奏是一种东西，便觉得 form 译作格律是没有什么不妥的了。"② 在中国旧诗里，"格律"并不是什么新鲜的东西，但对因打破"格律"或者说从"格律"中破茧而生的新诗而言，再提"格律"在很多人看来是走回头路，从这个意义上讲，闻一多在当时思潮下大胆地、明确地提出新诗的"格律"问题，是需要发自内心的真诚和极大的学术勇气的。

与沈约当年一样，闻一多认为自然音节和人工音节是不一样的，这表明闻一多已经察觉到口说的语言（闻一多用"言语"）与借助文字的语言是有着明显区别的。1922 年在《〈冬夜〉评论》这篇文章里他谈到了"音节"（其实就是格律），他说："词曲的音节当然不是自然的音节；一属人工，一属天然，二者是迥乎不同的。一切的艺术应该以自然作原料，而参以人工，一以修饰自然的粗率相，二以渗渍人性，使之更接近于吾人，然后易于把捉而契合之。诗——诗的音节亦不外此例。"③ 沈约当年称自己的发现是"独得之秘"，闻一多不敢妄称"独得"，只认为格律是诗歌写作的"天经地义"。

一旦开始注意文字，就一定会注意形式，即将注意力放到能指符号上来。就像前面论述的，对汉字而言，能够在能指符号上变出的"花样"只能是借助于汉字的"形"和"音"的，闻一多的论述同样是基于这个基础的：

前面已经稍稍讲了讲诗为什么不当废除格律。现在可以将

---

① 《诗的格律》，载《闻一多全集》（第 2 卷），湖北人民出版社，1993，第 138 页。

② 《诗的格律》，载《闻一多全集》（第 2 卷），湖北人民出版社，1993，第 137 页。

③ 《〈冬夜〉评论》，载《闻一多全集》（第 2 卷），湖北人民出版社，1993，第 63 页。

格律的原质分析一下了。从表面上看来，格律可从两方面讲：（一）属于视觉方面的，（二）属于听觉方面的。这两类其实不当分开来讲，因为它们是息息相关的。譬如属于视觉方面的格律有节的匀称，有句的均齐。属于听觉方面的有格式，有音尺，有平仄，有韵脚；但是没有格式，也就没有节的匀称，没有音尺，也就没有句的均齐。

关于格式，音尺，平仄，韵脚等问题，本刊上已经有饶孟侃先生论新诗的音节的两篇文章讨论得很精细了。不过他所讨论的是从听觉方面着眼的。至于视觉方面的两个问题，他却没有提到。当然视觉方面的问题比较占次要的位置。但是在我们中国的文学里，尤其不当忽略视觉一层，因为我们的文字是象形的，我们中国人鉴赏文艺的时候，至少有一半的印象是要靠眼睛来传达的。原来文学本是占时间又占空间的一种艺术。既然占了空间，却又不能在视觉上引起一种具体的印象——这是欧洲文字的一个缺憾。我们的文字有了引起这种印象的可能，如果我们不去利用它，真是可惜了。所以新诗采用了西文诗分行写的办法，的确是很有关系的一件事。姑无论开端的人是有意的还是无心的，我们都应该感谢他。因为这一来，我们才觉悟了诗的实力不独包括音乐的美（音节），绘画的美（词藻），并且还有建筑的美（节的匀称和句的均齐）。这一来，诗的实力上又添了一支生力军，诗的声势更加浩大了。所以如果有人要问新诗的特点是什么，我们应该回答他：增加了一种建筑美的可能性是新诗的特点之一。①

既然谈"格律"，这里有必要再梳理一下闻一多与杜甫、李商隐之间的内在关系。与其说是杜甫、李商隐影响了闻一多，不如说

---

① 《诗的格律》，载《闻一多全集》（第2卷），湖北人民出版社，1993，第140~141页。

是闻一多的诗学追求在杜甫、李商隐那里找到了知音。并不奇怪的是，在闻一多看来，杜甫是"中国有史以来第一个大诗人，四千年文化中最庄严、最瑰丽、最永久的一道光彩"①。类似的表述在闻一多的文章中俯拾即是。同样，闻先生也直接承认自己的诗歌、诗观是受到了李商隐的影响的，闻一多在1922年11月26日写给梁实秋的信中说："在《忆菊》，《秋色》，《剑匣》具有最浓缛的作风。义山、济慈的影响都在这里；但替我闯祸的，恐怕也便是他们。"②可以说，闻先生是杜甫、义山文字传统、能指传统写作的现代承接者，并且他也很清醒地认识到，"用语体文字写诗写到同律诗一样"是不太可能的。因此闻先生的格律是基于当时人们使用语言（"白话文"）的实际来制定的，也没有将所有新诗全都纳入同一个固定模式的打算，而只是希望诗歌能够有自己的形式。

"律"是所有能指偏向型诗歌语言的必然追求。只是在当时，由于语言使用情况过于杂乱，不少人没有能够将"白话文"与"欧化文"区分开来——由于二者共用一套文字体系，要准确区分也确实不容易。不加区分的结果是消解了能指偏向型和所指偏向型诗歌各自应该有的表现方式，加上当时过激的"解放""打倒"口号，使得这种消解变成了当时及后世诗人的自觉追求，延续至今。笔者认为"白话文"与"欧化文"之间的本质区别是所指偏向型语言和能指偏向型语言的区别，语言的选择必然带来诗歌技术运用上的差异。忽视这种差异的结果就是消灭诗歌——现代汉语诗歌今天的处境已经充分证明了这一点。

比如，被称为"东方鲍特莱"的李金发就是用"欧化文"写诗的代表。从言—意关系的角度看，文字型写作不必为现实世界负责，李金发的诗歌必然是也只能是"象征派"——营造一个不存在

---

① 《杜甫》，载《闻一多全集》（第6卷），湖北人民出版社，1993，第74页。
② 《致梁实秋》，载《闻一多全集》（第12卷），湖北人民出版社，1993，第124页。

的世界；另外，他的诗歌同样是"难懂派"。这两点后文还将谈到，这里只谈李金发诗艺的问题。"欧化文"是文字偏向型，用这样的语言创作，就必须注重能指符号。前面已经分析过，能指符号的运用主要表现为"形"的变化及"音"的变化，遗憾的是，这两者在李金发的诗歌里全都找不到。因此，不管李金发的诗歌表现出与传统多么不一样的新思想，如"死亡""审丑""颓废"等，但作为诗歌本身其总不免有所欠缺，也让人感到遗憾。朱自清先生的评价里流露的是批评又不敢（当时求新思维下，说"好"的人太多，说"不好"是唱反调）、褒扬又心不甘（乱七八糟，说"好"实在有违本心）的纠结与勉强："不知是创造新语言的心太切，还是母舌太生疏，句法过于欧化，教人像读着翻译；又夹杂着些文言里的叹词语助词，更加不像——虽然也可以说是自由诗体制。"[①] 朱先生破折号后面的话颇含深意。诗歌里确实有"自由诗"，但这种诗应该是口语偏向型的，如白话诗；而李金发用的是"欧化"语言及一些"文言里的叹词语助词"，他的诗显然是文字偏向型的。文字偏向型诗歌的核心就应该服从文字，遵循这类诗歌的标准，诗是不"自由"的。将"自由"运用于不能自由的文字偏向型语言上，写出的诗歌，套用瞿秋白的话说，就是这一类"非驴非马"的"骡子诗"。遗憾的是，这样的诗歌今天仍然大量存在。比如与李金发的诗歌如出一辙的"知识分子写作"的作品。

"知识分子写作"与"民间写作"之争，焦点同样也在语言上。"民间写作"的语言策略就是"口语写作"；"知识分子写作"虽然没有特别强调自己的语言资源——像历代所有能指偏向型写作一样，他们认为用书面性更强的语言写作是天经地义的事情。在白话文取得官方地位近百年后，"知识分子写作"当然不能再用文言

---

① 朱自清：《导言》，载朱自清编选《中国新文学大系·诗集》，上海良友图书印刷公司，1935。

写作了，他们用的是一种"新文言"——欧化语言。与历史上的所有诗学论争一样，他们也遭到了"口语派"、所指偏向派的攻击，而攻击的内容和历代对能指偏向型写作的攻击几乎一样。于坚旗帜鲜明地炮轰20世纪90年代的"知识分子写作"，称其是"对诗歌精神的彻底背叛，其要害在于使汉语诗歌成为西方'语言资源'、'知识体系'的附庸，在这里，诗歌的独立品质和创造活力被视为'非诗'"；他们的诗歌是"在例如《诗刊》这样的杂志中出现的那些，或者声称其'语言资源'来自西方诗歌的二手货——翻译诗的所谓'知识分子写作'制造的赝品"。① 更重要的是，虽然不是用文言写作，但由于也属于能指偏向派的写作，其显现出来的弊端竟然与用文言写作的能指极端派的弊端几乎一样。

坦率地说，在最初接触"知识分子写作"这个名称时，笔者是有所期待的。从语言的使用看，"知识分子写作"必然选用一种文字化（与"民间写作"的"口语"不同）程度较高的语言，事实上也确实如此，这一派的写作采用的正是欧化语言（欧化语言不是口语，因为生活中没有人会这么讲话），即被于坚等人攻击的"西方的语言资源"。欧化语言已经是现代汉语的组成部分之一，用这样的语言写诗当然没有什么问题，但一旦用了这种文字偏向的语言写诗，如果希望语言还有诗性的话，文字本身就应该是他们关注的重点。遗憾的是，这些人也迷恋"技术"，但他们的"技术"根本不是诗歌的技术。沈奇在《秋后算账——1998：中国诗坛备忘录》里写道，"读所谓'知识分子写作'之类的作品，我们无法得到任何可资信任感的审美感受和亲和性的精神感受，只剩下充满上述种种弊端的技术性操作让人不知所云"；具体而言，"知识分子写作"将传统的诗歌技术"提高"为"高蹈的、抒情的、翻译性语感化

---

① 于坚：《穿越汉语的诗歌之光》（序言），载杨克主编《1998中国新诗年鉴》，花城出版社，1999。

的，充满了意象迷幻、隐喻复制、观念结石以及精神的虚妄和人格的模糊"。用沈奇的话说就是"不喜欢，头晕"，"无法得到任何可资信任感的审美感受和亲和性的精神感受"。① 笔者认同沈先生的这些结论，但并不表明笔者就是站在"民间写作"一边的。"知识分子写作"并没有学习、借鉴西方诗歌在能指操作上的任何经验，而是照搬了半生不熟的翻译语言本身，并且以为这就是"技术"。通过翻译学习诗歌，这本身就是悖论，弗罗斯特不是说过"诗是一经翻译就不存在的东西"（Poetry is what gets lost in translation）吗？至于硬说西方诗歌里有什么全新的、中国文学不具备的新东西，也只不过是本国历史虚无主义和"崇洋媚外"在文学上的表现。至于开口闭口不离波德莱尔、艾略特、米沃什、帕斯捷尔纳克这些唬人的名字以及"荒原""理性""颓废""象征"等玄乎的术语，不知道是否也是"挟洋自重"心态的遗留。其实，钱钟书先生的《管锥编》《谈艺录》已经雄辩地证明了"东海西海，心理攸同；南学北学，道术未裂"。具体而言，在江弱水先生看来，"上面提到的西方现代诗的诸多特点，在中国古典诗中并不鲜见"②。选择语言非常重要，但一旦选择，你就无法抛弃伴随语言而生的写作方式。

当然，"知识分子写作"派是不会同意这些攻击的，他们认为自己是"铁肩担道义"，他们的写作是"一种置身于一个更大文化语境而又始终关于中国、关于我们自身现实和命运的写作，也是一种在'西方'与'本土'、'传统'与'现代'的两难境遇中显示出深刻历史意识和中国知识分子的文化责任感的写作"③。且不说这些辩驳里面透露了这群人故作深沉、自我神圣、惯于充当大众启蒙

---

① 沈奇：《秋后算账——1998：中国诗坛备忘录》（序言），载杨克主编《1998 中国新诗年鉴》，花城出版社，1999，第 389 页。
② 江弱水：《古典诗的现代性》，生活·读书·新知三联书店，2010，第 9 页。
③ 王家新、孙文波编《中国诗歌　九十年代备忘录》，人民文学出版社，2000，第 5 页。

者的怪异心态，仅就诗歌而言，他们忘记了一个"常识"：

> 诗藉文字语言，安身立命；成文须如是，为言须如彼，方有文外远神，言表悠韵，斯神斯韵，端赖其文其言。品词忘言，欲遗弃迹象以求神，遏密声音以得韵，则犹飞翔而先剪翮，踊跃而不践地，视揠苗助长、凿趾益高，更谬悠矣。瓦勒利尝谓叙事说理之文以达意为究竟义，词之与意，离而不著，意苟可达，不拘何词，意之既达，词亦随除；诗大不然，其词一成莫变，长保无失。是以玩味一诗言外之致，非流连吟赏此诗之言不可；苟非其言，即无斯致。①

作为诗人，别说你写了什么！那些"宏大的""深刻的""历史的""思想的""人性的""民族的""责任的"等思想，读者完全可以在历史、哲学、社会学、人类学著作里读到，诗歌的深刻不用作者提醒。今天重读闻一多，笔者仍然感到震撼与不解，这些见解既借鉴了汉字传统，又剖析了中西文字的差异，还注意到了语言的发展和现状，而且具有非常强的示范性和可操作性，但为什么就是很少有人愿意继续探索下去，而任由诗质流失，自弹自唱地写出一些将来用作"病理解剖"（邓程语）的所谓的"新诗"呢？个中缘由当年闻先生也有提及，一并转引，以供自检反思。"如今却什么天经地义也得有证明才能成立？是不是？但是为什么闹到这种地步呢——人人都相信诗可以废除格律？也许是'安拉基'精神，也许是好时髦的心理，也许是偷懒的心理，也许是藏拙的心理，也许是……那我可不知道了。"② 从严格意义上讲，将"知识分子写作"划归能指偏向派实属勉强，但其可作为反面教材，证明选择了文字

---

① 钱钟书：《谈艺录》（补订重排本），生活·读书·新知三联书店，2001，第238页。
② 《诗的格律》，《闻一多全集》（第2卷），湖北人民出版社，1993，第140页。

偏向却拒绝文字偏向应有的写作方式，会是多么失败的一件事情。

从六朝诗人、沈约、杜甫、李商隐、黄庭坚到闻一多及知识分子写作的作家，勾勒出的是汉语诗歌文字偏向型的脉络走向，他们要么在诗歌风格上，要么在诗歌理论及主张上呈现出了整体的一致性：文字本身在他们的创作中具有重要的作用。不同的是"五四"前的诗人由于有着自觉的语言追求，将"诗律"视为他们诗歌创作的关键技术，尽管遭到了所指偏向派的反对、攻击，但其诗作为"偏美"中的一"美"，仍然有着大量忠实的拥趸。而"五四"以后的诗人，语言选择了文字偏向型，创作上却崇尚口语偏向型的"自由"，忽视"诗律"，将二者的缺点整合在一起，造成了现代汉诗整体的没落。以前的诗，甚至六朝的诗是有人说好、有人说不好（这实际上是艺术欣赏再正常不过的现象），而当下的诗歌因忽视了对文字、能指的操练，已经到了无人理会的地步。

五四以后尤其是新中国成立以后的文学观和文学史，通常将现实主义视为文学的正宗。从语言符号学的角度看，现实主义通常是凭借所指偏向型语言以实现其反映现实的理想的。文字偏向型远离了个体、真实、存在、当下，常常被冠以"文字游戏"的恶名。这一流派文学教育的结果是培养了大量的偏好"说了什么""易懂"的诗歌的读者，并且很多人将其视为检视诗歌水平的试纸。在这样的大背景下，强调诗歌的语言性、文字性、技术性，多少有些不合时宜，但笔者仍然愿意相信任何艺术的水平都反映在对介质的处理水平上。南朝崇尚骈俪的文风在后世几乎完全成了被批驳的对象，五四以后的文学教科书更是如此。但崇尚骈俪，看重文字的能指功能（即诗学功能）恰恰揭示了文学之所以存在的一个重要原因，并且厘清了文学与其他学科门类如史学、哲学等之间的区别，从文学之为文学的维度上重新定义了文学。郭绍虞先生考辨文学的出发点正是语言与文字，因此，郭先生对南朝文学批评的历史意义有着与时人完全不同的认识。郭先生认为：

> 南朝的文学批评，如此重要，而昔人每忽略之，则以此期的创作界在文学史上是极端偏于骈俪的时期。而此期的文学批评，亦不免较重在形式方面，——如音律与采藻等等的问题均为此期批评界所集中讨论的。因此，此期作家的作风，既遭后世古文家或道学家的攻击反对，则此期较重在形式方面的文学批评，当然也易于遭人轻视了。不过，我们须知：（1）因骈俪之重在藻饰，故其作风当然较偏于艺术方面而与道分离；因此，反容易使一般人认清了文学的性质，辨识了文学的道路。由这一点言，觉得后世文人之论文，反多不曾认识清楚者。（2）即在当代的批评家，也有许多反对极端文胜以为匡时之针砭者，不过因当时作家之靡然从风，积重难返，所以一时似乎不生什么影响而已。实则此种主张有许多早已为后世古文家种下根苗，而古文家却一切不加理会，自矜创革之功，这觉得更是不应该的。①

的确，对形式、宫律、采藻的过度重视会削弱意义的传达，但在做不到"兼善"的情况下，至少还算"偏美"，在郭先生看来，这是一种脱离了"道"且最能体现文学自身特点的方式。站在没有偏向性的角度，笔者认为既然选择了能指偏向型语言，就应该更多关注能指符号自身，因此，"遣辞必中律"正是这一派诗人的自觉追求，也是必然追求："恐怕越有魄力的作家，越是要戴着脚镣跳舞才跳得痛快，跳得好。只有不会跳舞的才怪脚镣碍事。只有不会做诗的才感觉得格律的缚束。对于不会作诗的，格律是表现的障碍物；对于一个作家，格律便成了表现的利器。"②

---

① 郭绍虞：《中国文学批评史》（上册），商务印书馆，2010，第122页。
② 《诗的格律》，载《闻一多全集》（第2卷），湖北人民出版社，1993，第139页。

第三节　"不务文字奇"：意义的救赎

白居易《寄唐生》的"非求宫律高，不务文字奇"与杜甫的"晚节渐于诗律细"已然构成了对立性的宣示，虽然其不是针对杜甫本人，但将两者的诗观放在一起审视，仍然让人感觉里面似乎隐含了一种挑衅的意味。我们将以白居易为代表的这一派的风格视为语言偏向型，即所指偏向型。既然是"所指偏向"，自然就是反对将写作的注意力放到能指符号上，这必然导致对文字，尤其是对那些所指不明的"空文"的怀疑。在纸张普及以后，六朝人发现了文字游戏的乐趣。文字的"声"让他们迷上了音韵、宫律；文字的"形"让他们迷上了对偶、骈体，甚至书法。但对文字本身的过分关注必然对意义的传达有所阻碍，有时甚至会遮蔽意义。如果整个社会都迷恋这样的遮蔽真实意义的表达方式，陷入能指滥用的风潮中，必然会形成虚假、迷信、全员撒谎而不自知的社会风气，如近世的"文革"话语。因此，所指偏向派必然会贬低、反对、攻击能指偏向派引以为豪的东西。

文字符号是能指、所指的同构，并不存在没有能指的所指，也不存在没有所指的能指。但需要特别注意的是，符号的能指和所指这两维之间的关系不是凝固不变的，而是可以在一定范围内滑动的共生关系。而这也正是导致符号呈现能指偏向或所指偏向的原因。能指偏向削弱了语言的指向性，加强了符号的自指性；所指偏向强化了符号的意指性，强化了符号的工具性。能指偏向是语言服从文字，所指偏向则是文字服从语言；两种偏向不仅决定了意义的生成方式、传达程度、传达手段等技术性问题，而且决定了不同思维方式甚至文明形态，如语音中心主义和文字中心主义的区别。总之，在能指与所指的滑动中，某一极的强化是以另一极的弱化为代价的。能指偏向强化了符号自身，将符号引导至诗性一极，其代价必然是削弱所指，弱化意义的表达。"文学自觉"就是文字自觉，就是能指自觉，其结果自然是所指弱化、意义弱化。当这种偏向达到较为严重的程度，符号通往意义的路径完全被能指的光芒所遮蔽，整个社会陷入远离真实世界的"能指狂欢"中，这时自然就有人站出来，针弊救偏，把能指换回所指，此即意义的救赎。

首先对这种文风发难的是隋朝李谔的《请正文体书》。《请正文体书》虽然不是完全针对诗歌语言，但当时整个社会文风颓坏，显然是受诗歌语言的影响的，其罪魁祸首就是"魏之三祖，更尚文词，忽君人之大道，好雕虫之小艺"，这本来只是创作时对"言""文"重心的调整，将文字放在了语言之上，但在李谔看来，"更尚文词"并不是写作的技术问题，而是远离"君人大道"的结果。这里特别值得文学史研究者注意的是，一个社会文风矫揉，而使世风颓败，终致大厦倾圮，"文笔日繁，其政日乱"，媒介变动往往是社会变动的核心推动力，而不是相反。五四运动及其后的政权更迭就是从一场"白话文"运动开始的，这就是明证。文学史书写到底应该以什么为核心？这是值得深思的。

汉语中的"道"不仅有"说"的意思，同时也是终极的哲学范畴（西方的"逻各斯"恰好也兼具"言说"和"大道"之意，张隆溪的《道与逻各斯》一书有详细阐述。有意思的是，基督教"太初有道"的"道"竟也是"Word"，"言"就是"道"），这样"言"就与"大道"联系在了一起。与索绪尔的观点几乎一样，李谔也认为，文字只能忠实地记录"言"，服务并服从于"言"，一旦文字本身受到关注，就不仅背叛了"言"，而且背叛了"道"。但不知为什么，当时的人放着这么重要的"道"不去追寻，偏偏要去"好雕虫小艺"，以至于"下之从上，有同影响，竞骋文华，遂成风俗"。到了齐梁时代，情形更糟，以致"贵贱贤愚，唯务吟咏。遂复遗理存异，寻虚逐微"，终日"竞一韵之奇，争一字之巧"，结果整个社会的风气成了"连篇累牍，不出月露之形，积案盈箱，唯是风云之状"；更坏的是，"世俗以此相高，朝廷据兹擢士。禄利之路既开，爱尚之情愈笃。于是闾里童昏，贵游总丱，未窥六甲，先制五言。至如羲皇、舜、禹之典，伊、傅、周、孔之说，不复关心，何尝入耳。以傲诞为清虚，以缘情为勋绩，指儒素为古拙，用词赋为君子。故文笔日繁，其政日乱，良由弃大圣之轨模，构无用以为用也"。李谔的观察是极为准确的，将文风对世风、人风的影响清晰地揭示出来了。刘知几也说："始自两汉，迄乎三国，国史之文日伤繁富。逮晋已降，流宕逾远，寻其冗句，摘其烦词，一行之间必谬增数字，尺纸之内恒虚费数行。夫聚蚊成雷，群轻折轴，况于章句不节，言词莫限，载之兼两，曷足道哉！"（刘知几：《史通·叙事》）而所谓的"尚文词""好雕虫小艺""竞骋文华""竞一韵之奇，争一字之巧"，具体而言，也就是追求"宫律高"，将表述的注意力放在能指符号的"形"和"音"上，而这竟然会导致"忽君人大道""其政日乱"的严重社会后果。这当然会招致"载道派"、所指偏向派的关注及大力反对。从语言的角度看，如果能指与所指发生了偏移，能指不再通向所指，意义缺失，则不仅文风，连世风都会变得"轻浮""华伪"。为什么会这样呢？因为"所指偏向"意味着语言先于文字，文字只是记录语言的工具；而语言又是与个人、真实、此在、意义关联在一起的。文字替代语言，其本质正是让人从意义、此在、真实、个人中逃离，因此会显得"轻浮""华伪"。李谔正是试图通过炮轰能指偏向过度的语言，恢复能指、所指的正常关系，以还原意义，还原所指。

　　稍后的陈子昂则专门指出了齐梁诗的问题，他在《与东方左史虬修竹篇序》中说：

　　东方公足下：文章道弊五百年矣。汉、魏风骨，晋、宋莫传，然而文献有可征者。仆尝暇时观齐、梁间诗，采丽竞繁，而兴寄都绝，每以永叹。思古人常恐逶迤颓靡，风雅不作，以耿耿也。一昨于解三处见明公《咏孤桐篇》，骨气端翔，音情顿挫，光英朗练，有金石声。遂用洗心饰视，发挥幽郁。不图正始之音复睹于兹，可使建安作者相视而笑。解君云："张茂先、何敬祖，东方生与其比肩。"仆亦以为知言也。故感叹雅制，作《修竹诗》一首，当有知音以传示之。

　　这篇序里说，"汉魏风骨，晋、宋莫传"，用黄侃先生对"风""骨"的定义来解释，就是汉魏时文辞与文意结合得很好的传统，到晋宋时失去了。平衡的"言—意"关系被打破，发生了偏移，偏向了"言"，"采丽竞繁"。正如我们前面所说的那样，将注意力过于放在能指符号上，则必然阻碍意义的传达，甚至让意义缺席，也即所谓"兴寄都绝"。语言无所"寄"，其实也是无所"托"，没有"寄托"，其实也就是没有意义，没有所指，没有"气"或"风"了，汉魏"风骨"也就不存在了。陈子昂的苦心就是要恢复正常的"言—意"关系，恢复语言、文字的所指功能，以期做到"骨""气"端翔，"音""情"顿挫。反对"采丽竞繁"，其实就是反对"专求宫律高，只务文字奇"。

　　对辞采，也就是"文"的怀疑甚至拒绝，在白居易的一些诗观里也有着直接的表示。白居易的《新乐府序》非常集中地反映了他对"意"的重视以及对"文"的排斥。

　　序曰：凡九千二百五十二言，断为五十篇。篇无定句，句无定字；系于意，不系于文。首句标其目，卒章显其志，诗三百之义也。其辞质而径，欲见之者易谕也；其言直而切，欲闻之者深诫也；其事核而实，使采之者传信也；其体顺而肆，可以播于乐章歌曲也。总而言之，为君、为臣、为民、为物，为事而作，不为文而作也。

《新乐府》的编撰，"系于意，不系于文"，已经揭示了白居易的语言观是偏于"意"，即偏于所指的；偏于所指，必然强调对"物""事"的重视，所以是"为君、为臣、为民、为物、为事而作"（白居易：《白氏长庆集》三），独独不是也不能"为文而作"。在文辞的选择上，必然选择那些"质而径""直而切"的，这样就可以做到"易谕""深诚"。

既然反对过度文字化的偏向，元、白必然从加强文字的所指功能入手。二者如同硬币的正反面。白居易因感"诗道崩坏"，所以"忽忽愤发，或食辍哺、夜辍寝，不量才力，欲扶起之"。他认为，"至于梁陈间，率不过嘲风雪、弄花草而已"，文字虽美，但"丽则丽矣，吾不知其所讽焉"，"于时六义尽去矣"（白居易：《与元九书》）。"不知其所讽"，要说的就是华丽的语言，找不到所指，与陈子昂的"兴寄都绝"意思完全一样。"自登朝来，年齿渐长，阅事渐多，每与人言，多询时务，每读书史，多求理道，始知文章合为时而著，歌诗合为事而为。"（白居易：《与元九书》）"为事而为"同样是强调要有所指。而要做到让所指、意义显形，则必须恢复文字的语言、声音属性，学会说"话"。

宋诗则整体上呈现出一种与唐诗不一样的风格，是为"宋诗"。用钱钟书先生的话说，宋诗就是"多以筋骨思理见胜"的诗。从"断代言诗"的观点看，唐代即有宋诗，"唐之少陵、昌黎、香山、东野，实唐人之开宋调者"①。宋人评诗，同样对过于追求文字之"工"的唐诗给出了否定性评价，如蔡居厚《诗史》就说，"晚唐诗句尚切对，然气韵甚卑"（蔡居厚：《诗史》）；而吴可也认为，

---

① 钱钟书：《谈艺录》（补订重排本），生活·读书·新知三联书店，2001，第2页。

"晚唐诗失之太巧，只务外华，而气弱格卑，流为词体耳"（吴可：《藏海诗话》）。严羽《沧浪诗话》说"本朝人尚理，唐人尚意兴"是对宋诗诗风的精准总结。宋诗兴起固然有别的原因，但其中一个原因就是为对唐诗尤其是晚唐诗纠偏。中晚唐起，不少诗人过于迷恋文字，以至于完全忽视诗歌的意旨。宋人唐子西记载过能指偏向派的创作过程：

> 诗最难事也。吾于他文不知寒涩，惟作诗甚苦。悲吟累日，仅能成篇，初读时未见可羞处，姑置之；明日取读，瑕疵百出，辄复悲吟累日，反复改正，比之前时，稍稍有加焉。复数日取出读之，疵病复出。凡如此数日，方敢示人，然终不能奇。李贺母责曰："是儿必欲呕出心乃已。"非过论也。今之君子，动辄千百言，略不经意，真可责哉。（《唐子西语录》，转引自《诗人玉屑》）

唐子西所说的，既是自己的创作过程，恐怕也是所有能指偏向型诗人的真实体验——这同时也是他们引以为豪的地方，所谓"痛并快乐着"也。从唐子西的这番话里，还可以看到有宋一代诗风确实已经发生了很大变化，唐子西本人就是当时少有的文字锤炼的坚守者了。因为"今之君子"的写作在文字偏向型诗人的眼里，完全是"真可责哉"！"今之君子"，不是某个特定的"君子"，而是大多数"君子"，他们走的正是所指偏向型的创作道路，文字本身不是他们考虑的重点，因此常常"动辄千言，略不经意"。从语言使用的经济性上，能指偏向派是"两句三年得"（贾岛：《题诗后》），不轻易用字；而所指偏向派则是"动辄千言"。这当然是他们各自的优点，同时也是各自被对方攻击的地方。所指派攻击能指派"雕琢过甚"，能指派则攻击所指派"辞繁言激"。

如果不"炼字"，那什么样的诗歌才是好诗歌呢？白居易从四个方面为语言偏向型或所指偏向型诗歌立法："其辞质而径，欲见之者易谕也；其言直而切，欲闻之者深诫也；其事核而实，使采之者传信也；其体顺而肆，可以播于乐章歌曲也。"（白居易：《新乐府序》）具体而言，就是言词要"质"。"质"本身就是与"文"相对立的概念，"质"者，非"文"也。而"径""直""切"都是说言辞不要加工，而是直接呈现出来——这是对能指的要求，本质就是要"文辞"为"言辞"服务，也就是后来胡适所讲的"话怎么说，文章就怎么写"。因为只有这样的能指才会指向"核而实"的所指，他们不仅强调要有所指，而且所指必须为真。"核而实"不像是对诗人的要求，而像是对记者的要求。不必在意在能指偏向派看来极为重要的什么"宫商角徵""浮声切响"，就是整体的诗篇结构也可打破，"体顺而肆"，"肆"就是"放"。胡适后来提倡的"诗体大解放"，当时矜为独创，其实应该滥觞于白居易的"体顺而肆"。这也更加证明同一语言观的人容易得出相同的结论。

有意识地选择"偏向"，就好像是选择了一柄双刃剑，增强威力的同时也增加了自伤的危险。选择所指偏向，固然可以让文章"易谕""核而实"，但也会犯所指偏向必然会有的一些毛病。白居易在反思自己诗歌时，也发现了这一缺点（优点？）。在给元稹的《和答诗十首序》中，白居易谈道："顷者在科试间，常与足下同笔砚，每下笔时，辄相顾共患其意太切而理太周，故理太周则辞繁，意太切则言激。然与足下为文，所长在于此，所病亦在于此。足下来序，果有'辞犯文繁'之说。今仆所和者，犹前病也。待与足下相见日，各引所作，稍删其繁而晦其义焉。"（白居易：《和答诗十首序》）看来，白居易及元稹都意识到他们诗作的问题是"理太周""意太切"，表现在语言上，则是"辞犯文繁"；改进的方法是，"稍删其繁"并"晦其义"。"删其繁"就是要加强文字的锤炼，重视能指符号的艺术运用；而"晦其义"则表明白居易也意识到"其义太明"的诗歌不是好诗歌，有时应该"晦其义"，不要说得那么明白。与所指偏向派对立的闻一多对他们诗歌的这些缺点颇有微词，闻先生说："抒情之作，宜紧凑也。既能短练，自易紧凑。王渔洋说，诗要洗刷得尽，拖泥带水，便令人厌观。边幅有限，则不容不字字精华，榛芜尽芟。繁词则易肤泛，肤泛则气势平缓，平缓之作，徒引人入睡，焉足以言感人哉？艺术之所以异于非艺术，只在其能以最经济的方便，表现最多量的情感，此之谓也。"① 但闻先生和元白根本不是在同一个角度看问题的，元白诗歌的缺陷不是他们能力、水平所致，而是所指偏向型语言的必然体现，沃尔特·翁认为，在口头话语中，脑子以外没有能够回顾的东西，因为话一说出口就消失得无影无踪，于是"脑子就不得不放慢速度，使注意力集中在刚才说过的话上。冗余，即重复刚刚说过的话，能够使听说双方都牢牢地追随既定的思路"②。虽然元白等人是用文字书写，但他们利用的是汉字的"声"之维度，这就开启了口语思维模式，"辞犯文繁"，即"冗余"是口语思维模式的必然产物。而在沃尔特·翁看来，闻一多所谈的则是"线性的或分析的思维和言语"，而"它们是人为的东西，是文字技术的产物"。③ 元白如果想改掉"辞犯文繁"的"毛病"，就必然丢失口语写作的特征，甚至走上能指偏向的道路，元白的主张也会因此失去支撑。闻一多、王渔洋的主张是以己所长，攻人所短。"辞犯文繁"是口语偏向的诗人为了维护意义的先在性、神圣性必须付出的代价，不必更改，也无法更改。

---

① 《律诗底研究》，载《闻一多全集》（第10卷），湖北人民出版社，1993，第154页。
② 〔美〕沃尔特·翁：《口语文化与书面文化：语词的技术化》，何道宽译，北京大学出版社，2008，第30页。
③ 〔美〕沃尔特·翁：《口语文化与书面文化：语词的技术化》，何道宽译，北京大学出版社，2008，第30页。

　　我们也想知道，如果不是在文字上下功夫，还有什么别的方式可以做到？可见元白的诗歌见解与宋诗是有着内在一致性的。白居易这一番表述还间接证明"偏美"型诗歌在凸显某一方面的特质时必然在另一方面有所缺失，即文字偏向型诗歌在能指与所指之间打上了"三角桩"，阻断了能指直接通向所指的可能性，使得诗歌语言朦胧而有回味，欣赏者穿越言—意之间的迷宫达到只具有可能性的意义终点，享受一种"参透""开悟"的愉悦——这也正是诗歌存在的意义之一。由于能指与所指之间有了阻碍，文字偏向型诗歌必然在意义传达的准确性、清晰性方面有所不足，在逻辑的周延、连贯上更是阙如；对文字的过度追求有时还会完全遮蔽意义，比如李商隐的一些诗歌到底在说什么至今未有公论。反之则是，语言偏向型诗歌目的明确，意义易于把握，但不足之处是"意太切""理太周"。

　　葛兆光在《汉字的魔方——中国古典诗歌语言学札记》一书中认为："从诗歌语言角度来说，宋诗的全部内涵就在于四个字：凸现意义，而凸现意义的结果是诞生了一代新的诗歌语言形式，它在细腻、明快、流畅上超越了唐诗。"[1]"凸现意义"其实就是所指偏向型语言的功能。如果拿李商隐的诗来与宋诗对照一下就更为显明，李诗处处都不想让你知道他说了什么，而宋诗则生怕别人不知道自己的意思，所以，吴乔说："宋人作诗，欲人人知其意，故多径达。"（吴乔：《围炉诗话》）"知其意""径达"让人想起孔子的"辞达而已矣"，这其实就是工具型语言或所指偏向型语言的典型特点。同时，反对文字锤炼必然带来对不尚文字的语言派诗人的重新认识。比如，陶渊明就是在宋代才真正得到了崇高声望，如掉落泥尘的珍珠，湮没无闻几百年后，终于放射出了夺目的光芒。苏东坡

---

　　① 葛兆光：《汉字的魔方——中国古典诗歌语言学札记》，复旦大学出版社，2008，第207页。

说陶诗"质而实绮，癯而实腴"（苏轼：《与苏辙书》），又说"初看若散缓，熟看有奇句"（惠洪：《冷斋夜话》）。只是不知道为什么这么多代人都未能从"质"里发现"绮"，从"癯"里发现"腴"，为什么这么多代人都不曾"熟看"过陶渊明的诗；而自苏东坡起，后世人又似乎猛然醒悟了。这背后一定有语言趣味上的转变，笔者将另文论述。

晚明公安派显然是元、白及宋诗派的接续。袁宗道生平最崇敬的诗人是白居易和苏轼，其书斋名"白苏斋"，文集命名为《白苏斋集》，就是向这两位诗人致敬。《白苏斋记》载："（宗道）去年买一宅长安……乃于抱瓮亭后，洁治静室。室虽易，而其名不改，其尚友乐天、子瞻之意，固有不能一刻忘者。""其名不改"，可见其"尚友"之义由来已久且一以贯之。宗道主要欣赏且崇敬白、苏的，不是二人的人格，而应该是"诗格"，即他们在诗歌精神上具有的内在一致性。朱彝尊更是直接点出了公安派与元、苏之间的渊源："自伯修出，服习香山、眉山之结撰，首以'白苏'名斋，既导其源，中郎、小修继之，益扬其波，由是公安派盛行。"（朱彝尊：《静志居诗话》卷十六《袁宗道》）而白、苏尊崇的又恰恰是陶渊明。这样，陶渊明、元白、宋诗、苏轼、公安、胡适之间的渊源、脉络就昭然若揭了。不少论者从明代的社会、文化、思想、文风以及作者身世等方面寻找公安派得以产生的原因，均未能切中肯綮，这种超越时代的回响一定有着更深层次的内在原因。这个原因笔者以为就是决定创作思维、创作材料、创作风格的语言或语言观。元、苏与公安派，或者说，在整个文学史长河中，陶、元白、宋诗、苏轼、公安、胡适、于坚等谱系上的内在一致性正在于他们都是语言观上的所指偏向型。

宗道更是毫不掩饰自己对宋诗的喜爱和赞美，在《与张幼于》中，他说："至于诗，则不肖聊戏笔耳。信心而出，信口而谈。世人喜唐，仆则曰唐无诗；世人喜秦汉，仆则曰秦汉无文；世人卑宋黜元，仆则曰诗文在宋、元诸大家。"（袁宗道：《与张幼于》）宗道的这一番表述很有点像是和"世人"抬杠，"世人"赞赏、喜爱（"喜"）的都是他反对的，而"世人"看不起看不惯（"卑"）的，却又是他极为赞赏的。他所谓的"世人"，其实就是那些"读书人"、那些"文人"，也就是受文字影响既深从而抬高文字贬抑语言的人。为什么宗道会走到抑唐扬宋的极端？其实仍然是语言观在起作用。宗道的语言观在他论述里也有非常明显的流露——"信口而谈"，"信口"就是声音决定论或声音中心主义的典型表现，这样的语言观就是语言偏向型或所指偏向型语言观。这直接决定了他对文字型诗歌经典的对抗。

袁宏道在《序小修诗》中讲到："……其间有佳处，亦有疵处。佳处自不必言，即疵亦多本色独造语。然予则极喜其疵处，而所谓佳者，尚不能不以粉饰蹈袭为恨，以为未能尽脱近代文人习气故也。盖诗文至近代而卑极矣。文则必欲准于秦汉，诗则必欲准于盛唐。抄袭模拟，影响步趋。见人有一语不相肖者，则共指以为野狐外道。曾不知文准秦汉矣，秦汉人曷尝字字准六经欤。诗准盛唐矣，盛唐人曷尝字字学汉魏欤。秦汉而学六经，岂复有秦汉之文？盛唐而学汉魏，岂复有盛唐之诗？惟夫代有升降而法不相沿，各极其变，各穷其趣，所以可贵，原不可以优劣论也。"（袁宏道：《序小修诗》）中郎欣赏的是"本色独造语"，反对模拟抄袭、说别人的话，"袭古人语言之迹而冒以为古，是处严冬而袭夏之葛者也"（袁宏道：《〈雪涛阁集〉序》）。古人的文字是死文字，古人的语言是死语言，发自自己内心的语言才是真语言，才是活语言，无才者才会"拾一二浮泛之语，帮凑成诗"，因此"信腕信口，皆成律度"。文字偏向派的"律度"来自文字；语言偏向派的"律度"则来自"腕""口"，也就是胡适说"有什么话，说什么话；话怎说，就怎么说"①，"话"就是诗歌的标准。而"世人"眼里的"佳处"，在他看来恰恰是"恨"处，根本原因就是"粉饰蹈袭"表现出了明显的"文人习气"——换句话说，也就是学别人写的"文"而不肯说自己的"话"，也就是追求能指符号的相似，而缺乏独特的所指，因而显得"假大空"。清代袁枚的性灵说，其实也是这一派的接续，观点与前述诗人大体相同，限于篇幅，不再赘述。

胡适的白话文、白话诗运动，同样是反对文字雕琢，而要求诗歌重回语言的一场运动。这场运动与前述的这些主张相比，在文学意义上，本来并无特别之处，不过是中国文学史上众多语言对文字、所指对能指运动中的一场。不同的是，只有这一场运动最终导致白话文成为官方语言，在政治上替代了文言，因此，五四白话文运动是一场真正的"革命"。但如果除去政治、思想、文化上的改变，仅从文字、语言的角度看，这仍然只是过去文学运动的循环与重复。所以周作人先生就说了："民国以后的新文学运动，有人以为是一件破天荒的事情，胡适之先生所著的《白话文学史》中，他以为白话文学是文学唯一的目的地，以前的文学也是朝着这个方向走，只因为障碍物太多，直到现在才得走入正轨而从今以后一定就要这样走下去。这意见我是不太赞同的。照我看来，中国文学始终是两种互相反对的力量起伏着，过去如此，将来也总如此。"②周先生的这番看法极具宏观视野，但遗憾的是，周先生没有告诉我们，为什么中国文学"始终是两种互相反对的力量起伏着"的？这"两种互相反对的力量"从何而来，因何而生？从汉字、汉语的角度，我们其实是应该给周先生的结论加上一个条件的，就是：只要用汉字写作，这"两种互相反对的力量"就会继续存在。正是汉字的"形声相宜"，同时又"形声相离"，造成了这两种"互相反对

---

① 胡适：《尝试集》，人民文学出版社，1984，第149页，自序。
② 周作人：《中国新文学的源流》，江苏文艺出版社，2007，第18页。

的力量",也就是所指偏向型和能指偏向型这两种反对的力量。

客观地说,笔者是很赞成周作人先生对胡适文学运动意义的评价的,尤其认同他说的:"假如从现代胡适之先生的主张里面减去他所受到的西洋的影响,科学,哲学,文学以及思想各方面的,那便是公安派的思想和主张了。"而且,"他们对于中国文学变迁的看法,较诸现代谈文学的人或者还更清楚一点"①。但不管怎么说,胡适对文字与文学的关系问题是有过深入研究的。在《逼上梁山——文学革命的开始》一文中,胡适详细地清理了他文字观、文学观的形成过程。他认为,"一部中国文学史只是一部文字形式(工具)新陈代谢的历史,只是'活文学'随时起来替代了'死文学'的历史",而"今日文学大病在于徒有形式而无精神,徒有文而无质,徒有铿锵之韵,貌似之辞而已",②这与白居易的"风雅比兴外,未尝著空文"(白居易:《读张籍古乐府》)、公安派的"抄袭模拟,影响步趋"几乎完全相同,而挽救"文胜质"的良方就是"用白话代替古文","用活的工具代替死的工具"(白居易:《读张籍古乐府》)。胡适还坦诚自己的主张与宋诗的关系,他说:"宋朝的大诗人的绝大贡献,只在打破了六朝以来的声律的束缚,努力造成一种近于说话的诗体。我那时的主张颇受了读宋诗的影响,所以说'要须作诗如作文',又反对'琢镂粉饰'的诗。"③也就是说,胡适的"文学革命"是渊源有自,始于"宋诗"的。胡适反对的文字雕琢与其赞赏的"言之有物"正是宋诗派的全部主张,而"要须作诗如作文"与严羽说宋诗是"以文为诗"几乎如出一辙。葛兆光也曾经指出:"只要对宋诗在诗歌语言变革中的意义有正确的

---

① 周作人:《中国新文学的源流》,江苏文艺出版社,2007,第22页。

② 《逼上梁山——文学革命的开始》,载《胡适古典文学研究论集》,上海古籍出版社,2013,第173~200页。

③ 《胡适古典文学研究论集》,上海古籍出版社,2013,第172~200页。

估价，对白话诗的语言结构与功能有冷静的分析，人们就能明白'要须作诗如作文'的白话诗与'以文为诗'的宋诗之间确有许多共同之处和直接的渊源。"① 葛兆光的论述对胡适在中国现当代文学史上过高的地位也是一种消解，对治中国现当代文学史的学者也是一种警醒。

从宋诗那里找到文学革命的思想资源的胡适很是自信："我觉得我已从中国文学演变的历史上寻得了中国文学问题的解决方案，所以我更自信这条路是不错的。"② 读胡适的这一段话，笔者不自觉地想起沈约在提出"四声八病"后的欣然自得："约撰《四声谱》，以为在昔词人，累千载而不寤，而独得胸襟，穷其妙旨，自谓入神之作。"（《梁书·沈约传》） 笔者认为这是两个极为重要的事件，沈约的人工声律论终结的是以《诗经》、乐府为代表的语言型诗歌的统治地位，此后，中国诗歌和诗歌理论都进入了文字型、能指型偏胜的时代。而胡适的主张又是对以骈文、律诗为代表的文字型、能指型统治的终结，为语言型诗歌的复兴打开了一扇门，提供了理论上的可能性。沈约、胡适都不是最出色的诗歌实践者，但确为诗歌风气及走向的敏锐洞察者，同时也是伟大的文学思想家。照胡适的观点，在"活语言"白话的官方地位被确定后，文学发展就到达了理想境界，文学论争就不会发生了。但事实上，六七十年后，一场与胡适的白话诗运动极为相似的论争再次上演。这次轮到于坚登场了。

与前面所有"运动""流派"不同的是，于坚的"敌人"以另外一种形式登场了。陈子昂、元白、宋诗、公安派、性灵派、胡适们的诗学上的敌人是以雕镂的文字型语言作诗的诗人，这种语言也

----

① 葛兆光：《汉字的魔方——中国古典诗歌语言学札记》，复旦大学出版社，2008，第215～216页。
② 《胡适古典文学研究论集》，上海古籍出版社，2013，第182页。

被称为"文言"。于坚时代，文言的影响已经清洗殆尽了，如胡适预想的，中国文学的问题应该得到解决了。有意思的是，和他所有的前辈一样，于坚同样认为，"诗歌中始终存在着两种倾向的斗争"，这些斗争具体表现为："诗歌之身"与"形而上的'言志'倾向"的斗争；"生命之树"与"理论之树"的斗争；"诗人写作"与"知识写作"的斗争；"有性的，生殖创造着的身体写作"与"无性的，只是对知识的形而上体系加以修辞式证实的写作"的斗争。① 但这些"斗争"只是表象，背后深层动因依然是语言问题。在《诗歌之舌的硬与软——诗歌研究草案：关于当代诗歌的两类语言向度》中，于坚本人已经揭示了"始终存在"的"两种倾向的斗争"的本质源自"两类语言向度"。并且，毫不奇怪的是，其中一类语言向度正是所指型、语言型、声音型的。这种向度，李谔、陈子昂称为"气"或"风"；元白称为"质而径""直而切"的"言、辞"；公安派称为"信口信腕"；胡适称为"白话"；于坚则将其命名为"受到方言影响的口语写作"：总而言之，就是和文字相对的、能够发出声音，尤其是能够发出自己声音的"话"。

于坚反对的是与口语相对的另一类语言向度——"普通话写作的向度"。"普通话"是一个颇具迷惑性的说法，它给我们造成的假象是，普通话也仅仅是一种"话"。其实不然，普通话的本质不是用来说的，而是用来写的、读的。1956 年《关于推广普通话的指示》中已经明确"指示"：普通话在语音方面以北京语音为标准音，词汇方面以北方话为基础方言，语法方面以典范的现代白话文著作为语法规范。也就是说，"话"的语法标准是由"文"决定的，普通话不是模拟口语，而是模拟"白话文"，因此，于坚的诗学观就是期望由"受到方言影响的口语"来对抗文字化的"普通

---

① 于坚：《拒绝隐喻》，云南人民出版社，2004，第 93 页。

话"，本质同样是对文字型写作的不信任。

于坚的对普通话的一系列论断并非没有根据。其实早在胡适倡导的白话文运动之初，就有读者给《小说月报》写信，抱怨自己"看不懂欧化的语体文"，因为，它"一字一字的勉强写出。一句和一句，像连又不像连，像断又不断，假使不念原文，看去也就似懂又不懂"。[①] 到20世纪30年代，又有人指出："'五四'式白话，实际上只是一种新式文言，除去少数的欧化绅商和摩登青年而外，一般工农大众，不仅念不出来听不懂，就是看起来也差不多同看文言一样吃力。"[②] 这些看法都还有些含羞带怨，瞿秋白却是直接开骂，说这样的白话"并不是真正的白话，又已经算不上文言，不是活人说的话，也不是死人说过的话，而是非驴非马的骡子话"[③]。一言以蔽之，就是这些"话"并不像"话"。如果说，"文言"还算是"死人说过的话"，新白话则根本不是"人话"，是"骡子话"，其实质就是用文字在模拟外国人说话，也就是"欧化"。欧化的初衷是要改变汉语的言文不合，但经众多人努力创制的拼音符号未能取代汉字符号——这也可以看出文字对一种文化的影响有多么巨大，结果汉字的力量仍然制约着语言的发展。这样一来，不仅没有如预期那样消灭汉字，反而搞得汉语"话"不像"话"、"文"不像"文"。欧化翻译体的流毒直到今天也没完全肃清。

于坚所要对抗的"坚硬的普通话"就是"欧化的、译文的影响、向书面语靠拢"的普通话，这种话，"在音节上更适于朗诵"；"尤其是普通话高度发达的首都诗人，写作在八十年代并没有转向口语，汲取语言活力的方向是由书面语到书面语继而转向翻译语

---

① 梁绳祎：《通信》，《小说月报》1923年第13卷第1号。
② 寒生：《文艺大众化与大众文艺》，载文振庭编《文艺大众化问题讨论资料》，上海文艺出版社，1987，第86页。
③ 《新英雄》，载《瞿秋白文集》（文学编，第1卷），人民文学出版社，1985，第434页。

体"。① 于坚同样认为，当下诗歌的问题仍然是语言问题，或者是文字问题："今天，在那些符合进化论的诗歌中（先锋派？）遍布着形而上的句子、牵强以至于坚硬干燥的比喻、细化的结构，以及无关痛痒的旨在用来通向国际接轨而风格雷同的语言乌托邦。"② 虽然不再使用文言，但现在的语言问题的实质同样是远离了活的语言的假语言。因此，于坚的结论是："现代诗歌应该回到一种更具有肉感的语言，这种肉感语言的源头在日常口语中。'我手写我口'（黄遵宪语）。口语是语言中离身体最近离知识最远的部分。"③ 在这个意义上，于坚所倡导的"口语写作"，无论是在攻击的对象上，还是在为诗歌指明的方向上，与所指偏向型的所有诗人、诗派均具有一脉相承性。

我们并不是刻意要将于坚和胡适及胡适以前的"话"传统联系起来，于坚自己是这样说的：

> 口语化的写作，是对五四以后开辟的现代白话文学的"推倒雕琢的、阿谀的贵族文学；建设平易的抒情的国民文学。推倒陈腐的、铺张的古典文学，建设新鲜的立诚的写实文学。推倒迂晦的、晦涩的山林文学；建设明了的、通俗的社会文学"这一方向的某种承继。也就是胡适当年在文学八议中提出的须言之有物、务去滥调套语、不无病呻吟、不避俗字俗语、须讲求文法等的继续。我们可以看出，胡适的文学八议，无不讲的是如何写，写作的方法。④

倒推一下，于坚受胡适白话文学观的影响，胡适、公安派受宋

---

① 于坚：《拒绝隐喻》，云南人民出版社，2004，第144页。
② 于坚：《拒绝隐喻》，云南人民出版社，2004，第144页。
③ 于坚：《拒绝隐喻》，云南人民出版社，2004，第144页。
④ 于坚：《拒绝隐喻》，云南人民出版社，2004，第147页。

诗影响，宋诗派在唐代香山一派已发其端，香山派受陈子昂影响，这样，一条隐伏的线索在文字观、语言观上终于清晰起来。这条线索的核心就是所有属于这一派的诗人、诗论家的语言观是一致的，即他们认为，在语言—文字的关系中，语言是第一位的，文字从属于语言，也就是索绪尔说的，文字存在的唯一理由就是表现语言，德里达将其命名为"声音中心主义"，这种语言是以所指为核心、为偏向的，即所指偏向型语言。在所指偏向派看来，所有以文字为第一位的写作，或叫"文字中心主义"写作或能指偏向型写作，都是"空文"，所谓"空文"，就是追求"宫律高"而忽视了所指、意义的文学。所指偏向派要推倒的是"迂晦的、晦涩的"，即意义不明确的山林文学，而张扬的则是"明了的、通俗的"社会文学，通过语言变革来实现意义的救赎。

对文字的不信任甚至反对，让所指偏向派将"话"放在了重要位置上。"话"的语音易逝性，使得对语言的雕琢几乎不可能；或者换过来说，对语言过度雕琢，必然使"话"变得"不像话"，从而削弱语言的交流、达意功能。基于此，历来反对人工音律的都大有人在。唐李德裕就很反对人工音律，甚至对其很反感。他说：

> 沈休文独以音韵为切，重轻为难，语虽甚工，旨则未远矣。夫荆璧不能无瑕，随珠不能无类，文旨既妙，岂以音韵为病哉！此可以言规矩之内，未可以言文外之意也。较其师友，则魏文与王、陈、应、刘讨论之矣。江南唯于五言为妙，故休文长于音韵，而谓"灵均以来，此秘未睹"，不亦诬人甚矣。古人辞高者盖以言妙而工，适情不取于音韵；意尽而止，成篇不拘于只耦。故篇无足曲，辞寡累句。譬诸音乐，古辞如金石琴瑟，尚于至音；今文如丝竹鞞鼓，迫于促节。则知声律之为弊也甚矣。（李德裕：《李文饶外集》三）

　　李德裕的这番话完全是站在所指偏向派的角度言说的，认为诗歌中的"旨""情""意"是最为重要、最为基本的东西，不应该被"人工音律"所伤害。"人工音律"当然就是"字"音的调协了。既然"人工音律"妨害了"旨""情""意"的传达，那么最好的办法就是采用未假"人工"的"自然"的"话"。胡适的这段论述最能代表这一点：

　　　　若要做真正的白话诗，若要充分采用白话的字，白话的文法，和白话的自然音节，非做长短不一的白话诗不可。这种主张，可叫做"诗体的大解放"。诗体的大解放就是把从前一切束缚自由的枷锁镣铐，一切打破：有什么话，说什么话；话怎么说，就怎么说。这样方才可能有真正白话诗，方才可以表现白话的文学可能性。①

　　胡适这段话的关键字就是"说"和"话"，二者的本质就是一个东西：声音——自然的说话声音。"有什么话，说什么话；话怎么说，就怎么说"，这不是赤裸裸的"说话（声音）中心主义"吗？"话"是"文"的标准；"文"是"话"的模拟——最好是"话"的直接记录。"话"拥有了至高的权利，"话"的"自然性"也成了对抗"文"的"人工性"的利器。这样，凡因文字而生的"人工音律"、凡违背语言"自然"的诗"体"都应该打破，从而恢复语言的"自然"性。胡适与此前的白话诗人之间还有个区别：胡适要求将一切打破，甚至要打破整齐的诗体；而元白这些人都还保留了诗歌的基本形式，大体齐言。但不管怎么说，他们用"自然的音节"取代人工音节的愿望是一致的，"非求宫律高，不务文字奇"是他们的共同追求。强调"话"只是表象，他们不希望"话"

————————
　　①　胡适：《尝试集》，人民文学出版社，1984，第149页。

被文字修改、固定、歪曲，从而使"话"中所寄寓的意义被阻碍、推迟、歪曲。对所指偏向派而言，只有声音（"话"）才能保证所指的呈现。对"宫律高""文字奇"的否定的背后是救赎意义的良苦用心。

第三章

所指驱动与能指驱动

在语言和文字的关系上，有人认为文字只是记录语言的工具；也有人认为文字不只是记录语言的工具。孟华将前一种观点称为"言本位文字观"，将后一种观点称为"文本位文字观"。持有不同文字观的人在很多涉及文学、文明、文化的问题上都会有自己的见解，往往与另一派形成针锋相对的局面。从符号学的角度看，"文化"就是"文字看待它所表达的语言的方式，即言文关系方式"①。具体表现形式就是"言本位文字观"和"文本位文字观"。"言本位文字观"是"站在语言的立场上看言文（语言和文字）关系"，核心观点是，"文字是记录语言的工具，是以自己的消失唤出语言在场的透明媒介，文字没有自己独立的价值，文字学从属于语言学"②。而"文本位文字观"则是"文字借助于语言的不在场使自己成为语言在场的必然形式，同时又将自己的结构精神和结构力量强加给了语言，让语言按照文字的方式被编码"③。因此，世界上只有两种类型的文化或文明；或者说，世界上的文化或文明只有两种表现类型。孟华认为以印欧语为代表的拼音文字就是"言本位文字观"的；而

---

① 孟华：《汉字：汉语和华夏文明的内在形式》，中国社会科学出版社，2004，第3页。
② 孟华：《汉字：汉语和华夏文明的内在形式》，中国社会科学出版社，2004，第15页。
③ 孟华：《汉字：汉语和华夏文明的内在形式》，中国社会科学出版社，2004，第20页。

以汉语为代表的表意文字是"文本位文字观"的。具体到文化形态上，就是"言本位"文化，即"声音中心主义"文化，也有人称之为"重说的文化"，以及"文本位"文化，即"文字中心主义"文化，或"重看的文化"。

但汉语的情况显然更为复杂。由于拼音文字只能记音，本身没有任何意义，其虽然会在一定程度上改变语言，但程度有限，因此，印欧语言的使用者大多是"言本位文字观"的——神化声音、贬抑文字是从柏拉图开始就有的传统。而汉字的"字"本身就既是语言的，又是文字的。汉字既可以是记录汉语的工具，以自己的消失唤出语言在场；同时，汉字又比其他文字更擅长"借助于语言的不在场使自己成为语言在场的必然形式，同时又将自己的结构精神和结构力量强加给了语言，让语言按照文字的方式被编码"。由于"字"集"表音"与"表形"于一身，使用汉字、汉语的汉人就自觉或不自觉地根据对"表音"或"表形"的偏向而将自己划归为"言本位"派或"文本位"派了。这其实也就是为什么那么多人都意识到了中国文学是由"两派"构成的，其背后真正的原因正是基于汉字特点的两派文字观。

第一节　从四言到五言

文字的出现一定比语言晚，这恐怕是没有人会怀疑的真理。那么，在文字出现之前有没有文学？从人类学、考古学的发现看，文字出现之前文学就已经存在了；而且，一些没有文字的民族，依然有史诗、神话等文学形式，也可以证明这一点。真正的问题在于：文字出现前的文学和文字出现后的文学，在创作材料、创作思维、创作手法等方面有没有区别？美国学者沃尔特·翁将文字出现以前的文化称为"原生口语文化"（primary orality），即"尚未触及文字的文化"，这种文化"不知文字为何物，甚至不知道可能会出现文字"①。在这种文化状态下进行的创作与后来语言被文字濡染后进行的创作会是完全相同的吗？由于缺乏固定手段，原生口语文学几乎无从追踪，那些诗歌如清晨的露水，在文字的太阳升起后踪迹难觅。我们只能从最早的文字记录的文本里推测它们曾经的模样和辉煌。

文人五言诗的出现是中国文学史上的一件大事。在五言诗出现之前，即在文学自觉时代以前，汉语诗歌是不存在什么语言观、文字观的，即便有，也只是先有"言"后有"文"，甚至是只有"言"没有"文"的"言本位文字观"。原因在于，汉以前，用来创作诗歌的主要符号并不是文字，而是口语。这其中又可以分为两个阶段：第一个阶段是完全没有文字的阶段，也就是沃尔特·翁所说的"根本不知文字为何物"的阶段，创作方式为口头创作，传播方式为口耳相传；第二个阶段则是文字出现了，但由于介质和书写（刻写）方式的原因，文字无法追踪语言——可以想象在龟甲、金石、竹片上刻字的速度与说话的速度甚至内心念头产生的速度之间的距离。当心中有了想法、有情要抒时，他们并不会首先想到文字——想到文字也没有用，内心的念头来去无踪，飘忽不定，转瞬即逝，当时的刻写方式对此根本无能为力。既然对情感定"型"是不可能的，就只有在声音上做文章，比如采用重章叠句，反复咏叹等。当然，我们今天已见不到那些纯口语形态的文学了，但通过文字写定的口语形态的诗歌仍留下了"言本位"的印记，也在一定程度上再现了口语文学的表达方式。口语文学的创作动因、机制、手法等可以通过那些记录文本还原、验证。

在文学自觉时代以后，文字追踪语言的速度大为加快，文字与

---

① 〔美〕沃尔特·翁：《口语文化与书面文化：语词的技术化》，何道宽译，北京大学出版社，2008，第31页。

语言的关系也越来越密切，文字和语言何者在先、何者在后的区别开始模糊起来。文字开始利用自己的视觉识别性和相对固定的特性对听觉的、易逝的语言施加影响，按照自己的方式对语言编码，呈现出鲜明的文本位特点。对中国诗歌发展而言，文人五言诗的出现是一个划时代的突破。很多人认为，五言诗比四言诗多一"言"，是因为诗歌表现的内容更多了、范围更广了，需要这多出的一"言"来实现。事实并不是这样。四言诗与五言诗的区别是创作材料的区别，这是本质上的区别，绝不是多一"言"少一"言"的细节差异。以诗经为代表的四言诗，是以口语（言）作为创作材料的，更具有"原生口语文化"的特点；而五言诗创作的材料则是以文字为主。五言诗取代四言诗成为主要的诗歌表现形式，诗歌创作活动也从"吟""唱"到"作""写"，直到这时才出现了真正的"写诗"这一活动。五言诗的成熟是汉字战胜语言的结果，而一千多年后白话诗的胜利则是语言重新夺回被汉字占领的阵地。这里需要特别指明的是，不管是文本位战胜言本位，还是言本位战胜文本位，都不是说其时只有文本位或只有言本位。所谓"胜"，只是某种语言材料更占优势而已。五言诗是"文"胜，也就是说，五言诗里"文字型"的语言占优，并不代表绝对没有"语言型"的语言；反之亦然。这就可以解释为什么从四言到五言，不是进步，而是突破了。这也为后来诗歌论争的发生埋下了伏笔。

汉语诗歌从四言到五言的变化，刘晓明在《"语""文"的离合与中国文学思维特征的演进》一文中有极其深刻的分析。

中国最初的诗为何以四言为主而非五言？五言诗仅仅比四言诗多了一个字，却晚出了近千年之久，原因何在？个中因缘固然复杂，但合文思维应该是其主因之一。文人五言诗的产生就其文字进化而言须具备两个条件：第一，须有足够多的组合文字供诗人达意时进行选择，以形成五言诗所具有的节奏变化感。显然，这在先秦的单文思维时代不具备此条件。先秦的诗歌与民谣中虽然也有少数五言诗句，但由于大规模地创作五言诗的客观条件尚未形成，只能偶一为之。而合文思维时代的单个文字与组合文字尽管还不能完全描述语言，但已大大增加了文字对语言的表现力，语言所特有的节奏感只有在组合文字的文体中才能获得体现，这很容易被文人感悟并获得运用，五言诗便应运而生。……第二，单音字须发展到相当数量，以至同一韵部有足够所系之字可供押韵选择。……我们只要比较一下《诗经》与五言诗的用韵方法即可发现其中的差异。《诗经》中的韵往往是语气虚词，这种韵可以任意附在句尾，甚至通篇以一字为韵。……这既说明了先秦诗歌用韵的简单，也反映了当时同韵部字较少而对用韵的限制。但在汉代的五言诗中，基本不再使用语气虚词为韵，也不再一字通押，可见，五言诗的作者在用韵取字上已不再像《诗经》时代那么困难。以上两个方面，皆表明五言诗只能是合文思维的产物，先秦以单文思维为主体的时代文人不具备创作五言诗的客观条件。至于七言诗的产生，则与五言诗相类，后者只是前者量的扩展，并无质的差异，因此，七言诗紧随其后便顺理成章地产生了，而四言诗过渡到五言诗则须迈过一道思维历史阶段的门槛。①

从思维材料的角度解释从四言诗发展到五言诗历千年之久的原因，是极具开创性的。但笔者在深以为然的同时，又觉得作者将四言诗的"四言"归结为"单文思维"是不恰当的，也不符合历史事实。"四言"并不是单文思维，诗经中大量补足语气的词，如"兮"

---

① 刘晓明：《"语""文"的离合与中国文学思维特征的演进》，《中国社会科学》2002 年第 1 期，第 187 页。

"其""将""言"等及大量复音词，如"关关""雎鸠""窈窕""寤寐""辗转""杲杲"等的运用，恰恰是"双文思维"——在汉语中，使用双音节词语最多的正是口语。语言过耳不留，语言的使用者必须通过复音词来延长语言的驻留时间，书写时可用单音节的"字"的地方，在听、说时则最好用双音节的"词"了。《诗经》尤其是"风"里面大量的双音节词的运用，证明了诗经的口语属性。可以作为反证的是后来定型的五言诗里面基本没有语气词了，双音节词也大为减少，单音节词则有所增加。从语言变化的角度看，这就是文字逐渐排挤语言的过程。所以，《诗经》根本不是"写"出来的，是"唱"出来的，是"歌诗三百，弦诗三百，诵诗三百，舞诗三百"，由后世文人将其记录、整理出来。可见，四言诗的思维质料应该是"语"（言），而五言诗的思维质料是"文"。早期五言诗可能还有"合文"的过程，随着文字运用的逐渐增多，"文"的倾向也越来越明显。一个显著的特征是，后期的五言诗里几乎没有《诗经》里的语气虚词了——这其实是语言退去、声音缺席的表现。刘晓明认为《诗经》用"语气虚词为韵"，是"用韵取字"困难所致，显然是与事实不合的，用"语气虚词为韵"是因为它本身就是口头创作。笔者以为，从《诗经》的四言到汉代的文人五言诗，不是"单文思维"到"合文思维"的"进化"，而是"文思维"对"言思维"的更替。为什么需要千年之久？因为纸张这一介质的发明、推广是在千年之后，只有纸张书写才能够帮助人们用文字思考，才刺激、训练出了"文思维"。这样，思维的发展问题就与物质性的介质联系起来了，形而上的东西有了形而下的支撑。沃尔特·翁就说过："书写的时候，脑子被迫陷入慢速运转的模式，于是就有机会干预和重组比较正常的冗余过程。"① 总之，"言思维"和"文思

---

① 〔美〕沃尔特·翁：《口语文化与书面文化：语词的技术化》，何道宽译，北京大学出版社，2008，第30页。

维"是完全不同的两种思维方式，用不同思维方式创作出来的文学自然有着差异极大的特点。关于这个问题，汉学家宇文所安在题为《瓠落的文学史》的演讲中提出的问题最值得思考：

> 类似这些关于"物质文化"的问题在我们重新思考上古文学时特别有用。当时的书写技术和生产（而非"出版"）书籍的技术属于一个遥远的世界，和现代或者清朝学者坐在极大丰富的图书室的逍遥形象简直天差地别。《诗经》是什么时候被作为一本完整的书写下来的？证据何在？还有一个听来类似但是十分不同的问题：《诗经》的传播是从什么时候开始意味着阅读一个书面文本，而不再是口耳相传？或者说，是从什么时候起，《诗经》的文本来自抄写更古老的书写本，而不再是单凭记忆写下来的呢？
>
> 从先秦文字记载引用《诗经》这一点看来，《诗经》中的片段有可能被写下来。但是这引出两个问题：一、《诗经》中的片段被写下来不意味着整个《诗经》都已作为书面文本而存在；二、引用《诗经》的那些文字记载本身又是什么时候被写下来的呢？
>
> 文学史中应该发生的重大变化之一是，我们能够为没有确定结论的问题留出大量暧昧不明的空白篇幅，讨论从中产生的各种不同的可能性和后果。我就《诗经》提出的问题正是这样的问题。我们没有很好的证据证明《诗经》在战国中后期以前就作为书面文本存在——虽然我相信秦始皇焚的书里包括《诗经》。也许《诗经》在那以前早已写下来了，可是我们并不确定。就算《诗经》已经被写下来，我们还有其他的问题：人们是怎么学习《诗经》的？是靠阅读还是靠重复聆听记诵？是从什么时候开始，才可以阅读《诗经》的书面文本而用不着事先

记诵那些诗歌的音节了？

如果《诗经》主要是作为口耳相传的口头文本而非手抄的书面文本存在的话，我们就需要考虑这对我们的研究到底意味着什么（这和杨牧关于《诗经》是口头创作的论点是不同的）。如果我们没有一个借以确定字音的复杂系统，上古文本的口头传播是很不稳定的。因为字音会被赋予新的意义，会变化，会在记忆中产生微妙的误差。在《诗经》的不同版本里，我们会发现大量同音而异形的字，这是《诗经》版本来自口头记录的实际证据。

这为我们呈现了一种可能性，就是《诗经》没有一个"原始的"文本，而是随着时间流逝缓慢地发生变化的一组文本，最终被人书写下来，而书写者们不得不在汉语字库当中艰难地寻找那些符合他们所听到的音节的字——而那些章节往往是他们所半懂不懂的。这种现象告诉我们：《诗经》不属于文学史中任何一个特殊的时刻，而属于一个漫长的时期。如果这是真的，《诗经》的价值会因此减少吗？——当然这里的推断都是假设：我不是说实际情况是如此，但是完全有可能如此。[1]

而五言诗则是"文"思维，本身就是"写"出来的，让文字从声音里解脱出来，固定下来后，可反复观看，反复思考，完全可以做到简洁，不需要虚词，更别说《诗经》中模拟口语的"兮"等语气词了。五言诗证明文字取得了高于语言的地位。以至于到了刘勰的时代，"文"已经成了创作中最为重要的因素了。在《文心雕龙·情采》篇，刘勰说："立文之道，其理有三：一曰形文，五色是也；二曰声文，五音是也；三曰情文，五性是也。五色杂而成

---

[1] 〔美〕宇文所安：《瓠落的文学史》，载《他山的石头记——宇文所安自选集》，田晓菲译，江苏人民出版社，2003，第14～16页。

黼黻，五音比而成韶夏，五情发而为词章，神理之数也。""形"
"声""情"三者中，前二者涉及的是符号的能指，"情"则是符号
的所指。刘勰将能指放在所指之前，也即能指的重要性高于所指。
对这里出现的"形文""声文"，郭绍虞先生的解释是："此处所谓
形文声文，是就广义言者。若就狭义言之，则形文是词藻修饰的问
题，声文又是音律调谐的问题。要之，这二者都是文的外形问题，
而不是内质的问题。易言之，是文的问题，而不是质的问题。当此
骈文流行的时代，其作风之重视辞藻与音律本是当然的事情，所以
批评家的论文标准，每多以词藻音律为前提，至少，也须文质调剂
得中，决不如后世之重质轻文的。"① 这个时代，"文"已经不只是
记录语言的工具，而是在谋划自己的"独立"，"文本位文字观"
的特点在这里体现得淋漓尽致。文字改造了语言，并要求发出自己
的声音。于是"人工音律"大行其道。沈约是人工音律的代表人
物。其在《宋书·谢灵运传论》中对此有详细表述：

> 若夫敷衽论心，商榷前藻，工拙之数，如有可言。夫五色
> 相宣，八音协畅，由乎玄黄律吕，各适物宜。欲使宫羽相变，
> 低昂舛节，若前有浮声，则后须切响。一简之内，音韵尽殊；
> 两句之中，轻重悉异：妙达此旨，始可言文。

沈约的主张不是本章论述的重点，这里引用沈约的观点是想证
明，至少在沈约的时代，"写"诗已经彻彻底底变成了"文字"游
戏，语言与文字脱节现象严重。但是，文字与语言的关系又是复杂
的，绝不是说离就离的松散关系。"文字又以语言的方式来呈现自
身。文字是应语言之邀来记录语言的。文字若不记录语言，就失去
自己存在的价值，同样，文字若不反映它所记录的语言的特性，同

---

① 郭绍虞：《中国文学批评史》（上册），商务印书馆，2010，第 135～136 页。

样会被语言抛弃。"① 纸张的普及，在一定程度上解决了文字无法追踪语言的难题。由于有了可以固定并再现语言、思想、情感的介质，创作方式也必然发生改变。以前创作时除了声音符号外，无所依托，并且因为缺乏固定手段，创作成果随时可能逸出记忆，无法找回。而现在，所思所想都可以立即诉诸笔墨，而且可以随时修改，用来创作的符号除了声音符号还有视觉符号，记忆负担大为减轻。四言与五言的区别，并不是多一个字或少一个字的区别，而是口头创作与文字创作的区别。从麦克卢汉的媒介理论看，选择一种媒介就意味着选择一种思维方式，而选择一种思维方式又意味着创作的驱动因素、创作借助的媒介、创作手法的运用、作品最终呈现的形态及特征都会随之变化。四言到五言的变化，就是媒介选择的变化，它对中国诗歌流变造成的影响并未引起应有的注意。本章拟从媒介选择所带来的创作驱动角度对此予以剖析。

第二节　情生文

《诗经》的语言以四言为主，有大量的双音节词和几乎无处不在的语气词，以及不少零散的句子结构。如"关关雎鸠，在河之洲"，虽然一般读成：关关/雎鸠，在河/之洲。但意群的划分却应该是：关关/雎鸠，在/河之洲。后者很少在文人诗歌里出现，因为它更接近于说话。这些都表明《诗经》（用文字记录并写定的）是带有明显口语痕迹的作品，是口语或语言偏向型的作品，用本书的术语表述就是所指偏向型作品。既然是所指偏向，按前面论及的符号三要素，形、音、义，重点就要放在"义"上了。能指偏向将"形"

---

① 孟华：《文字论》，山东教育出版社，2008，第29页。

"音"的表现当作重点，故追求"文字奇"，追求"宫律高"；但能指的过度使用，则会影响"义"的传达。因此，所指偏向派为了确保"义"在传达过程中不会减损，必然有针对性地采取与能指偏向派不同的做法，这就是："非求宫律高，不务文字奇。"

符号的所指即意义。所指偏向，即意义偏向。在诗歌创作中，所指偏向派必然将所指，即意义放在最重要的位置上。所指，或意义的清晰传达不仅是诗歌最终的评判标准，而且还是诗歌创作的出发点和推动力。在这种类型的创作中，先有所指，即所谓"志""情""意"等，后有语言，再后有文字，文字只是传递情感、意义的工具，这种写作方式可以叫作"情生文"写作，因"情"生"文"，"情"在"文"先。《尚书·尧典》记载："诗言志，歌永言，声依永，律和声。"在尧、舜的时代，文字书写并不便利，这时创作的主要符号仍然是语言。语言对人而言具有内在性，因此也是最能表达人内心的"志"的工具，"志"可以通过"诗"来外化，"诗"的直观形式就是"言"，"志"与"言"之间就有了关联。二者之间的地位，"志"在先，"诗"（"言"）在后；"志"在内，"诗"（"言"）在外；"志"是目的，"诗"（"言"）是手段。从创作的角度讲，"志"是出发点和推动力，"诗"是形式和工具。"诗"这种"文"的形式是因为内在的"志"（"情"）的刺激、促发而生成的，即"情生文"。

《毛诗序》讲到诗歌起源时说："诗者，志之所之也，在心为志，发言为诗。情动于中而形于言，言之不足故嗟叹之，嗟叹之不足故咏歌之，咏歌之不足，不知手之舞之，足之蹈之也。"《毛诗序》是专门讲《诗经》的，这个结论也只适用于以语言为创作媒介的口语偏向型诗歌，后世往往将其视为一切诗歌理论的公理，有时不免南辕北辙、缘木求鱼，多有隔膜。《毛诗序》里的这段话可看作对《尚书·尧典》"诗言志"的进一步阐释，具有本质上的一致性。"在心为志，发言为诗"，已经非常清晰地揭示了"志""言""诗"之间的逻辑关系。有意思的是，在后面的论述中，《毛诗序》并没有继续使用"志"这个概念，而是换用了"情"，并将其视为诗歌创作的终极出发点，"情动于中"。毛亨、毛苌的时代文字使用已经较为普遍，但值得注意的是，《毛诗序》通篇没有出现"文""字"，而只用"言"；而且从"言之不足故嗟叹之"来看，"言"就是说话，就是口语，与文字没有关系。这也从侧面证明了《诗经》的"言偏向"特点。所以，严格说来，从《诗经》创作来看，将其叫作"情生言"更为准确。

从前述的诗歌分类看，《毛诗序》讲的显然是文学自觉时代以前的诗歌创作情况，也就是口语偏向型或所指偏向型诗歌的生成路径。在这一类诗歌里，语言以所指偏向型的工具性语言为主，是表述、传递先在"意义"的工具。在他们看来，诗歌创作（主要是口头形式）的原因是先有了一个不得不表达的"情"，这个"情"在内心涌动，寻找恰当的表达形式，这时语言（口语）就成了传"情"的工具。但"情"与"言"之间难免出现罅隙，故还需要"嗟叹""咏歌""手舞""足蹈"等手段来弥补。"情"与"言"不能同一，源于语言能指、所指之间的滑动关系，即便是用声音符号直接呈现声音，不要文字的介入，作为能指的声音与被传递的所指"情"之间也无法实现同一。"情生文"的核心是先有情，再为情赋形。"情"也可以是"志"，所以《毛诗序》说："诗者，志之所之也，在心为志，发言为诗。"也就是诉诸文字之前的状态就是"情"或"志"。

在文学自觉以后，文字追摹语言的速度大大加快，这时的创作符号就既有"言"也有"文"了。借助于汉字"形声相宜"的记言机制，原本存活于口、耳的"言"可以通过"文"超越时空，在一个个文字里，仍可隐约听到古人的言谈与吟咏。文学自觉之前，在"言"和"文"之间基本没有偏向问题，就是单一的"言"写作。文学自觉就是文字自觉。"字"一头连着"言"，一头连着"文"；一头连着当下、在场；一头连着历史、抽象。有了选择，也就有了偏向。文字出现前，诗歌的最终表现方式是"言"；文字出现后，人们才开始通过"文"本读诗，"情生言"才真正变成"情生文"。

"情"当然只是个方便的叫法。中国诗学所说的"情"，还可以是"志""意""道"等。朱自清先生的《诗言志辨》对这几者的关系做过详尽的考辨：

> 孔颖达《正义》说："此六志《礼记》谓之'六情'。在己为情，情动为志，情、志一也。"汉人又以"意"为"志"，又说志是"心所念虑"，"心意所趣向"，又说是"诗人志所欲之事"。情和意都指怀抱而言；但看子产的话跟子太叔的口气，这种志，这种怀抱是与"礼"分不开的，也就是与政治、教化分不开的。①

如果说，"情"纯粹是本于人欲的自然感情，"志"则多少带有了社会性，甚至近于"道"（"文以载道"的"道"）。"志"一方面与"情""意"有关，另一方面又与"政治、教化分不开"，而"政治、教化"不是"文以载道"的"道"的具体内容吗？既然"言志派"与"载道派"在本质上是同一派，那么，中国文学"两派"中的另一派就必须另外找寻了。从语言学角度，借用能指、所指范畴，笔者以为中国文学的一派是"情生文"派，"言志派""载道派"都属于这一派，其本质是所指偏向型，"志""道"是核心和出发点，"言"是手段和工具。这里就有一个问题，周作人先

---

① 朱自清：《新诗杂话》，江苏文艺出版社，2010，第107页。

生认为中国文学的两种潮流是"言志派"和"载道派",并且正是"这两种潮流的起伏,便造成了中国的文学史"①。但从语言学的角度看,这个分类是有问题的,笔者同意中国文学是"两种潮流的起伏"推动的,但不同意这两种潮流是"言志派"和"载道派",这两派在笔者看来,其实是同一派。周先生在解释"载道派"的来由时是这样说的:

> 言志之外所以又生出载道派的原因,是因为文学刚从宗教脱出之后,原来的势力尚有一部分保存在文学之内,有些人以为单是言志未免太无聊,于是便主张以文学为工具,再借这工具将另外的更重要的东西——"道",表现出来。②

按照周先生的说法,"载道派"的出现仅仅是因为"有些人以为单是言志未免太无聊",所以还要"言"点别的,比如"道";这样的话,"言"志与"言"道,只有内容的不同,没有本质的区别;所谓"以文学为工具",本质也是以语言、文字为工具。总之,在符号的操作层面都是一种所指偏向型操作,文学、语言、文字都不过是工具。这从周先生《中国新文学的源流》一书第二讲"中国文学的变迁"中也可察其端倪——周先生对"言志派"的变迁讲得多、讲得深,但对其对立面的"载道派"却往往语焉不详,批评的也不过是"模拟古人"的做法,并且将苏轼算作"载道派"的代表人物之一,对此,笔者是不敢苟同的。用本书的理论,则可将"言志派"和"载道派"都划归所指偏向派,与其对应的另一派则是能指偏向派;具体地说就是"情生文"派和"文生文"派。

"情生文"表明"情"在"文"先,"情"为主,"文"为辅。

---

① 周作人:《中国新文学的源流》,江苏文艺出版社,2007,第16页。
② 周作人:《中国新文学的源流》,江苏文艺出版社,2007,第17页。

"诗言志","志"在"诗"之前;"文以载道","道"为目的,"文"为工具。所谓"情""志""道",从符号的角度看,不过都是所指。"情生文"的核心就是所指驱动。所指偏向派在对能指偏向派发动攻击时,也多是从这个角度出发的。比如李谔,在指责魏之三祖时,是说他们"更尚文词"。"更"字很值得注意,因为它暗含的意思是,此前并不是"尚文词",而是到"魏之三祖"才变成这样。以前不"尚文词",那"尚"的是什么呢?显然就是"道"。李谔自己也说了,"忽君人之大道"。"文词"与"君人之大道"构成对应性的关系,分别处在跷跷板的两端,看重此,必忽视彼,反之亦然。如果要以"君人之大道"为中心,就一定不能过于强调"文词",去"竞一韵之奇,争一字之功",因为"道"会被这些"雕虫小艺"所遮蔽,"连篇累牍,不出月露之形,积案盈箱,唯是风云之状"。从符号学的角度看,"文词"自然就是能指,"君人之大道"就是所指。文字自觉以前,"君人之大道"在先,"文词"在后;现在则是"文词"高于"大道",是"道生文"而不是"文生道",自然应该反对、纠正。

而陈子昂所针砭的"采丽竞繁,而兴寄都绝",所对应的符号学解释就是,能指的过度变形("采丽竞繁"),对所指的功能造成了损害("兴寄都绝"),二者是因与果的关系。反过来说就是,如果文章想要有所寄托,必须对过度夸饰的辞藻予以限制。这也是笔者将能指、所指关系理解为滑动共生关系的原因。当然,如果不带偏向地看待问题,我们认为能指偏向有能指偏向的美,所指偏向有所指偏向的好,各有存在的理由,完全可以共生——这恐怕也是文学史上大多数诗人在论争出现时并不发声的原因。站在偏向性的角度,有人就是偏好"采丽竞繁",厌倦明确的"兴寄";而有人偏偏非"兴寄"不赏,见"采丽"而蹙眉——这自然也是论争发生的原因。二者本无高下,无非某时某地的喜好而已,并无贬人扬己之天授特权。

所谓"兴"，即"托事于物"（郑众：《周礼》注引），或"托物兴词"（朱熹：《晦诗侍说》）。《文心雕龙·比兴篇》说："毛公述传，独标'兴'体，岂不以'风'通而'赋'同，'比'显而'兴'隐哉？故'比'者，附也；'兴'者，起也。附理者切类以指事，起情者依微以拟议。起情故'兴'体以立，附理故'比'例以生。'比'则畜愤以斥言，'兴'则环譬以托讽。""兴"的本质正如朱熹所说的，"先言他物以引起所咏之物"，并且所咏之物更为重要。"寄"者，"托"也。从语言的角度讲，就是能指必须通往所指。"比兴"传统，其实就是"言之有物"传统。"言"是能指，"物"为所指，"言之有物"传统也就是所指偏向传统。《诗经》的四言是典型的"言"思维，能够充分体现口语达意的细腻、真实、生动，李白其实很早就看到了这一点，他说："兴寄深微，五言不如四言，七言又其靡也。"（《本事诗》引）为什么五言在"兴寄深微"方面比不上四言，正是因于五言是文字型诗歌，四言是语言型诗歌，语言天然地与个体、在场、真实、呼吸相关，自然能够更真切地传递"兴寄"。正如德里达所说的那样："自然的文字与声音、与呼吸有着直接的联系。"[①] 在陈子昂、李白等人的眼里，评判诗歌的标准都是"兴寄"，而"兴寄"的具体表现则或为"志"，或为"意"，或为"道"，总之，是"情生文"中的"情"。

"君人之大道""兴寄"都是要求"言之有物"，要求所指偏向，在不同时代和不同的人那里有不同的表述。在元、白的主张里，则是看诗歌有无"所讽"，有无寄托，同样是对所指的呼唤、对意义的渴望。在《与元九书》里，白居易勾勒了"六义"从"始刓""始缺""浸微"到"尽去"。六义"尽去"，则无所讽。无所讽，也就

----

① 〔法〕雅克·德里达：《论文字学》，汪堂家译，上海译文出版社，2005，第22页。

是西方文学理论的"不及物写作"，或"零度写作"。无所讽即无所"寄托"；无所"寄托"，即无所指；无所指，即意义缺失。在白居易看来，同样是写风雪、花草，但风雪、花草背后有无"讽"、有无"兴寄"、有无所指、有无意义是不同的。他举了六朝的风雪、花草与《诗经》的风雪、花草为例，以证明六朝诗文中所指的缺失。

> 陵夷至于梁、陈间，率不过嘲风雪、弄花草而已。噫！风雪花草之物，三百篇中岂舍之乎？顾所用何如耳！设如"北风其凉"，假风以刺威虐，"雨雪霏霏"，因雪以愍征役，"棠棣之华"，感花以讽兄弟，"采采芣苢"，美草以乐有子也。皆兴发于此而义归于彼。反是者，可乎哉？然则"馀霞散成绮，澄江净如练"，"归花先委露，别叶乍辞风"之什，丽则丽矣！吾不知其所讽焉。故仆所谓嘲风雪，弄花草而已。于时六义尽去矣。（白居易：《与元九书》）

白居易认为好诗应该是符合"风雅比兴"的，即不能止于"兴于此"，更重要的是要"义归于彼"，"兴"的目的是逗引出"义"来。没有"义"的"兴"，虽"丽"无"讽"，不值一哂。所以"文章合为时而著，歌诗合为事而作"（白居易：《与元九书》）；而写诗的目的是"为君、为臣、为民、为物、为事而作"，总之，"不为文而作也"（白居易：《白氏长庆集》三）。"为君、为臣、为民、为物、为事而作"，就是为"情"而作。诗歌要及物，要为了什么而写，要有所指。白居易还指出，即便是同样的能指符号，如果只是在能指层面运行，也会影响所指。比如同样的"风雪""花草"，在《诗经》里，则为"兴"，是有助于所指的传达的。当然，这里要特别指出，笔者并不赞同白居易所说的"讽"的内容，比如，"'北风其凉'，假风以刺威虐，'雨雪霏霏'，因雪以愍征役，'棠棣之华'，感花以讽兄弟，'采采芣苢'，美草以乐有子也"，这是典型的"诗教"传统，是文学欣赏中的过度阐释，将诗歌作品变成了思想品德教科书，在一定程度上遮蔽了诗歌的美学意义。"北风其凉""雨雪霏霏"引出的只是"惠而好我，携手同行"，其他几句亦然。与白居易所说的六朝诗里的"风雪"不同的是，《诗经》的"风雪"是为后面的确切意旨造境，是为"情"服务的；六朝诗里的"风雪"只是意象，是假想的或抄袭于《诗经》的不真实的"风雪"，只是文字的"游戏"，因而显得虚假，且无助于所指，只是"为文而作"。

　　"为事而作"与"为文而作"，区别即在于"事"和"文"哪个是创作的出发点和驱动力。所指偏向派，当然是所指驱动的，即被"事"或"情"驱动；而"为文而作"自然是明显的被"文"驱动，即能指驱动。白居易虽然也是站在所指偏向的角度看待诗歌的，但与前人不同的是，他特别拈出了"兴"。李谔、陈子昂更多的是将所指与能指对立起来，认为要想让所指明晰，就必须反对在能指上做文章。在他们眼里，所指的现身必须通过能指的隐匿来实现；能指的任何"小动作"都会吸引读者的注意力，而忽视所指——他们假想了一种透明的能指符号。"兴"当然不是什么新理论，但白居易在这时重提是有着重要意义的。"兴"起作用的方式是"先言他物以引起所咏之物"，白居易的解释是"兴在此而意在彼"。从符号学的角度看，"言"是能指，"意"是所指，能指应该直接指向所指，即言在此意在此。如果"所咏之物"就是诗人的真实意旨的话，为什么不直接言"所咏之物"，而要"先言他物"？而且，先言的他物似乎还不能有明确的所指，否则会影响真正的"所咏之物"，这与"情生文"是否矛盾？这其实涉及非常复杂的诗歌创作心理问题。笔者以为并不矛盾，理由如下。诗歌确实是因"情"而生，发言为诗。但"情"又因何而生？何时会生"情"？何人会生"情"？当然是"触景生情"了。"兴"的内容大多是外在的景，触动的是内在的"情"，"情"不会没有来由地产生。"兴者，起也"，"情"仍然是核心，"兴"只是交代了"情"所受到的触发。这是一个再自然不过的过程了。宇文所安认为《毛诗序》就是为了解释这一心理过程而作的。他说："就物质层面看，诗歌是'自然的'：诗歌属一般意义上的人所有；诗人与非诗人没有什么质的差异（虽然诗人可能比非诗人更容易被感动）。"更关键的问题在于："如果能说明某一权威在心理和肉体上是'自然的'，它才可以成为诗歌的当然权威。《诗大序》提出这套心理学就是为了证明诗歌的自然性（'嗟叹'的心理倾向显然是非自觉的，它是作为说话和咏歌之间的过渡阶段被提出来，以便支持这个'证据'）。"①"兴"的出现并不影响"情生文"的诗歌生成机制。

　　"情生文"的"情"在宋代则变成了"意"，宋诗整体上就是"意生文"。吴乔在《围炉诗话》里比较了唐诗、宋诗的特点，其中一个重要方面就是："唐人作诗，惟适己意，不索人知其意。"是什么造成了"适己意"和"人知其意"之间的距离呢？如果能指能够透明地传达所指，"己"与"人"所接收的所指应该是相同的，"人意"即"己意"。因此，造成唐诗这一特点的原因肯定是在能指上有所偏重，从而造成了所指传递的延宕，以及"人意""己意"的差异。唐人作诗，不以"意"为主，而以"辞"为先，故常以"辞"害"意"，从这个意义上讲，唐诗是能指偏向型的。而宋诗则不相同，"宋人作诗，欲人人知其意"②。宋人作诗，"意"在"辞"先，不容以"辞"犯"意"，是典型的"意生文"。汉语的"意"又有不同，徐复观就对"意义的意"和"意味的意"做

---

① 〔美〕宇文所安：《中国文论：英译与批评》，王柏华、陶庆梅译，上海社会科学院出版社，2003，第42～43页。

② 吴乔：《围炉诗话》（卷一），载郭绍虞编撰《清诗话续编》，富寿苏校点，上海古籍出版社，1983，第473页。

了区分："意义的意，是以某种明确的意识为其内容；而意味的意，则并不包含某种明确意识，而只是流动着一片感情的朦胧缥缈的情调。此乃诗之所以为诗的更直接地表现，所以是更合于诗的本质的诗。一切艺术文学的最高境界，乃是在有限的具体事物之中，敞开一种若有若无，可意会而不可以言传的主客合一的无限境界。兴用在一章诗的结尾，恰恰发挥了此一功能。"① 宋诗后来遭受诟病，其中一个原因恐怕就是用"意义的意"代替了"意味的意"。葛兆光从语言的角度对唐宋诗歌做出比对后，给出了直接的结论："从诗歌语言角度来说，宋诗的全部内涵就在于四个字：凸现意义。"既然是从语言的角度谈诗，葛兆光也借用了"所指"这个术语。"宋诗的日常语序却使人们更容易理解诗的意义，因为对于熟悉的话语无须过多地琢磨便能在瞬间转换为它的所指。"② 葛兆光教授的结论当然合乎宋诗的实际，当宋诗把"凸现意义"当作"全部内涵"时，也就意味着"意义"既是宋诗的起点也是宋诗的终点；既是宋诗的目的也是宋诗的手段。总之，宋诗是"意义"驱动型，同样属于"情生文"模式。而且，为了维护意义的重要性和神圣性，不以文害意，与这一流派此前的做法相同的是，宋诗必须对能指有所防范，运用的语言必然是"熟悉的话语"，是"日常语序"。而所谓"熟悉的话语"和"日常语序"，只有在口语那里才能找得。这里，颇有点循环解释的味道：口语或所指偏向型语言促成了"情（意）生文"的创作模式；"情（意）生文"创作模式的运行必须以口语或所指偏向型语言为保证。口语或所指偏向型语言在宋人那里通常被认为是"平易""淡泊""质直"的，这样，陶渊明的诗歌最终

---

① 徐复观：《释诗的比兴——重新奠定中国诗的欣赏基础》，转引自蔡英俊《中国古典诗论中"语言"与"意义"的论题——"意在言外"的用言方式与"含蓄"的美典》，台湾学生书局，2001，第 24～25 页。

② 葛兆光：《汉字的魔方——中国古典诗歌语言学札记》，复旦大学出版社，2008，第 207 页。

在宋人那里得到了强烈的回响就是件很自然的事情了。吊诡的是，陶渊明诗歌所有曾经的"缺点"在宋人那里突然成了最大的"优点"，让人心生造化弄人之叹。梅尧臣《读邵不疑学士诗卷》的"作诗无古今，惟造平淡难"（《宛陵集》四十六），苏东坡的"发纤秾于简古，寄至味于淡泊"（苏轼：《书黄子思诗集后》）其实也体现了宋诗的语言追求。但不管怎么说，宋诗的语言追求是基于"情（意）生文"的生成机制的，"平淡""质直"的语言就是为"情（意）"的传达服务的。

晚明公安派也是所指派的延续。郭绍虞先生曾说："公安派之所宗主，一为眉山，一为香山。"[①] 自然的，公安派同样也推崇"情生文"的及物写作。前面已经讲过，"情""志""道""意"都来自心，而语言（口语）又是传达"情""志""道""意"最直接的工具。语言（口语）与人的此在、当下、活生生地联系在一起，因此，"真"就是"情""志""道""意"的应有之义，也就是宇文所安说的"自然"。在直接运用语言（口语）的年代，并不存在所谓"真"的问题。

当文字与语言高度结合以后，文字与语言的界线就不明显了，并且，正如索绪尔所观察到的那样，"书写的词常跟它所表现的口说的词紧密地混在一起，结果篡夺了主要的作用；人们终于把声音符号的代表看得和这符号本身一样重要或比它更加重要，这好象人们相信：要认识一个人，与其看他的面貌，不如看他的照片。这种错觉是任何时候都存在的"。结果是，"到头来，人们终于忘记了一个人学习说话是在学习书写之前的，而它们之间的自然关系就被颠倒过来了"。[②] 事实上，正是在文字出现以后，尤其是在人的语言需

---

① 郭绍虞：《中国文学批评史》（下册），商务印书馆，2010，第 262 页。
② 〔瑞士〕费尔迪南·德·索绪尔：《普通语言学教程》，高名凯译，商务印书馆，1980，第 48～50 页。

要借助文字来呈现以后，文字能否真实地、生动地表达内心就引起了人们的怀疑。庄子在《天道》篇借轮扁的口说"君之所读者，古人之糟粕已夫"，其原因正是"圣人""已死"（《庄子·天道》）。人死了，人的"言"（即便借助于文字存在）也死了。无独有偶，西方的苏格拉底、柏拉图有着几乎相同的看法。在《斐德罗篇》中，苏格拉底也借故事中主人公的口说，文字提供的智慧不是真正的智慧，而是智慧的赝品；真正值得信赖的是写在学习者灵魂上的，伴随着知识的"谈话"，因为它"不是僵死的文字，而是活生生的话语，它是更加本原的，而书面文字只不过是它的影像"①。这样看来，借助文字表现的"情""志""道""意"，由于离开了人，离开了语言，要么是"糟粕"，要么是"赝品"。为什么会是这样呢？麦克卢汉从媒介的角度，对"口语词"和"书面词"所塑造的不同世界进行了辨析：

> 言语是要发出声音的，更准确地说，它是我们一切感官同时的外在表现……无文字民族的生活方式是隐而不显、同步和连续的，而且也比有文字的民族的生活方式要丰富得多。由于要依靠口语词获取信息，人们被拉进一张部落网。因为口语词比书面词承载着更丰富的情感——用语调传达喜怒哀乐愁等丰富的感情，所以部落人更加自然，更富于激情的起伏。听觉—触觉的部落人参与集体无意识，生活在魔幻的、不可分割的世界之中。这是由神话、仪式模式化了的世界，其价值是神圣的、没有受到任何挑战的。与此相反，文字人或视觉人创造的一个环境是强烈分割的、个人主义的、显赫的、逻辑的、专门化的、疏离的。②

---

① 〔古希腊〕柏拉图：《柏拉图全集》（第2卷），王晓朝译，人民出版社，2003，第199页。

② 〔加拿大〕马歇尔·麦克卢汉、〔加拿大〕弗兰克·秦格龙编《麦克卢汉精粹》，何道宽译，南京大学出版社，2000，第365页。

　　文字的出现尤其是文字追摹语言技术的解决是人类发展史上的大事，浸淫于文字的现代人很难想象一个"前文字时代"，对没有文字的口语思维方式也缺乏了解和同情；简单粗暴地以文字思维倒推甚至贬低口语思维，不仅是观念的错误，而且无法解释人类社会中的很多现象——将说话和书写的顺序和自然关系"颠倒过来了"。总之，哲学家、语言学家、媒介学家的观点是一样的，就是口语才能保证思想、情感的纯真和自然，文字则对纯真和自然造成了损害。

　　公安派的时代显然是文字已经运用得极为熟练的时代，创作必须面对文字的语言性和文字的文字性这一对矛盾。文字的语言性和没有文字的语言、文字参与不多的语言是不同的。《诗经》是没有文字的语言，《古诗十九首》是文字参与不多的语言，晚明时代诗歌则是文字浸入骨髓的语言。这时的人虽然仍然按照"情生文"的方式写作，但由于文字已经"僭夺"了语言的地位，"情"与语言之间的几乎同一的关系被文字破坏了。离开了语言的背书，"情"的真实性无法得到保证；"情"不再是内心的再现，而是通过文字向他人借来的"虚情"和"假意"，表面是"情"，骨子里却仍是"文"。公安派是很敏锐地看到了这一点的，他们主攻的方向就是"情生文"中的"假情"。袁宗道《论文》指出："古文贵达。学达即可以学古也，学其意不必泥其字句也。……大概古人之文，专期于达；而今人之文，专期于不达。以不达学达，是可谓学古者乎？"本来要学的是古人的"情"、古人的"意"，但当时很多人学的却是古人的"字"、古人的"句"。由于"（真）情"是自然的，表现在语言上就是通达的，不会通过能指的吸引妨碍对"情"的传达；而"虚情""假意"在语言文字上的表达自然就是"不达"，这与葛兆光分析宋诗语言时指出的"无须过多地琢磨便能在瞬间转换为它的所指"是一致的。① 公安派认为，要学的是"情生文"的机制，而不是"情生文"里的"情"本身，即不必模拟古人的文辞、字句，而应"学其意"。并且，这种"意"还得是自己的"真意"，而不是附着在古人言辞上的"假意"。公安派对"意见"与"言语"的关系认识得很清楚，他们说："有一派学问，则酿出一种意见；有一种意见，则创出一般言语。无意见则虚浮，虚浮则雷同矣。大喜者必绝倒，大哀者必号痛，大怒者必叫吼动地、发上指冠。惟戏场中人，心中本无可喜事而欲强笑，亦无可哀事而欲强哭，其势不得不假借模拟耳。"（袁宗道：《白苏斋类集》二十）"学问""意见"在先，"言语"在次，所指在先，能指在次，否则即为"戏场中人"。不少中国人爱装、爱演，与重文字轻语言的传统是有关联的。作为一个流派，袁中道也表达过类似的意思，"天下之文莫妙于言有尽而意无穷，其次则能言其意之所欲言"，要做到"以意役法，不以法役意"（袁中道：《珂雪斋文集》二、三），将"意"放到高于"法"的位置。"意"则"情"，"法"则"文"，"以意役法"，则"情生文"也。

公安派之后的性灵派也是坚持"情生文"的。但性灵派一则影响相对较小，二则并无新意，三则限于篇幅，故在此不做展开。现仅引述袁枚的几段话，读者自会看出其观点与前人此派观点是多么的接近。袁枚在《答蕺园论诗书》中说："诗者，由情生者也。有必不可解之情，而后有必不可朽之诗。"在《随园诗话》卷三中又说："诗以言我之情也，故我欲为则为之，我不欲为则不为。"其补遗卷七又云："文以情生，未有无情而有文者。"这明显就是对"情生文"三字的展开，与"诗言志""情动于中"是一脉相承的。

胡适的全部努力不过是要恢复"话"在文章和诗歌中的重要

---

① 葛兆光：《汉字的魔方——中国古典诗歌语言学札记》，复旦大学出版社，2008，第207页。

性。文学自觉时代以后,"文"与"话"分头发展,但"文"又对"话"构成了极强的压制。"文"在官方、正式、高雅的层面运行;"话"则在民间、非正式、低俗的地域潜滋暗长。"文"缺少"话"的滋润日渐枯槁,文章大多显得虚假、做作,陈子昂当年批驳的文风没有消除,反而更为严重。胡适等倡导的"白话文运动"(注意:不是"白话"运动,白话从来都存在),就是要在"文(字)"中再现"白话",恢复文学的"言"传统。

"言"传统的本质是符号的所指偏向,即符号的"及物"传统,也就是"言之有物"传统;受其驱动的文学创作模式是"情生文"。胡适《文学改良刍议》认为,文学改良"须从八事入手",第一事即为"须言之有物"。这里的"言"当然已经不是说话,而是以文字形式呈现的文章或诗歌了;"物"则是内容、所指,也就是前面所说的"情""志""道""意"等了。胡适对"言之有物"的"物"有专门的定义和解说:

> 吾国近世文学之大病,在于言之无物。今人徒知"言之无文,行之不远",而不知言之无物,又何用文为乎。吾所谓"物",非古人所谓"文以载道"之说也。吾所谓"物",约有二事。
>
> (一)情感 《诗序》曰,"情动于中而形诸言。言之不足,故嗟叹之。嗟叹不足,故咏歌之。咏歌之不足,不知手之舞之,足之蹈之也。"此吾所谓情感也。情感者,文学之灵魂。文学而无情感,如人之无魂,木偶而已,行尸走肉而已(今人所谓"美感"者,亦情感之一也)。
>
> (二)思想 吾所谓"思想",盖兼见地、识力、思想三者而言之。思想不必皆赖文学而传,而文学以有思想而益贵。思想亦以有文学的价值而益贵也。此庄周之文,渊明老杜之

诗，稼轩之词，施耐庵之小说，所以夐绝千古也。思想之在文学，犹脑筋之在人身。人不能思想，则虽面目姣好，虽能笑啼感觉，亦何足取哉。文学亦犹是耳。

文学无此二物，便如无灵魂无脑筋之美人，虽有秾丽富厚之外观，抑亦末矣。近世文人沾沾于声调字句之间，既无高远之思想，又无真挚之情感，文学之衰微，此其大因矣。此文胜之害，所谓言之无物者是也。欲救此弊，宜以质救之。质者何，情与思二者而已。①

行文至此，对胡适从《诗大序》里为自己寻找理论支撑，笔者已经毫不奇怪，并且觉得是必然如此。"情"就不必说了，直接取自《诗大序》；而所谓"思"，即"思想"，"盖兼见地、识力、思想三者而言之"，与"志""道""意"也相去不远。人常称"五四新文学运动"，如果从语言学的角度看，实在不知"新"从何来！胡适"吾国近世文学之大病，在于言之无物"，与陈子昂的"文章道弊五百年矣"，"汉魏风骨，晋宋莫传"，"采丽竞繁，兴寄都绝"的意思是完全一样的。如前所述，"兴寄都绝"就是"言之无物"。而造成这个局面的原因，陈子昂认为是"采丽竞繁"，李谔认为是"竞骋文华""竞一韵之奇，争一字之功"；胡适的"虽有秾丽富厚之外观""沾沾于声调字句之间"简直就是李谔、陈子昂观点的翻版。一千年之后，他们指出的还是同一个问题——"道弊""大病"；同一个症候——"言之无物""兴寄都绝"；同一个病因——"竞一韵之奇，争一字之功""沾沾于声调字句之间"。这更加证明了语言、文字的问题确实是文学流变、文学风格形成的关键问题。仅从时代、社会、王朝的更替是无法真正说清的。胡适

---

① 胡适：《文学改良刍议》，载《胡适古典文学研究论集》（上册），上海古籍出版社，2013，第18页。

的时代至少已是"现代前夜",无论是文风问题还是解决办法,与中古并无实质区别,这是信奉文学进化论的人无论如何都解释不了的,因为,只有文字才是造成这些影响的一以贯之的因素。只要汉字存在一天,类似的问题就不会轻易消亡。

"言之有物"解决了"情"的问题,胡适还谈到了"文"与"言"的关系。什么样的"文"才能为文章的"情感"与"思想"提供保证呢?胡适确实意识到了,"秾丽富厚之外观""沾沾于声调字句"对"情感"与"思想"是一种伤害,但没有意识到能指与所指之间其实是一种此消彼长的滑动关系,一旦将"情感"与"思想"等所指当作文章最重要的部分,必然对"秾丽富厚之外观""沾沾于声调字句"这些强化能指的做法有所打压;反之亦然。除了极少数文学天才,一般人很难调和二者,达到"兼善"。《道德经》言:"信言不美,美言不信。"(《道德经》81章)既"信"且"美",鱼、熊掌兼得,实在只是可遇不可求的理想追求。能指、所指的滑动共生意味着,在"信""美"之间一旦做出选择,就必然要承担另一维度的缺失。

"信言"是一种什么"言",为什么能够对"言之有物"的实现给予保障?"美言"具备什么样的特点,会伤害到所指的"信"呢?"美言"就是本书描述的能指偏向型语言,也叫诗性语言,形式主义诗学称其为语言的陌生化或"陌生化语言"。而"信言"则是所指偏向型语言,即工具性语言,也叫日常语言。"信言"之所以"信",是以所指为保证的,凡是对所指造成危害、减损的都不是"信言";"工具性语言",也可叫作"语言的工具性",隐含的意思正是语言只是导向所指的"工具"。与凸显能指自身的诗性语言比较,工具性语言的外在表现就是必须符合语法。所以,胡适《文学改良刍议》"八事"的第三"事"就是"须讲求文法",因为"不讲文法,是谓'不通'"。"不通"有两个原因:一是所指本来模糊，能指自然不可能通，就像一个人自己都没弄懂，你非要他讲通，当然是不可能的；二是有意"不通"，这种"不通"不是能力问题，而是有意为之，故意隔阻语言前往所指的通道，这就是形式主义诗学的"陌生化"，在他们看来，诗性的产生正是来自对语法的违背，诗歌语言正是"陌生化"了的语言，是"难懂的，晦涩的语言，充满障碍的语言"①。但当"陌生化"成了诗歌语言的常态后，又必须有新的"陌生化"的语言。也就是说，如果"难懂""晦涩""充满障碍"的语言是诗歌的标准语言时，就必须有与之相反的语言来"陌生化"了。这时必然有人提出"易懂、明白、符合语法"的语言才是诗歌语言，这时的"陌生化"也就是诗歌语言的"日常化"。葛兆光在解析宋诗的语言特点时也谈道："为凸现意义的语言功能就必然要促使诗歌向'文从字顺'即更易于表达与更易于理解的语言习惯靠拢，而朦胧玄远的个人吟唱也必然被沟通'我'、'你'的对谈性诗歌取代，于是诗歌语言中的'陌生化'追求与诗歌观念中对'理'与'意'的追求，构成一种推动诗歌语言形式变革的'合力'，形成了宋诗'以文为诗'的语言特征。"并且，"真正达到'陌生化'效果与沟通意义效果的却是以日常语言入诗的那类诗歌，因为日常语言不仅在'凸现意义'上优于生涩的古文语言，而且更吻合宋人理念上所追求的'平淡'、'自然'等美学原则，更能够体现一种风趣而生动的勃勃生机"②。如果用"情生文"的生成机制解释就是："情"（所指）是写作的动力和最终评判标准，"情"必须形于"言"；文字出现后，"言"又必须诉诸"文"，以此来保存和传播"言"。"言"对"情"也

---

① 〔苏〕维·什克洛夫斯基：《艺术作为手法》，载〔法〕茨维坦·托多罗夫编选《俄苏形式主义文论选》，蔡鸿滨译，中国社会科学出版社，1989，第76页。。
② 葛兆光：《汉字的魔方——中国古典诗歌语言学札记》，复旦大学出版社，2008，第206～207页。

许可以尽职，但"文"对"言"却难言忠诚，常常夹带自己的"私货"。这三者的关系，亚里士多德早有论断："口语是心灵的经验的符号，而文字则是口语的符号。"① 文字替口语来传递心灵，本身就隔了一层，加上文字的视觉属性比口语的声音属性更为稳固，很容易"僭夺"语言的重要地位，最终造成对所指（心灵经验）的伤害。如果要保证文字像语言一样有效，文字就必须绝对服从语言，遵守语言的规约。所谓"须讲文法"，其实是"须讲语法"，追求一种让大家说得出、看得懂的日常语言。这自然是针对诗歌语言往往通过重复、倒装、对仗、平仄等形式违背语法，加大通往所指的难度或延迟通往所指的时间，有时甚至阻隔所指，以至于"不懂"的情形而言的。胡适后面提出的"务去烂调套语""不用典""不讲对仗"等都是针对中国古典诗歌传统诗性生成方式的，胡适认为只有"平淡""自然"的语言才能拯救诗歌。

在胡适之后再次祭起诗歌语言改革大旗的是于坚。于坚是现代诗人中最具有语言自觉性的诗人，对诗歌语言从哲学的高度给予了审视，见解非常深刻。他认为，"南方是能指依然具有活力的世界，北方却是所指的乐园。这从方言上可以看出来。所有的中国人都可以听懂以北方方言为基础的普通话，但只有上海人四川人云南人……能听懂本地口语"；"在南方，方言一直是诗歌的母语"。② 即便是面对汉字，于坚认为"写作成为仅仅是为了发言而进行的活动，和用拼音写作相似，写作成为没有手稿没有笔记的行为。作者不必再为汉字本身的艺术性操心，他可以说得更快。写作成为纯粹的思维游戏。用电脑说话，而用笔写字，这将是今后一个具有修养的中国作家的两种功夫"③。从于坚的这些表述可以看出，于坚是有

---

① 〔古希腊〕亚里士多德：《范畴篇·解释篇》，方书春译，商务印书馆，1959，第55页。
② 于坚：《拒绝隐喻》，云南人民出版社，2004，第43～44页。
③ 于坚：《拒绝隐喻》，云南人民出版社，2004，第34～35页。

着声音中心主义的偏向的，从他很多关于语言与哲学的思辨里也可以看出这一点。但有意思的是，按于坚自己的说法，他是自幼就罹患耳疾的。① 也许于坚的声音中心主义与他耳疾之间的矛盾，只能用谢有顺的"代偿"来解释吧。

在对于坚的语言观进行仔细梳理后，笔者发现于坚在语言观上与所指偏向派是一致的，但创作观却有着很大差异，简而言之就是，于坚并不是"情生文"派。比如，于坚反对"文以载道"，他说"中国的'文以载道'传统是使中国文学自古以来就和意识形态纠缠不清的一个重要原因"；"中国诗歌自古以来大都是用来'寄托''道'的。'道'何其广也。大到人生宇宙、君主帝王，小到风花雪月、尿溺。'道'（原文为"通"，据上下文，疑为"道"之误，故改——引者注）之广，以至'世间一切皆诗'。然而，诗是为'寄托'而作却是一致的"。② 但是，于坚是反对"文以载道"的，因而也是反对诗歌中的"寄托"的。比如于坚还反对"诗言

① 1993 年 11 月 6 日，于坚在一篇题为《关于我自己的一些事情》的自白里，这样描述自己："我的父母由于投身革命而无暇顾及我的发育成长，因而当我两岁时，感染了急性肺炎，未能及时送入医院治疗，直到奄奄一息，才被送往医院，过量的链霉素注射将我从死亡中拯救出来，却使我的听力受到影响，从此我再也听不到表、蚊子、雨滴和落叶的声音，革命赋予我一双只能对喧嚣发生反应的耳朵。我习惯用眼睛来把握周围的世界，而在幻觉与虚构中创造它的语言和音响。多年以后，我有了一个助听器，我第一件事就是跑到郊外的一个树林子里，当我听到往昔我以为无声无息的树林里有那么多生命在歌唱时，我一个人独自泪流满面。"（于坚：《棕皮手记》，东方出版中心，1997，第 2 页）谢有顺也据此将这段话"私下把它理解为是进入于坚诗歌写作内部一个有效地秘密通道"。谢有顺还认为："我的确感到奇怪，像于坚这样听力不健全的人，本来是最容易从整体、本质、远方、集体、现成品中认识生活的，如他自己所言，在使用助听器以前，他听不到表、蚊子、雨滴和落叶这些细微的声音，'革命赋予我一双只能对喧嚣发生反应的耳朵'。有意思的是，于坚的写作却是为了恢复心灵对世界中一切细微事物的感知和记忆，这是否正好是于坚某种内心渴望的代偿？……考察这个问题是非常有意义的。由于听力的下降，于坚身上看的功能被大大地加强；或者说，用眼睛写诗的于坚，与事物之间建立起的是直接的对话关系，他必须不断置身于存在的现场、事物的当下状态，而拒绝作更多的臆想和象征。"（谢有顺：《回到事物与存在的现场——于坚的诗与诗学》，《当代作家评论》1999 年第 4 期）

② 于坚：《拒绝隐喻》，云南人民出版社，2004，第 11 页。

志"传统，他首先将"诗言志"的"志"解释为"志者记录也"[①]。又说："志是所指。所指的黑洞。这导致了汉语的无所不在的隐喻。拒绝隐喻，就是要使诗歌回到身体，回到身体的写作。回到'志'来的地方。诗歌是体，而不是志。但诗和志被颠倒了，志成了写作中至高无上的君王……'诗言志'在二十世纪依赖制度得到放大，冒充着诗歌本身，它遮蔽了诗歌。"[②] 这样，于坚就成了语言上的口语派和写作上"情生文"的反对派，在语言与创作机制上形成了背离。

原因倒也简单。于坚以前的白话派、口语派的审视重心都是"道"，"道"之不传是他们发现问题的起点，传"道"则是解决问题的终点，语言只是解决问题的方法。而在于坚这里，语言（有"寄托"的、隐喻的语言）是他发现问题的起点，语言也仍然是他解决问题的终点（用方言，口语，没有"寄托"、拒绝隐喻的语言）；"志""道"则只是他解决问题的手段——写日常生活，写琐碎生活。从这个意义上讲，于坚不是"情生文"派，而是"文生情"或"文生文"派，与和他激烈交火的"知识分子写作"本质上属于同一派——当然，按照于坚本人的术语称其为"（口）语生文"派就更合适了。

从创作生成的机制看，于坚和与他水火不容的"知识分子写作"派完全可以握手言和，他们的不同只是细节的不同，比如，语言资源的不同。于坚认为："对于诗人写作来说，我们时代最可怕的知识就是'知识分子写作'鼓吹的汉语诗人应该在西方获得语言资源，应该以西方诗歌为世界诗歌的标准。在这个人民普遍与意识形态达成共识，把西方生活作为现代惟一标准的时代，这种知识尤

---

① 据《说文解字》，"志"、"意"、"识（識）"三字关系较为复杂，段玉裁《说文解字注》里的解释是：志，心之所之也。

② 于坚：《拒绝隐喻》，云南人民出版社，2004，第 86 页。

其容易妖言惑众，尤其媚俗。这是一种通向死亡的知识。这是我们时代最可耻的殖民地知识。"① 的确，按于坚的说法，将"西方语言资源""西方生活""西方诗歌标准"当作"惟一标准"是"可耻的"，是"通向死亡的"，但凭什么说，把"口语资源""日常生活""诗之为诗的标准"当作"惟一标准"就是高尚的、合法的、神圣的、永生的呢？何以证明？在文字时代，"口语"真的还具有不证自明的绝对优越性吗？于坚攻击"知识分子写作"派（于坚攻击的还有中国古典诗词，但于坚很巧妙地避开将"中国古典诗词"作为一个整体进行攻击，虽说大厦将倾，但妄图以一己之力就将其捣毁也是不可能的）最多的就是他们的"大词癖"。所谓"大词癖"，在于坚看来，就是"把具体的词形而上、抽象化"。以马致远的《天净沙·秋思》为例，于坚认为其中的"枯""老""昏""西""瘦"等全是大词。关键是，"这些大词又在美学史中积淀了一个共同的所指，就是衰老、悲凉、行将死亡等等。这些词的所指实际上已成为一种公共隐喻。诗人不过是把词依据现成的既定的文化价值归类、组合。公共隐喻的精练化"②。如果说，"知识分子写作"和中国古典诗歌都有"大词癖"的话，那么于坚推崇的东西也可以命名为"小词癖"。所谓"小词癖"，即热衷于写琐碎的细节。比如"昏鸦"，在"小词癖"看来，"（昏鸦）有一千万种，有下午五点左右的昏鸦，有五点四十分的昏鸦，它们肯定完全不同"③；从哲学的角度讲，这毫无疑问是有道理的，只是总让人想起西方哲学家说的"人不能两次踏进同一条河流"——不知谁能将"下午五点左右的昏鸦"和"五点四十分的昏鸦"区分开来？即便能做到，那么，"五点四十分的昏鸦"和"五点四十一分的昏鸦"

---

① 于坚：《拒绝隐喻》，云南人民出版社，2004，第75页。
② 于坚：《拒绝隐喻》，云南人民出版社，2004，第39页。
③ 于坚：《拒绝隐喻》，云南人民出版社，2004，第15页。

肯定也完全不同，能够区分、需要区分吗？于坚对抗的是"总体话语"，只是没有这些"总体话语"，人类如何认识、划分、归纳这个世界？笔者认为于坚和"知识分子写作"派并无实质区别还表现在，虽然于坚嘲讽"知识分子写作派"以西方语言资源、西方知识等作为标准，但于坚本人视为实践标杆的同样是西方语言资源、西方知识和西方大师。于坚下面的这段话泄露了"天机"：

> 看看大师都写什么，一把吉他、一个苹果、一头豹子，都伯林的一日，在姨妈家吃晚餐的经过。而国内的诗人，动不动就想横跨欧亚大陆，潜在的"大同"的意识，毛泽东式的思维方式，"四海五洲"，没有比毛更辽阔的。毛从来不写"一只杯子"。他喜欢形而上学概括，这也是当代诗人普遍的思维方式。中国诗歌害怕形而下，害怕具体的事物，"形而下者谓之器"，"器"总是与小、与俗联系在一起，人人都争着讲"道"，诗的言说心态是"子曰"，而不是"说"。语言上的虚弱，使他们靠才气写作，天马行空，任意组合，读者往往敬畏朦胧含混的东西。最高指示就是这种东西。他无法像奥顿、拉金、弗洛斯特、乔伊斯、普鲁斯特那样写作，一具体他就诗意全无。他喜欢"过去"、"未来"。他害怕"当下"、"现场"。一面对此就毫无诗意了。面对现场，在中国需要勇气的，因为一不小心就容易"俗"就"市民"，而这些在中国文化是最忌讳的东西。大家都要"雅"要"士大夫"。①

与不值一哂的"国内的诗人"相对应的是西方的"大师"，于坚也列举了他们的名字：奥顿、拉金、弗洛斯特、乔伊斯、普鲁斯特。于坚与"知识分子写作"派的不同，只是他们尊崇的西方

---

① 于坚：《拒绝隐喻》，云南人民出版社，2004，第17页。

"大师"们的名单不一样而已，总让人想起中国古代"五十步笑百步"的故事。的确，写"白鸽子蓝星星红月亮"的诗人是"苍白无力、虚伪、装模作样、故作深沉的一类人"①，但是，汲汲于写"一把吉他、一个苹果、一头豹子，都伯林的一日，在姨妈家吃晚餐的经过"的诗人就不"苍白无力、虚伪、装模作样、故作深沉"了？于坚的诗歌主张，一言以蔽之，就是"把小说的东西写成诗。把诗的东西小说化"②。但笔者不由得要问：诗歌抢了小说的"饭碗"，小说再写什么呢？总之，于坚虽然强调口语，强调日常生活，强调身体写作，但由于把能指（口语偏向的文字）放在所指之前，其创作模式就只能是"文生情"或"文生文"了，不再是"情生文"的生成模式了。

于坚"拒绝隐喻"的诗学主张对中国古典诗歌的套路化运作确实有纠偏的作用。不少人正是在隐喻的层面欣赏诗歌、学习诗歌、写作诗歌的。当公共隐喻成为套路，成为诗人们的自动反应后，诗歌的活力、魅力、创造力的确会受到阻碍，因为这些所指不是词语本身的所指，而是一种文化规定的所指。李贽、陈子昂、公安派、胡适等都认为，过度玩弄文字会导致对所指的伤害，延迟甚至阻止所指的出场；而于坚的观点则是，汉字这种能指容易导向偏离原来所指的一个新所指，即"公共隐喻"，比如中国古典诗歌中的"梅"，并不指向真实的"梅花"，而是指向了一个虚无的"品行"。所以，于坚要"拒绝隐喻"：

> 拒绝隐喻，就是对母语隐喻霸权的（所指）拒绝，对总体话语的拒绝。拒绝它强迫你接受的隐喻系统，诗人应当在对母语的天赋权力的怀疑和反抗中写作。写作是对隐喻垃圾的处理

---

① 于坚：《拒绝隐喻》，云南人民出版社，2004，第7页。
② 于坚：《拒绝隐喻》，云南人民出版社，2004，第32页。

清除。一个不加怀疑的使用母语写作的诗人是业余诗人。这种
诗人在中国到处都是，正是这些人支撑着中国作为一个古老诗
国的名声。拒绝隐喻是一种专业写作，诗人必须对汉语的能指
和所指有着语言学意义上的认识。他才会创造出避免落入隐喻
无所不在的陷阱的方法。拒绝隐喻，从而改变汉语世界既成的
结构，使其重新能指。①

　　于坚所观察到的这一切，确实是汉语诗歌的问题。"隐喻"——
其实也就是古典诗歌中的"意象"，如果代代沿用，不加创新，的
确容易流于陈套。但"隐喻"是文字使用的必然产物，而且，作为
诗歌写作方法，"隐喻"本身并无过错。虽然有不好的"隐喻"，
但肯定也有好的"隐喻"。要"拒绝"的不是"隐喻"这种方法，
而是那些沿用、抄袭、剽窃"隐喻"成果的行为。"拒绝隐喻"的
结果就是拒绝百分之九十以上的中国古典诗歌。

　　虽然到目前为止，笔者仍然没有学会欣赏于坚诗歌的艺术性，
但对于坚在诗歌语言上进行的学理探讨是充满敬意的。于坚理论上
的不一致甚至混乱，其根本原因正在于他在语言认识上的偏差：与
胡适一样，于坚幻想的也是有一种可以透明传达所指的文字。受西
方声音中心主义语言观的影响，于坚将语言的声音性抬到很高的高
度，动辄要将语言"还原为一个声音"。在西方传统的哲学、文化
语境中，文字一直受到贬抑；但受到贬抑本身就证明，文字不仅从
来都存在，而且还时常会影响语言。而于坚对汉语中的汉字却有视
而不见、有意回避的嫌疑，对汉语与汉字之间的区别和联系，他也
很少做出区分。比如他一会儿说"从根本上说，汉语是适合于写
诗，而不适合于写自传的语言。汉语古老的表意功能，主要是所指
而不是能指在发生作用"；一会儿又说，"汉字是一种艺术，它更适

---

① 于坚：《拒绝隐喻》，云南人民出版社，2004，第 131 页。

合于写诗，更适合于作为书法存在。但它不适合于写小说。汉字是为画而造的，不是为说而造的。汉字是写的艺术，而不是说的工具"。① 于坚对汉字、汉语这两个术语的使用是随机的、凌乱的、非学术的，也未能弄清二者之间的若即若离的复杂关系。关于这一点，前文已有详论，此处不再赘述。但这个"硬伤"也使于坚一再遭受论敌的攻击。如桑克就对"口语写作"有过学理辨析：

> 口语只是一种我们人类对日常生活中嘴上用语的命名。它是嘴的行为，它的本质是声音，它产生的后果是接受声音者的反应。它在嘴、磁带、录像带、拷贝、唱片、CD、VCD、DVD等声音载体上有效地保持了声音的本来面目。它一旦进入纸这种载体，它最小的独立声音单元也就演变成了文字，这种转化过程实际上巨大而复杂，带有浓重文明痕迹，只不过被很多人无意忽略了。文字的整体即形成"纸上用语"，这就已失去口语的基本存在方式——在嘴上，在其他声音载体上。所以纸上用语中的口语（准确地说是模仿口语中的省略句模式、缩略语模式和不合语言基本规律的语言模式等），并不是我们在严格意义上命名的口语（当我们谈起纸上口语时，常常在无意中忽略"纸上"这一重要的实存和条件限制，这为片面强调口语提供了话语空间），而是一种类口语或者仿口语。②

从这个角度看，"口语写作"自然就成了"一个在学理上根本不能成立的说法"③；这个说法本质上是声音中心主义的体现，但既不符合汉字实际，也不符合汉语实际。与这一派（所指偏向派）的

---

① 于坚：《拒绝隐喻》，云南人民出版社，2004，第33～35页。

② 桑克：《诗歌写作从建设汉语开始：一个场外发言》，王家新、孙文波编选《中国诗歌 九十年代备忘录》，人民文学出版社，2000，第36～37页。

③ 西渡：《写作的权利》，载王家新、孙文波编选《中国诗歌 九十年代备忘录》，人民文学出版社，2000，第29页。

前辈相比，于坚的提法显得有些矫枉过正。但他提倡恢复汉语的所指功能，清除过多且已显陈套的隐喻，也的确让人警醒和深思。

于坚的表述中还大量使用了"能指""所指"的概念，但有时又违背了语言学、符号学的基本规则。比如他说："外延无穷大的所指，导致能指成为 0，当所指成为 0 的时候，能指就会呈现。从所指出发的写作，到达能指的表面，脱离上下文的地狱。"[①] 期待一种"所指成为 0"的能指，不是语言的乌托邦是什么？也就是说，于坚的理论是建基于一个假想的、不可能存在的语言之上的。关于这种透明的语言，郑敏曾经批驳过：

> 胡、陈所犯的另一个重要错误是只重视"言语"（parole）而对"语言"（language）不曾仔细考虑，只认识到共时性而忽略历时性，只考虑口语忽视文学语，成为口语中心论者。口语果真是那么清晰易解吗，这又是因为他们并没有理解在能指与所指之间，依照 J. 拉康的理论有一条难以完全跃过的横杠，所以在任何一种言语中都有那未被完全揭露的一面，因此天真地以为结构单纯、用词通俗的口语必然是大众一听就懂的。中国俗话说"听话听音"，正说明在言语的阳面的显露之外，还有那阴面隐藏的部分，这使得语言的透明度远不如它表面所表现的那么天真。语言的受压抑部分和所表现部分同样都在交流中起着信息传达的作用。文学语言的复杂性，正在于它的暗涵最为丰富，胡陈将语言的交流看成僵化的概念传达，从中除去一切对话双方流动的、变幻的、互动的各种社会、文化与心理因素，这是属于浮浅到错误地步的对语言性质的误解。[②]

---

① 于坚：《拒绝隐喻》，云南人民出版社，2004，第 40 页。
② 郑敏：《世纪末的回顾：汉语语言变革与中国新诗创作》，《文学评论》1993 年第 3 期，第 10 页。

这里的"胡、陈"指的是胡适、陈独秀，这一番话也完全适用于于坚，他们都将语言与文字的关系做了简单化的理解，对中国现代文学的创作影响巨大，有兴趣的读者可以阅读郜元宝教授的《为什么粗糙——中国现代知识分子语言观念与现当代文学》，限于篇幅，不再转引。当然，于坚的语言理解并不局限于此，他并不是要设想能指、所指之间的透明关系，而是根本不要所指，"拒绝隐喻"，清除意义，要使"所指成为0"。这是于坚和他之前所有提倡"言""口语""白话"的前辈们有着本质区别的地方。其他"口语"倡导者是为了保障意义，反对过度的能指化；而于坚则是强调能指（口语），要清除意义。对此，于坚很坚决地表示："笔不受作者感情或意识形态、自我的左右，零度写作，因此与传统的看法相反，诗不言志，不抒情。拒绝言志抒情。"① 因此，于坚不是"情生文"派，也不是"文生情"派，而是"文生0"派。笔者驽钝，实在想象不出读一首"所指为0"的能指诗歌是什么感受。

通过对从《诗经》开始的"情生言/文"派的梳理，我们发现这一派的共同之处都是所指（"情""志""意""道"等）驱动的，为了保证所指能够真实、完整呈现，必须使用口语和口语偏向的文字。白居易的"感人心者，莫先乎情，莫始乎言，莫切乎声，莫深乎义。诗者，根情，苗言，华声，实义"（白居易：《与元九书》）已经非常清晰地揭示了"情生文"型创作中"情""言""声""义"的关系。

于坚虽然也强调口语的重要性，但本质上仍然是能指（口语或口语偏向的文字）驱动的，从符号的角度是很容易看清于坚诗学理论的本质甚至缺陷的。笔者将于坚的诗学观放在本章辨析，一方面是因为他提倡的"口语写作"与所指偏向派的语言观是基本相同

---

① 于坚：《拒绝隐喻》，云南人民出版社，2004，第22页。

的；另一方面则是希望通过考辨于坚的"口语"驱动，证明"言"驱动与"情"驱动的不同对创作手法、创作策略、创作形态等会造成多么大的差异。

由于推崇口语，将真实、日常生活作为写作内容，将"易懂"作为评判诗歌的标准，加上与"人民"有着千丝万缕的联系，在高扬"现实主义"大旗的这些年里，所指偏向派诗歌在文学中占据了重要地位。但其"情生文"的机制却极大地制约了"文"的发挥，如何在"诗"与"非诗"之间划清界限是这一派无法绕开的问题。内在的逻辑是："情生文"，"情"（所指）既是创作的驱动力，又是诗歌最终的评判标准。"情动于中"，但要"形于言"，"言"是能指；在文字出现后，"言"还必须通过"文"才能表现出来，"文"又成了"言"的能指。"情"和"文"（表现为"诗"）之间就有了多道阻隔。第一道阻隔是"情"到"言"。"言"对"情"也只有着假想的"透明性"，俗语"言不由衷""只可意会，不可言传"都已经说明了"情""意""志""道"等虽然要借助于"言"，但并不等于"言"。即便"言"为"情"生，为保证"情"的真实性、自然性，就只能用普通的，日常的，没有经过变化、修饰的"言"。但"情"为天下人所有，"言"亦为天下人所有，"诗"便也为天下人所有，"诗"与"非诗"的区别在哪里？宇文所安在解读《诗大序》时也看到了这个问题："就物质层面看，诗歌是'自然的'：诗歌属一般意义上的人所有；诗人与非诗人没有什么质的差异（虽然诗人可能比非诗人更容易被感动）。"① 的确，这一派的诗人恐怕都必须面对这个问题。陶渊明多年被轻看，宋诗屡遭非议，公安派常被揶揄，胡适的朋友提醒"只有白话没有诗"，

---

① 〔美〕宇文所安：《中国文论：英译与批评》，王柏华、陶庆梅译，上海社会科学院出版社，2003，第42~43页。

于坚自我辩解"不能迷信口语，口语不是诗，口语决不是诗"①等，都已经证明这是个两难问题：在从"情"到"言"的过程中，如何既保证"情"的真实性，又让"言"具有诗性？在"情生文"的创作模式里，第二道阻隔是从"言"到"文"。文字对语言的影响，至今未引起大陆学界广泛重视。文字能否透明地传达"言"，前文已有详细论说。生活中也有这样的现象：会说的未必会写，会写的也未必会说。《世说新语·文学篇》里曾有记载："太叔广甚辩给，而挚仲治长于翰墨，俱为列卿。每至公坐，广谈，仲治不能对；退，著笔难广，广又不能答。""情"形于"言"已属不易，"情"形于"文"则尤为困难。《文心雕龙·神思》对此也有论及，"登山则情满于山，观海则意溢于海"，但是等到要写出来的时候，才发现，"方其搦翰，气倍辞前，暨乎篇成，半折心始"。这已经很清晰地将"气"（情、意）与"辞"、"文"的关系，向其转化的过程及难度揭示出来了："满""溢"的"情""意"诉诸"辞"，已经打了很多"折"（"倍"）；形诸文字后，发现与"心"中所想相比，已经折半。看来，希望通过"（言）辞"、与"文"来保证"心""气""情"是不可靠的。袁中郎也认为："口舌代心者也，文章又代口舌者也。展转隔碍，虽写得畅显，已恐不如口舌矣，况能如心之所存乎？"（袁宏道：《白苏斋类集》二十）"情"与"言"之间有着"意会"与"言传"的距离；"言"与"文"之间又有着听觉与视觉的转换。第三道阻隔是从"言""文"到"诗"。笔者相信一个基本常识："情""志""意""道"本身都不是"诗"，直接表达它们的文字也不是"诗"。这个常识在今天尤为重要，不管你的内容多么"重要"，不管你写的是"流亡""苦难""忏悔"还是"民主""自由""人性"等什么"普世的""精神向

---

① 于坚：《拒绝隐喻》，云南人民出版社，2004，第92页。

度的"主题,也不管你采用的是"知识写作"还是"口语写作"
的策略,只要不符合诗歌的表达,让人体会不到语言的节奏和艺术
的美感,它就不是诗。中国现当代主流诗坛就是被这样的"主题暴
力"霸占了、控制了,郜元宝教授称这股力量为清除诗坛异己的
"铁扫帚"。"情"本身不是诗,"言""文"本身也不是诗,"诗
性"才是诗的本质,"诗性"的本质表现为语言的能指偏向性。有
了这三重阻隔,从"情"到"诗"就成了一柄双刃剑:为保证
"情"的自然、纯真,就必须用日常语言(最好是口语),而日常
语言是没有诗性的语言;但要保证"诗性",就必须"陌生
化"——有意违背日常语言,而有意违背日常语言,延迟或阻隔了
"情"的自然、纯真。从这个意义上讲,李谔、陈子昂、元白、公
安、胡适等的主张就是通过牺牲诗性以确保"情"的传递的主张,
这个主张本质上会缩小甚至消灭诗人与非诗人之间的差异,导致大
量的"非诗"出现。比如袁宏道的《戏题飞来峰》:"试问飞来峰,
未飞在何处?人世多少尘,何事不飞去?高古而鲜妍,扬雄不能
赋。"以及《别无念》:"五年一会面,一别一惨然。只消三回别,
便是十五年。"坦率地说,从这些诗里并不能看出这一派诗人所追
寻的那些主张,无论放在哪个年代,这些诗都不能算是"好诗"。
期望通过削减艺术性从而保证诗歌的情感性,不仅伤害了艺术,而
且也伤害了情。胡适甚至走得更远,他竟然直接以是否用白话为
标准来对诗歌艺术做出评判。

> 我们为什么爱读《木兰辞》和《孔雀东南飞》呢?因为
> 这两首诗是用白话做的。为什么爱读陶渊明的诗和李后主的词
> 呢?因为他们的诗词是用白话做的。为什么爱杜甫的《石壕
> 吏》、《兵车行》诸诗呢?因为他们都是用白话做的。为什么
> 不爱韩愈的《南山》呢?因为他用的是死字死话。……简单说

来，自从《三百篇》到于今，中国的文学凡是有一些价值、有一些儿生命的，都是白话的，或是近于白话的。其余的都是没有生气的古董，都是博物院中的陈列品！[①]

胡适用是否是白话来衡量中国文学、中国诗歌的价值：有价值是因为用了白话或近于白话；无价值则是不用白话。白话就像一杆秤，称出了中国文学、中国诗歌的重量。只是这杆秤的刻度并不准确，结论也是让人怀疑的。

如果说，"情生文"派好歹还有个"情"作为评判的标准的话，像于坚这样的"言生0"派，则会完全取消诗歌的艺术标准。由于"言/我"之间的几近同一的关系，就会以"我"作为评判诗歌的标准，从而泯灭诗歌作为公共艺术的标准。比如，于坚最终将诗性落脚到"语感"上："语感不是靠寻找或修炼或更新观念可以得到的。它是与生俱来的东西。它是只属于真正的诗人的东西。"[②]但真正的"语感"是什么？谁才是"真正的诗人"呢？"如果我在诗歌中使用了一种语言，那么，绝不是因为它是口语或因为它大巧若拙或别的什么。这仅仅因为它是我于坚的语言，是我的生命灌注其中的有意味的形式。"[③]推理一下就是："我"的语言就是"语感"，"我"就是真正的诗人。这个"我"可以是于坚，也可以是任何人。所以，人人皆诗人，诗诗皆好诗。

"情生文"派还必须直面的问题是，为了让"情"得到保证，又不能借助能指变形产生的诗性和远超"言"外的意象，就会围绕"情"反复言说，引发直白、啰唆的弊病。"情"是否通过语言得到了传达，判断的标准就是"易懂"和"难懂"。"易懂"就是

---

① 《建设的文学革命论》，载《胡适古典文学研究论集》，上海古籍出版社，2013，第45页。
② 于坚：《拒绝隐喻》，云南人民出版社，2004，第5页。
③ 于坚：《拒绝隐喻》，云南人民出版社，2004，第4页。

"解"。所以白居易作诗要老妪能解，"能解，则录之；不解，则易之"。（惠洪：《冷斋夜话》卷一）白居易不可能是要老妪自己"看"诗，一定是将诗读给老妪听，老妪能听懂的话，当然是大白话。白居易选择"老妪"来当自己诗歌的评判者，是因为"老妪"没有经过书面语言的训练，她们是纯粹的口语使用者，也只有口语才能作为"解"的保证。宋诗的优点缺点都是一个字——"讲"。谢榛认为，"'讲'则宋调之根"（谢榛：《四溟诗话》卷四）。"讲"就是"说"，不仅是用接近口语的话写诗，也暗含了教训人的意思——所以口语多被用作启蒙的工具。胡适更是将诗与"话"等同起来。他的著名观点就是，"中国诗史上的趋势，由唐诗变到宋诗，无甚玄妙，只是作诗更近于作文……只在打破六朝以来的声律的束缚，努力造成一种近于说话的诗体"。如果说，胡适这里表达还是"近于说话"，在《尝试集·自序》里，他甚至将作诗和说话等同起来了。

于坚是口语写作的发起者，他也认为要想清除文字留给我们那些公共隐喻，唤醒语言的"命名"的元功能，最好的办法就是口语。因为口语总是与肉身、存在等联系在一起的。值得注意的是，于坚的"口语"是将"普通话"排除在外的。他认为真正的口语是"以方言的形式表达着民间（私人房间）话本"，也是他说的"更具肉感的语言"。这种口语"是语言中离身体最近离知识最远的部分"，"比起书面语，它的品质在自由创造这一点上更接近诗"。①

将"言""话""口语"作为诗歌语言，与纯粹口语形态的诗歌，如少数民族地区的山歌，是不一样的。纯粹口语形态的诗歌创作的材料是声音，没有或很少受到文字的影响；而"言""话""讲""白话""口语"都不再是真正意义上的声音了，文字已经侵

---

① 于坚：《拒绝隐喻》，云南人民出版社，2004，第 92 页。

入其中，其只是在用文字模拟口语而已。但是，于坚显然没有意识到这一点，将白话（文）与口语等同起来了。于坚曾谈道："说简单点，白话文就是口语，是日常语言而不是书面语，是世俗语言。"① 虽然是"说简单点"，但也不能"简单"到说"白话文"就是"口语"，因为二者根本不是一个层面的东西。"白话文"是诉诸视觉的，而"口语"是诉诸听觉的。混淆二者必然让人对其理论出发点产生疑问。事实上，于坚的论敌也正是在这一点上对于坚的"口语写作"发起攻击的。当然，任何的"偏美"都会留下缺憾，不管所指偏向派如何强调"意义"的意义，但为了让读者懂得、理解作品的意义，所指偏向派的诗人都不得不反复陈说，尤其是在模拟以声音形式呈现的口语时，这样，所指偏向派的诗作必然带上一些共同的并且很严重的缺陷。如钟嵘《诗品序》就明确表达了对四言、五言的不同态度。他说：

> 夫四言，文约意广，取效风骚，便可多得。每苦文繁而意少，故世罕习焉。五言居文词之要，是众作之有滋味者也。故云会于流俗。岂不以指事造形，穷情写物，最为详切者耶？

钟嵘的这段话不仅表明了他的诗歌美学取向，更间接地指出了四言诗（也就是口语思维的诗）的共通特点——"文繁"。后来白居易也说到他和元稹的诗歌都有"辞犯文繁"的毛病。苏辙也早就发现"白乐天诗、词甚工，然拙于纪事，寸步不遗，犹恐失之"②。这也是说白居易的诗词"文繁而意少"。今人钱钟书对白居易的评价最能切中肯綮：

---

① 于坚、谢有顺：《于坚谢有顺对话录》，苏州大学出版社，2003，第 111 页。
② 《诗病五事》，载《苏辙集》（第三册），陈宏天、高秀芳点校，中华书局，1990，第 1229 页。

香山才情，昭映古今，然词沓意尽，调俗气靡，于诗家远微深厚之境，有间未达。其写怀学渊明之闲适，则一高玄，一琐直，形而见绌矣。其写实比少陵之真质，则一沉挚，一铺张，况而自下矣。故余尝谓：香山作诗，欲使老妪都解，而每似老妪作诗，欲使香山都解；盖使老妪解，必语意浅易，而老妪使解，必词气烦絮。浅易可也，烦絮不可也。按《复堂日记补录》光绪二年八月二十二日云："阅乐天诗，老妪解，我不解"；则语尤峻矣。西人好之，当是乐其浅近易解，凡近易译，足以自便耳。①

鉴于白居易在中国诗歌史上的地位，给出这样的评价确实需要眼光和勇气，但笔者更愿意相信，这不是香山个人才情的问题，而是所指偏向型诗人写作中的通病。其原因，一是为凸显"情""志""道""意"这些所指，常常就会反复陈说，唯恐遗漏，表面周详，但难免复沓累赘。所以陆时雍说："元、白之韵平以和，张、王之韵痹以急，其好尽则同，而元、白独未伤雅也。虽然，元、白好尽言耳，张、王好尽意也。尽言特烦，尽意则褒矣。"（陆时雍：《诗镜总论》）"好尽"本是工具性语言尤其是口语的特点，源于声音过耳不留的特性，言说者生怕信息遗漏，故反复陈说以求周全。元、白、张、王选择的是声音偏向的语言，口语的这些特点在他们的诗歌中鲜明地体现出来了。二是这些诗人将"情""志""道""意"等当作诗歌真正有价值的部分，以诗艺之锤炼为下，导致此类诗歌艺术性的缺失。比如陆游就提倡，"汝果欲学诗，工夫在诗外"（陆游：《示子遹》），这显然是站在所指偏向的角度看待诗歌的，认为要想成为优秀的诗人，最重要的不是诗歌技术，而是通过"读万卷书，行万里路"感悟生活，从而"养气"，有了这些充塞

---

① 钱钟书：《谈艺录》（补订本），中华书局，1984，第195页。

天地的"浩然之气",写诗自然是水到渠成的事情:"谁能养气塞天地,吐出自足成虹霓。"(陆游:《次韵和杨伯子主簿见赠》)虽然"气"比较玄虚,但大体不过是人生体验、学识、思想高度、胸怀等的综合体,对所指偏向型诗人而言,这些东西就是"情""志""意",是先在于文字甚至可以脱离文字的东西,一旦感觉到了"情""志""意","吐"出来就自然是好诗("虹霓")。问题在于,"情""志""意"真的可以不借助于符号(声音符号、文字符号)而自足存在——就像脱离了肉身依然可以独立存在的"魂魄"吗?由于将"功夫"放在了"诗外",看轻了文字的锻炼磨砺,陆游写诗是既快且多——这也是所指偏向型诗人的通病,虽也有佳句传世,但最终不免被后人毫不客气地贬为"句法稠叠,读之终卷,令人生憎"(朱彝尊:《书剑南集后》)。公安派的诗歌写作与陆游也多近似之处:"有时情与境会,顷刻千言,如水东注,令人夺魂。"(袁宏道:《叙小修诗》)写得既快且多,但其缺点他们自己都已经认识到了,袁宏道在《叙小修诗》里透露时人对公安派诗歌的看法是"犹以太露病之",间接说明公安派诗歌意义的呈现方式太过简单。袁中道更是直接承认:"楚人之文,发挥有余,蕴藉不足。"(袁中道:《淡成集序》)周作人认为,一方面,公安派的诗"也都巧妙而易懂",但"公安派后来的流弊也因此而生,所作的文章都过于空疏浮华,清楚而不深厚。好像一个水池,污浊了当然不行,但如清得一眼能看到池底,水草和鱼类一齐可以看清,也觉得没意思"。而隔了几百年的"胡适之,冰心,和徐志摩的作品,很像公安派的,清新透明而味道不甚深厚。好像一个水晶球样,虽是晶莹好看,但仔细的看多时就觉得没有多少意思了"①。别说他们了,即便是杜甫的一些白话诗,在胡适眼里也是"往往有打

---

① 周作人:《中国新文学的源流》,江苏文艺出版社,2007,第26~27页。

油诗的趣味"①。可见，所指偏向型的诗人如何在达意与诗意之间找到平衡，实在不是件容易的事，这不是诗人自己可以克服的，而是所指偏向型的工具性语言预先规定了的。

"情生文"中的"文"，不是普通的"文"，而是具有"纹"的"诗"。"情"的优先性必然制约"纹"的生长。如何既能传达"情"，又能让诗歌具有"纹"，这正是区别"诗"与"非诗"、"诗人"与"非诗人"的试金石。

第三节　文生文

与"情生文"对应的另一派是"文生文"派，"文字游戏派""诗谜派""纯诗派"均属此派，也可称作能指偏向派。对这派而言，内容、意义，不管是"志""道"还是"情""意"都不是创作的主要出发点，语言、文字本身才是触发创作的关键。"情生文"派是有"情"、有"感"才作诗，而"文生文"派是为作诗而作诗。总体而言，魏晋及以后是"文生文"的创作方式占了上风。所谓的"文学自觉时代"，就是文字自觉时代，是"为文学而文学"的时代，其主要表现就是"文"驱动，即能指驱动。"情生文"的创作模式之所以算不上文学自觉，就是因为其"文"只是服务于"情"的工具，必须依附于"情"，自身没有独立存在的价值。中国古典诗歌就历时性而言，是先有"情生文"，后有"文生文"；从共时性的角度看，在文字可以追踪语言以后，是"情生文"和"文生文"同时存在。对诗人个体而言，多数诗人对二者并无绝对区分，在不同时期、不同场合，对两种生成方式都有运用；但有时

---

① 胡适：《白话文学史》，安徽教育出版社，2006，第225页。

也呈现出一定偏向性。比如杜甫，早期诗歌以"情生文"为主，后期尤其是入蜀后的诗歌则以"文生文"占优，但总体成就则是"文生文"胜"情生文"；李白则有所不同，终其一生，诗歌大多是"情生文"的。如果从这个角度看，争论不休的"李杜优劣"不可能有唯一答案。我们不妨说，在"情生文"的较量中，李白总体上强于杜甫；而在"文生文"的比拼里，杜甫显然优于李白。"文生文"的创作模式是中国古代文人的基本功和必修课，几乎每个诗人都有过"文生文"的训练和实践。《红楼梦》里不少场景就是这样"文生文"创作的记录。第三十七回《秋爽斋偶结海棠社　蘅芜苑夜拟菊花题》有这么两段：

探春道："只是原系我起的意，我须得先作个东道主人，方不负我这兴。"李纨道："既这样说，明日你就先开一社如何？"探春道："明日不如今日，此刻就很好。你就出题，菱洲限韵，藕榭监场。"迎春道："依我说，也不必随一人出题限韵，竟是拈阄公道。"李纨道："方才我来时，看见他们抬进两盆白海棠来，到是好花。你们何不就咏起他来？"迎春道："都还未赏，先倒作诗。"宝钗道："不过是白海棠，又何必定要见了才作。古人的诗赋，也不过都是寄兴写情耳。若都是等见了作，如今也没这些诗了。"

迎春道："既如此，待我限韵。"说着，走到书架前抽出一本诗来，随手一揭，这首竟是一首七言律，递与众人看了，都该作七言律。迎春掩了诗，又向一个小丫头道："你随口说一个字来。"那丫头正倚门立着，便说了个"门"字。迎春笑道："就是门字韵，'十三元'了。头一个韵定要这'门'字。"说着，又要了韵牌匣子过来，抽出"十三元"一屉，又命那小丫头随手拿四块。那丫头便拿了"盆""魂""痕""昏"

四块来。宝玉道："这'盆''门'两个字不大好作呢！"

…………

湘云只答应着，因笑道："我如今心里想着，昨日作了海棠诗，我如今要作个菊花诗如何？"宝钗道："菊花倒也合景，只是前人太多了。"湘云道："我也是如此想着，恐怕落套。"宝钗想了一想，说道："有了，如今以菊花为宾，以人为主，竟拟出几个题目来，都是两个字：一个虚字，一个实字，实字便用'菊'字，虚字就用通用门的。如此又是咏菊，又是赋事，前人也没作过，也不能落套。赋景咏物两关着，又新鲜，又大方。"

湘云笑道："这却狠好。只是不知用何等虚字才好。你先想一个我听听。"宝钗想了一想，笑道："《菊梦》就好。"湘云笑道："果然好。我也有一个，《菊影》可使得？"宝钗道："也罢了。只是也有人作过，若题目多，这个也算的上。我又有了一个。"湘云道："快说出来。"宝钗道："《问菊》如何？"湘云拍案叫妙，因接说道："我也有了，《访菊》如何？"宝钗也赞有趣，因说道："越性拟出十个来，写上再来。"说着，二人研墨蘸笔，湘云便写，宝钗便念，一时凑了十个。湘云看了一遍，又笑道："十个还不成幅，越性凑成十二个便全了，也如人家的字画册页一样。"

宝钗听说，又想了两个，一共凑成十二。又说道："既这样，越性编出他个次序先后来。"湘云道："如此更妙，竟弄成个菊谱了。"宝钗道："起首是《忆菊》；忆之不得，故访，第二是《访菊》；访之既得，便种，第三是《种菊》；种既盛开，故相对而赏，第四是《对菊》；相对而兴有馀，故折来供瓶为玩，第五是《供菊》；既供而不吟，亦觉菊无彩色，第六便是《咏菊》；既入词章，不可不供笔墨，第七便是《画菊》；既为菊如是碌碌，究竟不知菊有何妙处，不禁有所问，第八便是《问菊》；菊如解语，使人狂喜不禁，第九便是《簪菊》；如此人事虽尽，犹有菊之可咏者，《菊影》《菊梦》二首续在第十第十一；末卷便以《残菊》总收前题之盛。这便是三秋的妙景妙事都有了。"

这样的诗歌活动是魏晋以后尤其是唐及唐以后的诗人的生活常态，不少佳作妙篇都是在这样的场合中创作出来的。这样的诗歌创作与《毛诗序》里的创作是迥异其趣的，不是先有"动于中"的情，也不是有不得不"言"的"志"与"意"；外在的景，如海棠、菊花盛开只是写诗的引子，或是为写诗营造的环境。小说中记载的这两场诗会，"诗人们"连海棠、菊花的影子都没有见到。"何必定要见了再作"？菊花诗会那一场，更是源于"一个虚字，一个实字"，最后成了"菊花谱"，这就是诗歌写作的"文生文"了。这样的诗歌写作是先有了题目，限了韵，然后作诗，不是惯常的有情要抒，而是为文而文，为写诗而写诗。如果说，"情生文"是为"情"赋形的话，"文生情"则是为"文"造"情"。不幸或有幸的是，这样创作出来的诗歌在文学自觉时代以后占了相当比例，并且常常被指斥为"文字游戏"，受到不应有的轻贱。这里要特别指出的是，"情生文"也好，"文生文"也罢，本身并无优劣之分，高低之别，在实际的诗歌创作中，多数人也注意到了"文""情"之间的调适，尽量不过于偏颇。虽然是"文生文"，但生出的"文"如果纯属"空文"，只是能指，毫无所指，则为"难懂"甚至"不懂"派。"文"虽然偏重能指，从符号学的原理看，能指与所指则是一体双面的存在，没有能指的所指和没有所指的能指都是无法想象的。那么，"文生文"生出的"文"就仍然会有所指，仍然会有"情""志""意""道"等。与"情生文"不同的是，"文生文"里的所指，是因"文"而生，"文"才是这个生成机制的触引和终点，而"情""志""意""道"等必须服从、服务于"文"。借用徐复观先生的说法就是，"情生文"强调"意义"；而"文生文"更重"意味"。从某种意义上讲，所有的诗学论争也可以简化为"情生文"和"文生文"的创作机制的论争。但既然是论争，论争对象当然主要是偏执一端的做法，如只重"情"，忽视"文"；或只有"文"，没有"情"，最后成了"空文"了。前面已经说过了，"情""志""道"是具有紧密联系的范畴，从文章学的角度可称其为"内容"，从语言学的角度，则可以称为"所指"。"情生文"是所指偏向型，而"文生文"则是能指偏向型。

"文生文"并不妨碍写出好的诗歌，"文"的后面当然也可以有真情，需要批判的是只有"文"，没有"情"，或者难以顺着"文"追踪到"情"的写作。李谔所批驳的"竞一韵之奇，争一字之功"也许不算全错，关键是"连篇累牍，不出月露之形，积案盈箱，唯是风云之状"，就找不到"情"了。生不了"情"、载不了"道"的"文"才是应该反对的。陈子昂指斥的"兴寄全无"，同样是找不到"文"后面的"风骨"的。所指弱于能指，于是"文章道弊五百年矣"。"道弊"，就是只有"文"，找不到它所载的"道"。对诗歌而言，其极端就是只要"文"不要"情"的"文字禅"。对"文字禅"分析得最透辟的是废名。

废名认为，杜甫早期的诗歌还是比较生活化的，载道、言志是其诗歌的重要内容，"生活是第一，语言（不是字面）是用来表现生活"[①]。用笔者的语言学术语"翻译"一下就是，所指是第一位的，能指服从于所指，因此杜甫早期诗歌还是所指偏向型的。但到了"夔州诗"，杜诗的"文字禅"风格就开始凸显出来了。为了更好地理解"文字禅"，我们这里较为完整地引述废名的相关分析。

---

① 《废名讲诗》，陈建军、冯思纯编订，华中师范大学出版社，2007，第281页。

……夔州诗才开始突出了老杜的文字禅（庾信、李商隐是这方面的能手），就是说从写诗的字面上大逞其想像，从典故和故事上大逞其相像，如我们一读到《上白帝城》就碰到这样的诗句："江流思夏后，风至忆襄王。""天欲今朝雨，山归万古春。"我们必须辨别清楚，这不是生活，这倒是逃避生活的倾向，因为这样是把实际生活粉饰化，也就是主观。当然，杜甫这一步并没有走得顶远，但确是跨进了边缘，他可能很有些欣赏这个主观的世界，所以他曾有"晚节渐于诗律细"（《遣闷戏呈路十九曹长》）的自我称许。我们必须多举例。《滟滪堆》诗云："沉牛答云雨，如马戒舟航。"这是从"滟滪如象，瞿唐莫上，滟滪如马，瞿唐莫下"的话而引起的联想，滟滪堆像马的时候不能行舟，下雨下大的时候滟滪堆就像水牛（沉牛）浮在那里了。因为雨后水涨，把堆淹没了一些，所以这个堆的样子是回答云雨似的。"答云雨"的"云雨"当然又与宋玉的《高唐赋》有关系，便是巫山云雨，从那里产生的这两个字的字面。像这一类的东西不能属于文学的"形象"的范畴，只能算是文字禅，是作者个人的意境，虽然它也是生动的，同用死典故不同。后来李商隐的"此日六军同驻马，当时七夕笑牵牛"，"如今腐草无萤火，终古垂杨有暮鸦"都属于这一类。本来汉字因容易作对偶的原故最容易起联想，以白描著名的陶渊明有时也有这种表现法："造夕思鸡鸣，及晨愿乌迁。"但陶诗是偶尔为之，而且他的整篇诗生活气息太重，他的"乌迁"应该属于童话一类。到了文字禅，它一泛滥起来，真容易把生活淹没了，是很危险的。我们再看杜甫《雨晴》诗里的这两句："有猿挥泪尽，无犬附书频。"其中"猿"是现实，"犬"是联想，从黄犬寄书的故事来的，这样的表现法同我们已经讲过的《登岳阳楼》的"亲朋无一字，老病有孤舟"，一是抒写

意境，一是表现生活。表现生活是生活上的这件事非表现出来
不可，当然要求表现得好，便是要语言好。抒写意境，当然也
不能离开生活，但不属于主题思想范围内的事，是从文字安排
出来的，很容易拿一个"美丽"的空想迷失生活的现实性
了，——情调可能是很哀伤的，同时它的陶醉作用确实
大。……①

　　废名还饶有兴致地举了杜甫、李商隐很多诗句来解释什么是
"文字禅"，有兴趣的读者可以细读废名的《杜诗讲稿》。"文字禅"
的特征，废名认为是"语言不是用来反映现实，而是在文字中'别
有天地非人间'"②。用语言学理论来解释废名的观点就是，能指符
号（"语言"）不是用来指向所指（"现实"），而是用以呈现自己
或营造一个并不通向日常生活的所指（在文字中"别有天地非人
间"）。能指与所指是一体两面，有能指必然有所指，"文字禅"虽
然是能指偏向的，但也一定会有所指。在日常语言的能指—所指结
构中，能指所导向的所指是日常生活的，是有公共经验作为符号使
用者交流的基础的。而"文字禅"中的所指却是由作为文字的能指
符号生发出来的。我们知道，汉语的"言""文"之间是一种若即
若离的关系（即所谓的"言文不合"），"文（字）"常常从"言"
的束缚中摆脱出来，构建自己的"文（字）"王国。"文（字）王
国"与"情生文"坚守的"现实世界"就构成了不同派别追寻的
理想。

　　客观地说，文学创作中是否存在一个"现实"世界，这本身就
是值得怀疑的。再现内心世界或像于坚所说的"个人置身其中的世
界"，一旦借助于外在的手段，即便是用口语的形式，其"真实

---

① 《废名讲诗》，陈建军、冯思纯编订，华中师范大学出版社，2007，第 281 ~ 282 页。
② 《废名讲诗》，陈建军、冯思纯编订，华中师范大学出版社，2007，第 282 页。

性"便打了折扣,用隔了两层的文字写作,更是"半折心始"了。西方文论对艺术的"现实性"同样也是表示怀疑的。H. G. 布洛克说:"(每种)社会对'现实'有独特的解释。根据这种解释,它自然会觉得自己的现实才是真实的,其他时代和地区的再现,则是非写实的。换句话说,任何现实都是相对的,随着文化环境的不同而不同。"① 人们在用语言描述"真实""现实"的同时也消解了"真实性"和"现实性";但人们为什么又愿意相信这么一个并不存在的"现实世界"呢? 这其实是因为语言的伪装:当语言以一种不加修饰的形态出现时,我们就愿意相信它所承载的所指世界也是真实的;正如生活中我们常常更相信素面朝天的或不善言辞的人一样——虽然这也可能只是另一种形式的甚至更具欺骗性的伪装。加拿大文艺理论家高辛勇教授说:"所谓常识和正常的语用只是我们把习以为常的预先假定当作唯一的'现实',以为并非通过修辞中介塑造而自然而然地就是这样。这种习以为常、习以为然、常识性的现实主义,常常是根深蒂固,而且因之习以为然,我们也不会感到'现实'的建构性。"② 如果说,语言描述的世界还离不开作为模仿对象的"现实世界"的话,文字则完全可以在它自己创造的世界里自由遨游了。与语言(口头语言)相比,文字有个语言所不及的重要特性:离境性,即文字可以从真实环境中抽离出来,并且就像吐丝的蜘蛛,在文字与文字之间勾连起意义绵密的蛛网。当然,只有"文"本才有这个功能,早期的"言"本是做不到的。克里斯蒂娃的"文本间性"(intertextuality)大约也是从这个层面立论的。正是这种可以超越时空的使用,文字,如同流通的硬币,也会留有使用者的信息,德里达将其称为"踪迹"(trace)、于坚将其

---

① 〔美〕H. G. 布洛克:《美学新解——现代艺术哲学》,滕守尧译,辽宁人民出版社,1987,第56页。
② 〔加拿大〕高辛勇讲演《修辞学与文学阅读》,北京大学出版社,1997,第13页。

叫作"隐喻"——要"拒绝隐喻",就只有另铸新币了。从符号的角度看,自文字广泛运用后,任何的"文"本都不再指向一个"真实"的"现实世界",而会指向一个超越现实的"文"与"文"(古"文"与今"文"、此"文"与彼"文")的交叉、勾连、互通的虚拟世界。所以废名在谈及老杜的"文字禅"的时候,说"这不是生活,这倒是逃避生活的倾向,因为这样是把实际生活粉饰化,也就是主观",又说"抒写意境,当然也不能离开生活,但不属于主题思想范围内的事,是从文字安排出来的,很容易拿一个'美丽'的空想迷失生活的现实性了"。我们既可以说,是文字使用者在自由地驱遣文字,也可以说是文字引导作者进入了一个复杂、刺激、有趣的语义迷宫。中国古代很多诗人都沉迷其中,乐此不疲——这也是文学自觉时代,文学的艺术性、审美性的体现。

很有意思的是,废名很少用"文字禅"写诗,而是用它来写小说。按照笔者对语言维度的理解,虽然是小说,他的小说也是"诗化小说",他小说的语言同样是"诗性语言"。即内容是小说,语言是诗。所以黄裳说:"废名讲唐人诗和他写小说用的好像是同样一种方法。"① 也有研究者从语言学、符号学的角度对废名的文字禅进行分析,认为:"废名小说中的'文字禅',简单来说,可以理解为在'能指'和'所指'的裂缝之中寻找表达方式——通过将'能指'与'所指'并置产生意味、引起联想并衍生文章,或者干脆让'能指'(手法)自身表达意义——这样的'文字禅'在很大程度上激发了语言新鲜的表达能力,但也正因为在此过程中废名过分强调和使用了这一'能指'与'所指'的裂缝,从而导致了他对语言传达意义(也即能指到达所指)的过程中所必需的表层逻辑

---

① 黄裳:《黄裳文集》(第3卷),上海书店出版社,1988,第53页。

与公共经验的放逐。"[1] 他之所以将其称为"禅",大概是借助了"禅"的这么几个特点:一是"禅"需要"参",需要"悟"。"文字禅"的诗歌大概里面有一种真味,没有明说,不能明说,也无法明说,"此中有真意,欲辨已忘言"(陶渊明:《饮酒》)。二是"禅"境为"空"。"文字禅"并不将所指引向真实的、世俗的、公共的经验层面,而是导引至抽象的、终极的、无法借助语言表达的形上世界。对这个世界的理解,无法借助语言、文字这些工具达到,而必须借助"文"所呈示的"象"。

总之,"文生文"生成机制的起点和终点都与常人的形下世界相隔较远,缺乏"情""志""道""意"等明确所指的支撑,对读者(尤其是习惯、偏爱所指偏向型诗歌的读者)的阅读欣赏过程带来了难度,构成了挑战。只有对"文"编织的意义网络极其熟悉的人才有可能破解隐藏在"文"背后的所指。读"文字禅"类的作品,类似于捉迷藏的游戏。诗人使用的看似平常的文字,可能只是些线索,并且不少还是诗人有意设置的陷阱,文字背后的所指却被诗人巧妙地藏了起来。顺着这些线索,未必总能找到相应的所指。因此,有些诗到底写了什么,也许只有作者自己知道。比如李商隐的《锦瑟》,全篇无一字不识,无一字不晓,但究竟是什么意思,所指为何,至今猜测者众,但并无真正解答。公开表示读不懂的大家名宿并不少见,不懂或装懂的普通读者就数不胜数了。在本书作者看来,对"文生文"诗歌以"懂"为标准,已落入第二义。因为这是用"情生文"的标准在读"文生文"的诗。因为标准的误用,文学史上对一些诗人的解读、评价也殊为有趣。杜甫虽然是极少数达到"兼善"水准的诗人之一,但他的《秋兴八首》仍然属于"兼善"中的"偏美"——相对而言,更具有能指偏向性。

---

① 张丽华:《废名〈桥〉与〈莫须有先生传〉语言研究》,载夏晓虹、王风等《文学语言与文章体式——从晚清到"五四"》,安徽教育出版社,2006,第323页。

自然，溢美者众，但也从来都不缺少否定甚至贬抑的声音。由于缺少了从语言、符号的角度对杜律的审视，不少说杜律好的人其实未必看到了它的真好，即便是夸赞也显得轻飘浮泛。比如有论者说：

> 诗为心声，夔州诗正是杜甫晚年的内心独白，由于这种独白融入了深广的历史意识和社会内容，所以它深沉、博大，余响不绝，千载以下的读者仍能从这些诗中感受到诗人心灵的强烈震颤。①

按论者的说法，杜律之所以"余响不绝"就是因为有"内心独白"，有"历史意识和社会内容"，即有着非同一般的"所指"，而这也正是打动"千载以下的读者"的重要因素。但问题是，"诗人心灵"在杜律里面真的能够轻易被读者感受到吗？离杜甫年代尚不算太远的朱熹就认为，"杜子美晚年诗都不可晓"。"不可晓"的意思是不知道杜子美晚年的诗在说些什么。也就是说，至少朱熹是没有"从这些诗中感受到诗人心灵的强烈震颤"的。朱熹还率直地对"人都说杜子美夔州诗好"表示了怀疑，他的"此不可晓"，意思是搞不懂为什么人人都说杜子美夔州诗好，朱熹本人是真不觉得好。但朱熹还是给出了一个看似不合理其实暗合笔者观点的解释："鲁直一时固自有所见。今人只见鲁直说好，便却说好，如矮人看戏耳。"② 黄庭坚与杜甫同属文字偏向派，所以他看得出杜甫律诗的好，鲁直说好，是真正晓得它的好；"今人"也说好，是跟着说好，未必知道它的真好。朱熹是理学家，诗学观上是所指偏向派。鲁直读杜律，看的是文字、平仄、诗律；朱熹看杜诗，期待的是内容、

---

① 莫砺锋：《杜甫评传》，南京大学出版社，1993，第193页。
② 朱熹等：《朱子语类》（第八册），（宋）黎清德编，王星贤点校，中华书局，1986，第3326页。

意义、所指，一旦期待落空，自然不觉其好了。这里还有一点值得注意：朱熹说杜甫是"晚年诗"，也就是夔州诗"不可晓"，因而不好；反过来的推论是，杜甫早年诗是"可晓"的，因而也是"好"的。这从侧面印证了笔者的思路："晚年诗"（夔州诗）—律诗—能指偏向—忽视所指—不可晓—不好；早年诗—非律诗—所指偏向—重视所指—可晓—好，即都是能指偏向或所指偏向对受众造成的效果。

如果说，朱熹的诗观属于宋诗派的话，那么与宋诗派有着承继关系的胡适说《秋兴八首》"都是一些难懂的诗谜"，是"一些失败的诗顽艺儿"就在情理之中了。并非巧合的是，二人对杜律的抱怨几乎相同，朱熹说的"不可晓"和胡适的"难懂的诗谜"不是一个意思吗？究其原因，正如江弱水所说的那样："胡适只晓得'情生文'，不懂得'文生文'，也就是说，一首诗可能是因字生字、因韵呼韵地有机生长出来的。胡适的诗学可以一言以蔽之曰'打开天窗说亮话'。"[1] 反过来也可以说，杜甫《秋兴八首》的好主要是"文生文"（也就是前面说的"文字禅"）的好，而不是"情生文"的好。"情生文"，"情"在"文"先，"文"为情赋形；"文生文"，此"文"在彼"文"先，也许可以找到"情"，也许找不到，"文"不对"生情"负责。当找不到"情"时，这一类型的诗难免会惹来"不可晓""难懂"的抱怨。

中国文化传统将道德、品行与作品的艺术性混为一谈，并且常常将前者置于后者之上。我们惯常的理解是，杜甫之所以伟大主要是因为他"忧国忧君忧民"，"穷年忧黎元，叹息肠内热"（《自京赴奉先县咏怀五百字》），"致君尧舜上，再使风俗淳"（《奉赠韦左丞丈二十二韵》）等，但这只能证明杜甫是一个伟大的"人"，不

---

[1] 江弱水：《古典诗的现代性》，生活·读书·新知三联书店，2010年版，第142页。

能以此证明他是个伟大的"诗人"。艺术家伟大一定首先是因为他有着远超常人的技艺，诗人也同样应该如此。因此，作为伟大的"诗人"首先应该对语言、文字、符号的掌控能力达到了常人不逮的地步，从这个意义上讲，杜甫首先是语言、文字的自觉训练者和高水平掌控者。这与他本人常常流露出的对诗歌的态度是完全一致的。在《春日怀李白》里，他说："何时一樽酒，重与细论文。"——所指偏向派诗人更愿意做的是，"重与细论情"；在《遣闷戏呈路十九曹长》中，他说，"晚节渐于诗律细，谁家数去酒杯宽"；最高的追求是"思飘云物外，律中鬼神惊"（《敬赠郑谏十韵》）。你可以崇敬他是"人民艺术家"，但杜甫——尤其是晚年在夔州生活时——只把自己当作"艺术家"，"中律"才是他最高的艺术追求。高友工、梅祖麟曾对《秋兴八首》专门从语言艺术的角度做过解剖，其目的是"通过对《秋兴八首》的分析，确切把握它的语言特征，研究杜甫是怎样运用这些特征去创造诗意效果；同时，这种分析也可以更准确地描述杜诗的特点，并能解释杜诗的风格何以在晚唐诗人中产生重要的影响"[1]。这样的分析的确好像不怎么"人文"，过于"工具化"，但也只有这样的剖析才能让期望达到杜甫艺术水准的人有所镜鉴。高友工、梅族麟二人从音型、节奏的变化、句法的模拟、语法性的歧义、复杂意象以及不和谐的措辞等方面进行了深入分析，让读者知道了《秋兴八首》的好是语言运用上的好，真正做到了不仅知其然，而且知其所以然。更有意思的是，一旦从语言学的角度切入，杜甫的"伟大"就必须从另外一个角度思考了。该文作者在结尾中说：

　　杜甫作为中国最伟大的诗人之一的地位是不可动摇的，我

---

[1] 〔美〕高友工、梅祖麟：《唐诗的魅力——诗语的结构主义批评》，李世耀译，上海古籍出版社，1989，第1页。

们无意改变这种广为接受的观点。但是，他为何如此伟大，这个问题还需要考虑。过去，他的伟大之处被认为是表现在他广博的知识，对于当时事件细致入微的描写和他对皇帝的忠诚不渝以及强烈的爱国精神；在当代，还有人提到了他对苦难民众的怜悯。学者们为维护这些观点花费了惊人的精力，他们为此而搜集的证据足以使一切反对意见无法成立。我们所要做的唯一证明是，这些根据论点预设的标准，无一例外地都不是诗歌自身的内在尺度。归根结底，诗是卓越地运用语言的艺术，根据这个内在标准——创造性地运用语言并使之臻于完美境界——，杜甫的确是一个无与伦比的诗人。我们希望，这个语言学批评的实践能为这种评价提供一些证据。[①]

这其实也是"看热闹"和"看门道"的区别。作为诗歌鉴赏者，当然可以只看"热闹"，只要觉得"好"，便是"好"；但作为诗歌理论的研究者，一定要知道"门道"，"好"与"不好"的结论并不重要，重要的是探究为什么"好"，为什么"不好"。本研究认为，欣赏汉语诗歌尤其是中国古典诗歌，首先应该对诗作本身有个大体归类，是"兼善型"还是"偏美型"？"偏美型"中，是所指偏向型还是能指偏向型？这样，我们对一些经典诗作在传播过程中受到的溢美或贬抑，就都能够有自己的分析。当然，要懂得能指偏向型诗歌的真正的"好"，是需要有大量的、长期的专业训练的，只有这样才能把握"诗歌自身的内在尺度"。

语言工具论长时间地影响了中国当代文论、诗论。语言工具论的本质就是认为所指偏向型诗歌是"好"诗歌，是文学之正宗，写什么或者说了什么才是判断诗歌的首要标准，是典型的"主题先

---

① 〔美〕高友工、梅祖麟：《唐诗的魅力——诗语的结构主义批评》，李世耀译，上海古籍出版社，1989，第31页。

行"，至于怎么写、写得怎么样则是次要的甚至被批评的东西。李白的《梦游天姥吟留别》和杜甫的《茅屋为秋风所破歌》被当作二人的重要代表作收入中学语文教材就是明证。从写什么的角度看，这两件作品因为有主题句"安能摧眉折腰事权贵，使我不得开心颜"和"安得广厦千万间，大庇天下寒士俱欢颜"，揭示了作品的意思、意义，因而被当作了好作品。换句话说，这两首诗尤其是这两个"金句"展现了很高的"人民性"，但没有体现出应有的"艺术性"。伟大的情感未必一定可以写出伟大的诗歌，情可以生文，但情本身不等于文。钱钟书先生对此有着精辟的见解：

> 王济有言："文生于情。"然而情非文也。性情可以为诗，而非诗也。诗者，艺也。艺有规则禁忌，故曰"持"也。"持其情志"，可以为诗；而未必成诗也。艺之成败，系乎才也。才者何，颜黄门《家训》曰："为学士亦足为人，非天才勿强命笔"；杜少陵《送孔巢父》曰："自是君身有仙骨，世人那得知其故"；张九征《与王阮亭书》曰："历下诸公皆后天事，明公先天独绝"；赵云松《论诗》诗曰："此事原知非力取，三分人事七分天"；林寿图《榕阴谈屑》记张松廖语曰："君等作诗，只是修行，非有夙业。"虽然，有学而不能者矣，未有能而不学者也。大匠之巧，焉能不出于规矩哉。[1]

要达到"艺"的境界，"情"固然是根本，但"才""学"更为重要。所谓"才""学"就是运作符号的能力。鲍列夫认为，"在艺术中，符号就是思想的具体感性基础的袒露"，"符号是艺术篇章最基本的元素，符号构成了艺术的表达"。[2] 但符号本身并不

---

[1] 钱钟书：《谈艺录》（补订重排本）（上），生活·读书·新知三联书店，2001，第27页。
[2] 〔苏〕鲍列夫：《美学》，乔修业、常谢枫译，中国文联出版公司，1986，第485、489页。

等于艺术，艺术是对符号的高水平的技术性处置，孔子的"随心所欲不逾矩"就是一种艺术境界。高友工、梅祖麟、钱钟书在谈及诗歌的艺术问题时，都提出了"内在尺度"和"规矩"，它们既是艺术的一种限制，同时也是艺术得以成立的一种基础。"大匠之巧，焉能不出于规矩哉"？对以汉字呈现的汉语而言，单音节、声调、言文不合等是汉语诗歌创作的瓶颈，但经过训练达到"随心所欲而不逾矩"的境界后，汉语诗歌的艺术性也就更能彰显。"字"是汉语诗歌创作的符号，中国古人是极其看重所谓"炼字"的。

苦　吟

卢延让

莫话诗中事，诗中难更无。

吟安一个字，捻断数茎须。

险觅天应闷，狂搜海亦枯。

不同文赋易，为著者之乎。

卢延让的这首诗将文字偏向型或能指偏向型诗歌创作的难度、过程都展示出来了，这种类型的诗歌的最大难度正是如何妥帖地安排符号，"吟安一个字"，同时，这个过程也是能指偏向型诗歌最为迷人之处，"为求一字稳，耐得半宵寒"（顾文炜：《苦吟》）；反之则是，"一个字未稳，数宵心不闲"（无名氏）。在这一派诗人眼里，真正厉害的诗人不是"说了什么"的诗人，而是在"怎么说"（"吟""觅""搜"）和"说得怎么样"（"安""稳"）上达到极高水平的诗人。而"炼字"本身，"不尽在于字面之选择新警，而复在于句中之位置贴适，俾此一字与句中乃至篇中他字相处无间，相得益彰。倘用某字，固足以见巧出奇，而入句不能适馆如归，却似生客闯座，或金屑入眼，于是乎虽爱必捐，别求朋合。盖非就字以选字，乃就章句而选字"①。同所有艺术一样，诗歌写作首先是技术，然后才是艺术，技术的高水平运用就是艺术。这也是"文生文"与"情生文"颇不一样的地方。"情生文"要保证"情"的自然性和真实性，拒绝"文"的自我生长，比拼的是对"文"的诱惑的抵御能力，其结果导致了"诗"与"非诗"混同；缺少技术性操作，最终消解了诗歌的艺术性。而"文生文"则不同，"文"的驱动本质就是能指驱动，由于不必对符号背后意义的真实性负责，能指符号就方便地成为可以驱使的"工具"，诗人之间比拼的是操作能指符号这一"工具"的能力。诗歌写作成了一项技术性很强的活动，诗歌的艺术性也得到了保证。

当然，"文生文"只是创作生成机制之一种，我们并没有要把"文字禅"作为诗歌最高标准的意思。即便是杜甫、李商隐，"文字禅"也只是他们诗歌中极小的一部分，"文字禅"是能指偏向的极端。绝大多数"文生文"的诗歌都只是能指偏向的，但并未走到能指偏向的极端。"文生文"与"情生文"的最大区别在于，不必对先在的"情"负责，可以尽量发挥"文"本身的特性。"文（字）"是形、音、义三者的融会。因此能指偏向型会将艺术的重心放在"形"和"音"上，这就是诗歌的格律。文字自觉时代以来，格律对诗歌的重要性自不必说，前文相关论述已经很多，并且往往为所指偏向诗人所摒弃。"文生文"除了如前所述构建了意义的网络外，另外一层意思就是必须注重能指符号的形式。自胡适提出新诗革命以后，诗形（内形式、外形式）均遭破坏，到今天是每况愈下，几成废墟。"新诗无形"似乎已经成了当下诗歌创作的公理。极少数诗形的构建者、实践者也在"形式主义"的恶名中黯然退场。笔者坚定认为，诗形建设是现代汉诗重塑辉煌的唯一选择：

---

① 钱钟书：《谈艺录》（补订重排本）（上），生活·读书·新知三联书店，2001，第44～45页。

没有形式，就不可能有艺术！

五四以降，对"新诗"的形式在理论上和实践上进行了自觉探讨的人实在不多，较有建树的是闻一多和林庚——虽然他们的理论在今天已基本无人理会。

闻一多先生在初提新诗格律时还是颇有信心的，只是可能没有料到今天竟成绝唱。巧合的是，闻先生的格律就是"form"，也就是能指的自我现身。闻先生说：

> 假定"游戏本能说"能够充分的解释艺术的起源，我们尽可以拿下棋来比做诗；棋不能废除规矩，诗也就不能废除格律（格律在这里是 form 的意思。"格律"两个字最近含着了一点坏的意思；但是直译 form 为形体或格式也不妥当。并且我们若是想起 form 和节奏是一种东西，便觉得 form 译作格律是没有什么不妥的了）。假如你拿起棋子来乱摆布一气，完全不依据下棋的规矩进行，看你能不能得到什么趣味？游戏的趣味也是要在一种规定的条律之内出奇制胜。作诗的趣味也是一样的。假如诗可以不要格律，做诗岂不比下棋，打球，打麻将还容易些吗？难怪这年头儿的新诗"比雨后的春笋多些"。我知道这些话准有人不愿意听。但是 Bliss Perry 教授的话来得更古板。他说"差不多没有诗人承认他们真正给格律缚束住了。他们乐意戴着脚镣跳舞，并且要戴别个诗人的脚镣。"
>
> 这一段话传出来，我又断定许多人会跳起来，喊着"就算它是诗，我不做了行不行？"老实说，我个人的意思以为这种人就不做诗也可以，反正他不打算来戴脚镣，他的诗也就做不到怎样高明的地方去。杜工部有一句经验语很值得我们揣摩的，"老去渐于诗律细"。①

---

① 《诗的格律》，《闻一多全集》（第 2 卷），湖北人民出版社，1994，第 137～138 页。

闻先生的这段话里透露了很多信息。比如从诗歌的生成机制上看，闻先生显然选择的是"文生文"，他这篇文章立论的出发点就是"游戏本能说"，写诗在他看来，就是玩文字游戏。"游戏说"必然强调规则、强调学习、强调趣味，这与"情生文"是很不一样的，"情生文"多强调内心、强调性灵、强调自然。从艺术的起源看，"情生文"大概应该归于"模仿说""载道说"。艺术起源之猜测有多种，"游戏说"是其中较为可靠的一种。但不知为什么，在中国文学批评中，自古"游戏"都不是个什么好词。在1949年后的文学史中，"游戏说"的提倡者要么评价不高，要么被打入冷宫，有的甚至被彻底从文学史中清除出去。这既是闻先生诗论未被重视的内在逻辑，恐怕也是当下诗歌遭受冷遇的原因之一。闻先生结合语言的变化所拟定的外在的均齐与内在的音尺真的值得今天的诗人学习。

对新诗的格律从理论上和实践上进行过严肃探讨的还有林庚。当然，林先生立论的出发点仍然是语言的能指表现，即"形式"。他认为，"一切艺术形式都因为它有助于特殊艺术性能的充分发挥而存在，否则就是不必要的"；又说，"形式并不等于艺术，它不过是一种手段或工具。但一个完美的诗歌形式却可以有助于艺术语言的充分解放与涌现"。① 在林先生的时代，作诗所用的语言有了很大的变化，体现"文"的特点的文言被体现"言"的特点的白话替代，又融入了外来的欧化句式，关于如何扬弃古典诗歌中已经僵死的形式，同时借鉴仍然有生命力的形式来为新诗创格，林先生做了大量的工作。经过对新诗中较为上口的诗句的仔细研究，林先生发现了五字的"节奏音组"，并把"五字音组"作为"节奏单位"放在诗行的底部，然后在上面加上不同的字数来构成格律性的诗行，

---

① 林庚：《新诗格律与语言的诗化》，经济日报出版社，2000，第3~4页。

三·五、四·五、五·五、六·五、七·五、八·五、九·五、十·五……这样一行行地尝试下去，渐渐摸索出十言（五·五）和十一言（六·五）是最为可取的。① 这样的实验本身就是艺术性的表现。林先生后来又受到《楚辞》中"兮"字用法的启发，提出了"半逗律"理论。所谓"半逗律"就是"将诗行划分为相对平衡的上下两个半段，从而在半行上形成一个类似'逗'的节奏点"②。经过完善，既考虑到白话，又考虑到口语，林先生将"五字音组"与"半逗律"结合起来，试验并创作了不少"九言诗"（五·四）。林先生的实验与闻一多的实验在不少地方有异曲同工之妙，既考虑到了语言的变化，又借鉴了传统诗歌中有益的部分，是符合汉语实际的。继续追求严苛的平仄已不可能，但通过"音尺""音组""半逗律"，让诗歌不仅具有较为整饬的外在形式，同时又具有内在的节奏和韵律。这应该是现代汉诗发展的方向。

格律的创造最终必然通过能指的变化得以实现。能指的过度藻饰固然妨害意义，但既然是诗，没有能指的变化又违背了诗之本质。正如着装，奇装异服固然让人侧目，甚至带来负面评价，但以为解决问题的方法就是不穿衣服，恐怕就矫枉过正了。现在的"新诗"正是通过不穿衣服来对抗古诗的奇装异服。我们不妨以这首诗做个例子吧：

岁月的遗照

我一次又一次看见你们，我青年时代的朋友

仍然活泼，乐观，开着近乎粗俗的玩笑

似乎岁月的魔法并没有施在你们的身上

---

① 林庚：《新诗格律与语言的诗化》，经济日报出版社，2000，第20页。
② 林庚：《新诗格律与语言的诗化》，经济日报出版社，2000，第5页。

或者从什么地方你们寻觅到不老的药方

而身后的那片树木、天空，也仍然保持着原来的

形状，没有一点儿改变，仿佛勇敢地抵御着时间

和时间带来的一切。哦，年轻的骑士们，我们

曾有过辉煌的时代，饮酒，追逐女人，或彻夜不眠

讨论一首诗或一篇小说。我们扮演过哈姆雷特

现在幻想着穿过荒原，寻找早已失落的圣杯

在校园黄昏的花坛前，追觅着艾略特寂寞的身影

那时我并不喜爱叶芝，也不了解洛厄尔或阿什贝利

当然也不认识你，只是每天在通向教室或食堂的小路上

看见你匆匆而过，神色庄重或忧郁

我曾为一个虚幻的影像发狂，欢呼着

春天，却被抛入更深的雪谷，直到心灵变得疲惫

那些老松鼠们有的死去，或牙齿脱落

只有偶尔发出气愤的尖叫，以证明它们的存在

我们已与父亲和解，或成了父亲，

或坠入生活更深的陷阱。而那一切真的存在

我们向往着的永远逝去的美好时光？或者

它们不过是一场幻梦，或我们在痛苦中进行的构想？

也许，我们只是些时间的见证，像这些旧照片

发黄、变脆，却包容着一些事件，人们

一度称之为历史，然而并不真实①

　　坦率地说，对这首诗给予评价，我深知自己力有未逮。但作为一个普通读者，我只是想问，如果撤销分行，它凭什么还是一首

---

① 张曙光：《岁月的遗照》，载程光炜编选《岁月的遗照》，社会科学文献出版社，1998，第1～2页。

"诗"？体式是艺术存在的外在保证，体式的取消也就是艺术的取消。艺术家的存在有赖于艺术的难度。诗歌的艺术正是来自因符号的特点而生的难度，其外在表现正是"体"。当年顾随在写给卢继韶的信中谈到胡适的白话诗："我对于胡适之的新诗，固然喜欢，也不免怀疑。他那些长腿曳脚的白话诗，是否可以说是诗的正体……我的主张是——用新精神作旧体诗。改说一句话便是——用白话表示新精神，却又把旧诗的体裁当利器。"[1] "长腿曳脚"，既形象又深刻。《岁月的遗照》里既然提到叶芝，我们也选一首叶芝的诗来略做比对：

WHEN YOU ARE OLD

When you are old and grey and full of sleep,
And nodding by the fire, take down this book,
And slowly read, and dream of the soft look
Your eyes had once, and of their shadows deep;

How many loved your moments of glad grace,
And loved your beauty with love false or true,
But one man loved the pilgrim soul in you,
And loved the sorrows of your changing face;

And bending down beside the glowing bars,
Murmur, a little sadly, how love fled
And paced upon the mountains overhead
And hid his face amid a crowd of stars.

---

[1] 闵军撰《顾随年谱》，中华书局，2006，第29页。

即便是不会欣赏英文诗歌甚至不通英文的人，看看每行结尾的词的选择，就可以看出诗人的匠心了。英语诗歌的"长腿曳脚"是因为语言的关系，但给音步的运用创造了空间。当下不少诗人以用韵为低，以用韵为耻，但千万不要说他们的诗歌是受到了他们所推崇的外国诗人的影响。笔者查阅了一些有影响的外国诗人的诗歌，发现不讲韵不讲音步的诗歌实在不多。韵与音步是诗之为诗的直观表现，建议那些学习、借鉴外国诗歌的诗人多少还是对照一下原文。通过翻译学习诗歌写作，是学不到原诗的精粹的，因为诗性在翻译的过程中已经丧失掉了——弗罗斯特说过，诗就是在翻译中失去的东西。①

汉语是元音偏重型语言，押韵是这种语言赋予诗歌的最大遗产。诗歌的首要表现就是形式，正是形式区分了散文语言和诗歌语言。形式主义诗学相关论述极多。雅可布逊认为："诗歌性表现在哪里呢？表现在词使人感觉到是词，而不是所指对象的表示者或者情绪的发作。表现在词和词序、词义及其外部和内部形式不只是无区别的现实引据，而都获得了自身的分量和意义。"② 也就是说，"诗歌性"只能体现在"词使人感觉到是词"的时候，用符号学解释就是，当词不只是作为意义的载体，同时也是作为能指符号本身被注意时，"诗性"就产生了。而最容易使"词"被人注意到的方式就是通过有意识的重复，而"押韵"就是声音的重复。形式主义诗学也只是再次提醒人们不要将散文语言与诗歌语言混为一谈，类似的见解早在亚里士多德时代已有涉及。亚里士多德告诫人们：

---

① 关于诗性语言的不可译性，可参阅朱恒《语言的维度与翻译的限度及标准》，《中国翻译》2015 年第 2 期。

② 〔美〕雅可布逊：《何谓诗》，载胡经之、王岳川主编《文艺学美学方法论》，北京大学出版社，1994，第 191 页。

"辞章或散文须有节奏，但不应有韵律，否则就会成为一首诗。"①
亚里士多德是从提高演说的说服力的角度看问题的，他觉得能够说
服人的是真理本身，但如果"有了韵律就会造成没有说服力（因为
那会被认为是做作的结果），同时它还分散了听众的注意"②。可
见，亚里士多德已经意识到语言的所指偏向与能指偏向具有不同效
果，从反方面证明了诗之为诗的理由：韵律。因此，既要写诗，又
不要韵律，在逻辑上是不成立的。不管是"情生文"还是"文生
文"，其中的"文"都不应该只是"文本"，应该还有"纹饰"。

　　"文生文"中的"文"固然是符号中的能指偏向，但符号既然
是能指与所指的统一，就意味着并不存在没有能指的所指，也不存
在没有所指的能指。能指偏向在一定程度上会遮蔽所指，但不等于
可以完全取消所指。"文生文"中的第一个"文"，作为生成诗歌
的触媒，本身就是能指与所指的结合，比如前面《红楼梦》引文中
的"菊影""菊梦"等。与"情生文"不同的是，"菊影""菊梦"
与作诗之前是否有所见、有所闻、有所感并无关系，它们只是以符
号的形式期待另外的符号形式。"文生文"中的第二个"文"，虽
然以第一个"文"为缘起，但既然是能指，一定会同时伴随着所
指。因此，认为"文生文"仅仅是形式或文字游戏，与意义毫无关
涉，就是错误的了。"情生文"中的"文"因"情"而生，"情"
自然就是所指；"文生文"中的"文"因"文"而起，就必须为
"文"赋"情"，开发"文"之所指了。所以，好的诗人，尽管是
玩文字游戏，但落脚点仍然在能指与所指的平衡上。即便是"文生
文"创作的诗歌，其评价标准既有形式（可分为外形式，即闻一多

---

①　〔古希腊〕亚里士多德：《修辞术·亚历山大修辞学·论诗》，颜一、崔延强译，中国人
　　民大学出版社，2003，第178页。
②　〔古希腊〕亚里士多德：《修辞术·亚历山大修辞学·论诗》，颜一、崔延强译，中国人
　　民大学出版社，2003，第178页。

说的"建筑美",和内形式如"音尺"、"音组"、格律等),也有内容("情""志""意""道"等);既要看能指符号本身安排、处理的优劣,还要看传达所指的能力、效率的高下。按照这些标准,诗歌大概可以分出四个层次:兼善(能指、所指关系处理甚好,既有"形"的工巧,也有"意"的高妙)、偏美(凸显能指或凸显所指,要么是技术,要么是内容,让人感到惊诧、叹服)、兼不善(注意到了能指、所指关系的平衡,但"形"也平常,"意"也普通)、偏不美(注意力放在能指或所指上,但技术锤炼不够,思想修养有限)。纵观诗歌史,兼善者极少,偏美者(能指偏向和所指偏向)者也不太多,大多数诗歌都只能属于后二者,故载入史册者少。由于能指与所指的滑动共生关系,决定了"情生文"者"文"常不够,"文生文"者"情"多不足,二者各自的缺点都会在对方眼里被放大。

在"情生文"生成机制里,如何保证诗歌的艺术水平是个难题;在"文生文"机制里,如何保证因"文"而生的"情"是"真"情,同样也是不易逾越的难关。"情生文"通过"言/我"关系来保证"情"的有效性,借用的正是与"我"具有一体关系的"言",即口语或白话。"文生文"却直接以"文(字)"为出发点,悬置的正是具有差异性、个体性的口语,从而悬置了"我",最终悬置了"真实"。德里达在谈到文字与语言的关系时,说过"文字凭其地位注定要代表最难以消除的差别。它从最近处威胁着对活生生的言语的渴求,它从本质上并且从一开始就破坏活生生的言语"[①]。于坚也认为语言和文字的区别是"我"与"我们"的区别。"我"凭依的就是"活生生的语言",指向的是"活生生的生活",写出的诗歌是没有"隐喻"的、透明的、真实的诗歌。而文字却绞杀了语言的

---

① 〔法〕雅克·德里达:《论文字学》,汪家堂译,上海译文出版社,1999,第80页。

活力，遮蔽了最具有日常性的"我"的生活，写出的诗歌是导向"我们"的"公共隐喻"——表面上是所指，其实是由"文"指引的空洞所指，即"空文"。因而，"文生文"机制已经隐含了走向意义迷宫甚至意义黑洞的可能性。"言"的产生并不需要专业的训练，"人而能言"；"文"的获得则必须经过后天的学习，"文生文"生成机制创作的诗歌，本质上是能指的衍生，解读过程也是抽丝剥茧的过程。即便有较强的"文字"功底，如不熟悉"文生文"的生成过程，阅读同样是件毫无愉悦的苦差。废名对杜甫、李商隐的文字禅津津乐道，朱熹、梁启超、胡适等大家却对二人的诗歌大倒苦水，或指斥无聊，或坦承不懂。究其原因，正是文字禅类的诗歌没有日常生活经验可以借助，能指的衍生切断了语言的逻辑链条，读者无法在意义的黑洞里求证自身的人生体验。李商隐的《无题》诗，更是直接地、有意地切断通过能指探询真实所指的可能性。

公安派在这方面论述最多。袁宏道说："以心摄境，以腕运心，则性灵无不毕达，是之谓真诗。"（袁宏道：《敝箧集序》）这仍是"情生文"的变体："以心摄境"，"情动于中"也；"以腕运心"，"吾手写吾口"也，仍然是用"口"来保证"情"（性灵）的"真"。"腕"虽然借助的是文字，但这里的文字仍然是所指偏向的"白话"，是用文字模拟语言。下面这段话就更清楚地显示了袁宏道所说文字的声音性："夫迫而呼者不择声，非不择也，郁与口相触，卒然有声，有加于择者也。古之为风者，多出于劳人思妇，夫非劳人思妇为藻于学士大夫，郁不至而文胜焉，故吐之者不诚、听之者不跃也……要以情真而语直。故劳人思妇，有时愈于学士大夫，而呻吟之所得，往往快于平时。"（袁宏道：《陶孝若枕中呓引》）古之为风者，多出于"劳人思妇"，不过是猜测之语。但袁宏道这里确实点明了"语"与"文"的区别。"情真而语直"是硬币的两面："语直"是"情真"的保证；"情真"必须通过"语直"来实现。"学士大夫"则不是这样，由于缺乏内在的"郁"，只有通过"文胜"来遮掩，因此缺乏"真"。宏道以"劳人思妇"与"学士大夫"作为立论的区分点，显然是站不住脚的，因为无论怎么说，公安派及他们推崇的"白苏"，显然都是"学士大夫"，但他们学习的对象恰恰是"劳人思妇"的"风"诗。文字自觉时代，写诗的都是"学士大夫"，只是有的"学士大夫"喜欢"劳人思妇"式的诗歌。有的"学士大夫"却专作"学士大夫"的诗。起决定作用的未必是他们的身份及地位，这也反证了语言观也许才是争论的症结所在。

既然"学士大夫"的诗常常"文胜"，"文胜"则"语不直"，"语不直"则"情不真"。因此，口语偏向派往往将诗之"真"寄托在"民间"，并且认为越是民间，诗的"真"就越能得到保证。站在这个角度看问题，就会觉得一切"学士大夫"的诗皆不可取；而一切"劳人思妇"的诗都是好诗。这显然是偏向到了极端。袁宏道说："故吾谓今之诗文不传矣。其万一传者，或今闾阎妇人所唱《劈破玉》、《打草竿》之类，犹是无闻无识真人所作，故多真声，不效颦于汉、魏，不学步于盛唐，任性而发，尚能通于人之喜怒哀乐嗜好情欲，是可喜也。"（袁宏道：《叙小修诗》）口语偏向派正是通过抬高"民间"来攻击"学士大夫"诗歌的"虚"和"假"的，以致有"真诗在民间"（李梦阳）的论断。这个论断还可以推演出诸如"真诗在吾心""真诗在口语"等结论，其本质一也。

在"情生文"派眼里，"真""实"就成了"文生文"诗歌无法治愈的"硬伤"。以今天对文学的认识看，其特性之一正是虚构，其实就是不必"真"——除了索隐派，谁会把小说当"真"呢？但文学打动人的要素又唯有"真"，但这个"真"已不是"真实"的"真"，而是一种"拟真"。所指偏向派之所以"较真"，就是把符号的"真"和"真实"的"真"混为一谈了，深层原因正是轻视甚至试图消除符号——比如他们"写"诗,但偏偏对"文"视而不见,大谈特谈的是"口""言"。所指功能确实是符号的重要功能,目的就是通过能指来命名、记录、指引一个真实世界。因此,人们一接触语言,就不由得从所指的"真"与"非真"来进行判断,这正是符号的工具性对人的深层影响。但文学语言尤其是诗性语言,运用的是符号的能指功能,雅可布逊等人已经论述得很清楚了。因此以所指的"真"来对能指营造的"非真"进行评判,根本不是一个层面上的事情。比如对李商隐《锦瑟》的探佚颇多,但多是围绕作者的真实生活做文章,极难自圆其说;如果舍弃"真"的探询,而从"文"的营构入手,也许能别开生面。比如钱钟书先生就认为"《锦瑟》一篇借比兴之绝妙好词,究风骚之甚深密旨"。如"庄生晓梦迷蝴蝶,望帝春心托杜鹃"一句,钱先生认为"言作诗之法也";"沧海月明珠有泪,蓝田日暖玉生烟"句,"言诗成之风格或境界"。① 这就完全不是"真"与"不真"的问题了。

"文生文"另一个绕不过的坎是,由于没有"真"作为担保了,写作者常常会陷入模拟的泥淖中。"情"因为有"我"做担保,具有鲜明的个性,自然不便模仿。生活中同样如此,学人说话是大忌。但"文"背后的支撑则是"我们",因而可以你写我写大家写,而且,文章之事,有愿求人师者,有愿为人师者,借鉴他人文章,是对作者的致敬,被他人学习,也是作者的无上荣耀。只是,借鉴、学习的本应该是文章之道,而不是文章本身。但由于能够借鉴、学习的是能指特征明显的写作,因而极容易将能指特征本身视为学习的对象,这就成了依样画葫芦的"摹",最终造成中国古代诗坛能指溢出的现象。茅坤说:"世之所竞慕,以为摹《左

---

① 钱钟书:《谈艺录》(补订重排版),生活·读书·新知三联书店,2001,第436~437页。

传》，摹《史记》，摹《汉书》，纵极其工，当亦优人者之貌孙叔敖焉耳；而况其所摹者，特句字之诘屈，声音之聱牙而已！仆窃耻之。"① 这自然与"文"悬置了"言"的个性有关，即"文"本身不容易展露个性，因而更容易模仿。别说是一般的小诗人，即便是李白、杜甫，诗里也常常可以看到前人的影子。李白虽是天才纵横，绝足奔放，不屑模仿，但杜甫依然从李白的诗歌里看到了其他诗人的影子，"白也诗无敌，飘然思不群。清新庾开府，俊逸鲍参军"（杜甫：《春日忆李白》）；有时甚至是诗句的直接相似，"李侯有佳句，往往似阴铿"（杜甫：《与李十二白同寻范十隐居》）。如果说李白的相似还是偶然，杜甫本人则是有意学习了，"孰知二谢将能事，颇学阴何苦用心"（杜甫：《解闷》）。有的诗人还直接袭用前人妙句，清代张德瀛就曾指出："'柳色黄金嫩，梨花白雪香'，阴铿诗也，李太白取用之。'漠漠水田飞白鹭，阴阴夏木啭黄鹂'，李嘉祐诗也，王右臣取用之。王初寮生查子词云：'秦纱蜂赶梅，宫扇鸾开翅'，张于湖用以咏折迭扇，而更易其数字焉。毛平仲词'来如春梦时，去似朝云无觅处'，欧阳永叔用之于御街行词，又用之于木兰花。"（张德瀛：《词徵》卷五）这多少有些让大诗人们难堪，但也证明"借鉴"前人妙句之在所难免。这对语言偏向型的诗人是不能忍受的。袁宏道："宏实不才，无能供役作者。独谬谓古人诗文，各出己见，决不肯从人脚跟转，以故宁今宁俗，不肯拾人一字。"（袁宏道：《冯琢庵师》）"宏实不才"四字绝不是自谦，而是对"文生文"型诗歌的极大嘲讽；"不肯拾人一字"，让"情生文"型的诗人站在了道德高地上。于坚也很自豪地说："如果我在诗歌中使用了一种语言，那么，绝不是因为它是口语或因为它大巧若拙或别的什么。这仅仅因为它是我于坚的语言，是我的生

---

① 《复沂水宗大尹书》（《茅鹿门先生文集》（卷八），载《茅坤集》，张大芝、张梦新校点，浙江古籍出版社，1993，第366页。

命灌注其中的有意味的形式。"[①]"生命灌注其中"已经可以让所有的"文生文"诗歌失色了。没有"生命灌注"不仅容易陷入"摹""仿"的怪圈，客观上也形成了外在形式的相似性，无法再通过诗歌找寻到诗人的个性，很容易成为"诗匠"。介质的熟练运用只是技术，技术的高水平加上个性才能造就伟大的艺术家，这也是能指派"诗匠"多，而可称为艺术家的诗人少的原因。齐梁时代几乎所有诗人终日"竞一韵之奇，争一字之功"，最终结果却正如纪昀所说："齐梁间风气绮靡，转相神圣，文士所作，如出一手"（纪昀评《文心雕龙辑注》卷六）；叶燮也说："齐梁骈俪之习，人人自矜其长，然以数人之作，相混一处，不复辨其为谁，千首一律，不知长在何处。"（叶燮：《原诗》外篇下）总之，就是在诗里找不到"我"，找不到个性。缺乏"生命灌注"、缺乏真性情的诗人，"纵摘取盛唐字句，嵌砌点缀，亦只是诗人一个窃盗掏摸汉子"（江盈科：《雪涛诗评·求真》）。但这些容易引致的倾向只是证明了能指偏向可能导致的缺陷，高明的诗人不仅对此有着自觉的意识，而且还会利用自己的才力巧妙规避甚至加以利用。比如在黄庭坚看来，"老杜作诗，退之作文，无一字无来处"，这显然容易陷入模拟怪圈；但为什么二人的诗文又完全看不出模拟痕迹（"谓韩杜自作此语耳"）呢？高明作家的功力就表现在能将"文"化作自己的"言"，为脱离语言的"文"找回了语言性，"古之能为文章者，真能陶冶万物，虽取古人之陈言入于翰墨，如灵丹一粒，点铁成金也"（黄庭坚：《答洪驹父书》）。

总之，"情生文"和"文生文"是两种不同的创作机制，分别属于所指驱动和能指驱动，在语言上则表现为所指偏向的口语（言）和能指偏向的文字。由于语言最终呈现的状态是由能指、所

---

① 于坚：《拒绝隐喻》，云南人民出版社，2004，第4页。

指的双向滑动实现的，往某个维度滑动的结果就是，在强化某一功能的同时也会削弱另一功能，反之亦然。"情生文"的符号是往工具维度滑动的，强化所指功能的同时就会削弱诗性功能，因此，"情生文"的突出优点是所指性强，通常传递了明确、清晰的"情""志""道""意"等，付出的代价则是诗性功能的削弱。这类诗歌往往被贬为顺口溜、"莲花落"、打油诗，语言特征也整体呈现出繁复、絮叨、教训的特征。而"文生文"的符号则相反，是往诗性维度滑动的，语言的诗性功能得到了强化，付出的代价是达意能力，即工具性减弱。其突出优点是语言具有美感，言之有文，如雕梁画栋，但又有着言不及义、言之无物、故弄玄虚、晦涩难懂等缺陷。两派各以己之长攻人之短，构成了中国诗学的论争。唐顺之就曾经将两派比作两人，进行过仔细比对，形象地揭示了两派的短长优劣：

> 今有两人，其一人心地超然，所谓具千古只眼人也，即使未尝操纸笔呻吟学为文章，但直据胸臆，信手写出，如写家书，虽或疏卤，然绝无烟火酸馅习气，便是宇宙间一样绝好文字。其一人犹然尘中人也，虽其专学为文章，其于所谓绳墨布置则尽是矣，然翻来覆去不过是这几句婆子舌头语，索其所谓真精神与千古不可磨灭之见绝无有也，则文虽工而不免为下格。此文章本色也。即如以诗为喻，陶彭泽未尝较声律、雕句文，但信手写出，便是宇宙间第一等好诗，何则？其本色高也。自有诗以来，其较声律、雕句文，用心最苦而立说最严者，无如沈约，苦却一身精力，使人读其诗，只见其捆缚龌龊，满卷累牍，竟不曾道出一两句好话。何则？其本色卑也。本色卑，文不能工也，而况非其本色者哉？（唐顺之：《答茅鹿门知县二》，《荆川先生文集》）

　　当然，荆川先生并非从符号学立论，将"两人"之不同归结为"本色"，其实从符号学角度结合荆川先生立论同样是说得通的。文章中的前一人是所指偏向型的，即"情生文"创作型："直据胸臆"，"情"也；"信手写出"，"文"也。优点是"绝无烟火酸馅习气"，即亲切自然，所指明确；缺点是"疏卤"，粗糙也，诗性不强。后面一人是能指偏向型的，即"文生文"创作型："文"表现在"专学为文章""绳墨布置则尽是矣"以及后面的"较声律、雕句文"；优点是"用心最苦而立说最严"、"工"、诗性强；缺点是"真精神与千古不可磨灭之见绝无有也""满卷累牍，竟不曾道出一两句好话"，自然说的就是没有明确的所指，即便有所指也不明确。唐顺之的语言观是所指偏向的，在他眼里，能指偏向型自然一无是处，"工"勉强算个优点，沈约苦心营构的"独得之秘"，在他看来，不过是"捆缚龌龊"，还得搭上个"本色卑"的贬损。陶渊明在六朝诗名未彰，已经证明了所指偏向派眼里的"宇宙间第一等好诗"，当年在能指偏向派看来，不过是"辞采未优"的平平之作。

　　总之，势同水火的"情生文"派和"文生情"或"文生文"派，在语言上表现为所指偏向和能指偏向，本质就是对语言与文字之间关系的不同偏向。二者本无高下优劣之分，但如走向极端，在展现自身优势的同时，也难以掩盖有时甚至是致命的缺陷，优点缺点同样鲜明。

第四章

能指的膨胀、浓缩与诗性生成

　　口语与文字都不仅是工具，而且还是思维方式，用麦克卢汉的说法，它们还是技术。麦克卢汉曾经很明确地表示过："口语是最早的技术，凭借这一技术，人类用一种新的方法去摆脱环境以便于掌握它。"[①] 将口语和文字分别运用于诗歌写作，便是两种不同技术的运用，无论是方法、手段、策略，还是最终表现的方式、内容、效果，都不会相同，也不应该相同。在既有的文学史书写中，作为技术之一的口语没有受到应有的重视，正如沃尔特·翁所说的那样："数百年来对于语言和文献的科学研究却长期规避口语文化，直到最近几十年情况才有所改变。书面文本专横地争夺我们的注意力，口语创造的成果反而被认为仅仅是书面文本的变异而已，即使并非如此，至少是被正襟危坐的学界看作等而下之、不值得重视的成果。"[②] 中国学术界更是如此，将口语类型的文学等同于"俗"文学，虽然有学者研究，但骨子里却仍把它们当作不登大雅之堂的东西。文字凭借其僭夺的话语权使文字偏向的"雅"文学被确立为

---

① 〔加拿大〕埃里克·麦克卢汉、〔加拿大〕弗兰克·秦格龙编《麦克卢汉精粹》，何道宽译，南京大学出版社，2000，第 409 页。

② 〔美〕沃尔特·翁：《口语文化与书面文化：语词的技术化》，何道宽译，北京大学出版社，2008，第 4 页。

文学正宗。如果真按麦克卢汉的观点，仅仅将口语和文字视为技术的话，则多年来附着于口语文学和文字文学的价值评判就值得怀疑，或者毋宁说，二者之间本没有高下优劣之分。但同时，它们既然分属不同媒介、技术，就应该遵守各自的运用规则；否则，就像将篮球规则用于足球比赛，必然造成人为的混乱。换言之，即口语写作有口语写作的规则及审美追求，文字写作有文字写作的要求和评判标准。从文学发展的历史看，文字写作的标准比较具体并具有较强的可操作性，比如直到今天，我们仍可以很容易地通过平仄、押韵等判断一首律诗是否符合标准；但口语类诗歌则欠缺这样的标准，因为没有标准，谁都可以写，结果不少口语与诗歌直接画上了等号。

同样必须注意的是，自从文字出现以后，尤其是纸张普及之后，文字记录的速度基本上可以追摹语言，口语反倒常常借助文字代言。在进行文学创作时，我们想说的那些"话"，都必须借助文字说出来。而汉字的"形声相宜"性，让我们可以通过文字在一定程度上模拟口语、再现口语，这也是我们将文字分解为能指偏向型和所指偏向型的原因。如果直接用"口语文学"，是会造成误解的；正如西方的"口语文献"（oral literature）这个"别扭的""荒诞的""令人尴尬的"[1] 术语一样。

文字偏向型的文言诗歌创作问题，笔者在《现代汉语与现代关系研究》[2] 第四章"文言与现代汉诗"里有较为详细的论述，在此不再赘述。本章笔者从能指偏向与所指偏向的语言学角度对"新诗"及中国目前诗坛的一些理论问题、技术问题进行了阐释。

---

[1] 〔美〕沃尔特·翁：《口语文化与书面文化：语词的技术化》，何道宽译，北京大学出版社，2008，第 12 页。

[2] 朱恒：《现代汉语与现代汉诗关系研究》，中国社会科学出版社，2013。

第一节　汉语的诗性

"新诗"的辉煌实在太过短暂。在"新诗"诞生后的第七年，鲁迅就发现："新诗却已奄奄一息了，即有几个人偶然呻吟，也如冬花在严风中颤抖。"① 又过了 10 年，1935 年，鲁迅的观察是："新诗直到现在，还是在交倒霉运。"② 又过了 30 年后，毛泽东对新诗的总结是："用白话写诗，几十年来，迄无成功。"③ 再一个 30 年后，老诗人郑敏的结论是："在将近一个世纪的创作实践中，中国新诗的成就不够理想……"④ 2007 年，邓程在《文学评论》撰文称，20 世纪 90 年代以来的新诗的诗人，"唯一可能被载入史册的原因，就是因为他们具有病理学的意义"⑤。可以看到，新诗江河日下甚至被全盘否定是不争的事实。

与此形成鲜明对比的是，当年的白话文运动健将短暂兴奋过后，纷纷重回"旧诗"；旧体诗词虽然受到了极为严厉的压制和排挤，但并没有像白话文运动先驱所期望的那样就此消亡。老一辈的文学家、艺术家、科学家、革命家很多都是旧体诗词的爱好者和写作高手。据郑伯农统计，中华诗词学会有会员逾万名，全国公开或内部出版的诗词报刊超过 500 种，每年发表诗词新作在 10 万首以上。⑥ 重要的是，旧体诗词正在超越"老干体"：借助网络，越来越多的中、青年人也参与到旧体诗词的鉴赏与创作中来，不少作品

---

① 《诗歌之敌》，《鲁迅全集》（第 7 卷），人民文学出版社，2005，第 248 页。

② 《致窦隐夫》，《鲁迅全集》（第 13 卷），人民文学出版社，2005，第 249 页。

③ 毛泽东：《给陈毅同志谈诗的一封信》，《诗刊》1978 年第 1 期。

④ 郑敏：《世纪末的回顾：汉语语言变革与中国新诗创作》，《文学评论》1993 年第 3 期，第 5 页。

⑤ 邓程：《困境与出路：对当前新诗的思考》，《文学评论》2007 年第 3 期，第 124 页。

⑥ 郑伯农：《关于格律诗的回顾与前瞻》，《中华诗词》2005 年第 12 期。

达到了相当高的艺术水准，它们以"悲悯凝重的人文情怀、自由深邃的思想取向、守正开新的艺术追索刷新着当代诗词写作的面貌……使中国语言美妙氤氲的最高形态得以再次挥发出令人感奋激越的魅力"①。这真是个奇怪的现象：想扶的怎么也扶不起，想打的又怎么也打不倒。这些"在五四精神哺育下成长起来的人"（唐弢语），说普通话，写白话文，怎么偏偏就忘不了这些并不"现代"的旧诗词呢？"新诗""旧诗"不同命运的背后有着极为复杂的原因，但既然"新""旧"主要是以语言的"现代""古代"为标记，对语言的深层次分析也许是找到答案的恰当路径。

近年来，"汉语是诗性语言"似乎成了一个不证自明的公理。汉语刚刚从"汉字不灭，中国必亡"、人人欲除之而后快的倒霉运走出来，突然又鸿运高照。语言学家断言，"汉语的本质是诗，是飞扬在七绝五律中的一个个独立音符"②；诗人赞叹，"汉语文言文在语法之灵活、信息量之超常、文本间内容的异常丰富、隐喻与感性象形的突出诸方面，都证明其是一种十分优越的语言形式"③；文艺理论家更是惊呼，"汉语言，诗语言！"④ 这些论断当然令人鼓舞，但我们又不得不面对一个尴尬的事实：既然这样的语言"本质是诗"，为什么近百年来并没有产生足以与这些"优越的语言形式"相匹配的伟大的诗歌呢？一种语言会自在自为地具有诗性吗？诗性与语言之间有着怎样的关系？

"诗性"范畴最早是由维柯在《新科学》中提出的。维柯并不是在今天的诗学意义上使用这个术语的，他认为，"诗性的智慧"

---

① 马大勇：《种子推翻泥土，溪流洗亮星辰——网络诗词平议》，《文学评论》2013 年第 4 期，第 53 页。

② 申小龙主编《语言学纲要》，复旦大学出版社，2003，第 314 页。

③ 郑敏：《关于〈如何评价"五四"白话文运动〉商榷之商榷》，《文学评论》1994 年第 2 期，第 120 页。

④ 鲁枢元：《文学与语言学》，学林出版社，2011，第 146 页。

主要指的是"世界中最初的智慧",也就是原始人类看待和认识世界的一种思维方式,"隐喻"是"诗性智慧"的主要表现形式。"诗性"这个术语近年来借用颇广,俨然成了文学研究的关键词。其实雅可布逊的"文学性"概念才是"诗性"的真正所指。"文学性"是"使某件作品成为文学作品的因素","诗性"当然就是使诗歌作品成为诗歌的因素。多年来的哲学认识论和文学反映论让人们把视线聚焦在诗歌"写什么"上。但是,"写什么"并不足以让文本必然成为诗歌,而"怎么写"才是"诗之为诗"的关键。"文学是语言的艺术","文学性"与语言的属性应该是紧密相连的。传统语言观认为,工具性是语言的本质属性,这当然不错,但就目前研究成果来看,除了工具性,语言至少还具有思想本体性和诗性。这是语言的三个并无高下等差之别的属性或维度,诗性问题的核心其实也正是语言问题。

索绪尔的伟大之处在于他通过分析语言的"结构"来认识语言。他将语言定义为符号(sign),而这个符号又是由"能指"(signifier)和"所指"(signified)构成的。但指出这个"结构"并不是索绪尔的最终目的,他更看重的是能指、所指之间的关系。"后两个术语的好处是既能表明它们彼此间的对立,又能表明它们和它们所从属的整体间的对立。"[1] 为了防止人们对能指、所指关系做对立统一的简单化理解,索绪尔特别强调,"把这种具有两面性的单位比之于由身躯和灵魂构成的人,是难以令人满意的",而"比较正确的是把它比作化学中的化合物,例如水。水是氢和氧的结合;分开来考虑,每个要素都没有任何水的特性"[2]。那些认为索

---

① 〔瑞士〕费尔迪南·德·索绪尔:《普通语言学教程》,高名凯译,商务印书馆,2002,第 102 页。

② 〔瑞士〕费尔迪南·德·索绪尔:《普通语言学教程》,高名凯译,商务印书馆,2002,第 147 页。

绪尔只是强调"结构"的"结构主义"的人显然误读了他。索绪尔特别提醒我们，能指与所指并不是简单的"构成"关系，而应该是一种"化生"关系。也就是说，能指和所指并不是板滞的、僵死的固定结构关系，而是动态的、弹性的甚至是压制与反压制的变量关系。能指、所指之间的变量突破一定值域，就会呈现出某种语言样态来。借助于这些术语和比例关系，我们可将工具性语言描写为"所指偏向型语言"，思想本体性语言描写为"能所同一型语言"，而将诗性语言描写为"能指偏向型语言"。①

诗性语言是"能指偏向型语言"，语言的诗性也就是语言的能指偏向性。所谓能指偏向性，是指语言（口语与书面语）不再是以"自我遗忘"（伽达默尔语）的方式直接抵达所指——这是工具性语言的任务，而是通过各种手段将受众的注意力转移到能指符号自己身上。以什克洛夫斯基为代表的形式主义诗学就认为："如果说，日常语言具有能指（声音、排列组合的意义）和所指功能（符号意义），那么文学语言只有能指功能。"② 这里的"日常语言"就是工具性语言或"所指偏向型语言"，而"文学语言"也就是"诗性语言"或"能指偏向型语言"。雅可布逊也是从这个角度分析诗歌语言的，他说，"诗的功能在于指出符号和指称不能合一"，"一部诗作应该界定为其美学功能是它的主导的一种文字信息"。③ "诗作"的"美学功能"就是"诗性"，而"诗性"的试金石正是"文字信息"，"文字信息"不正是能指符号吗？简言之，诗性是由能指符号主导的。

在索绪尔看来，世界上"只有两种文字的体系"，即以汉字为典范的"表意体系"和摹写声音的"表音体系"。索绪尔谈的并不

---

① 朱恒：《语言的维度与翻译的限度及标准》，《中国翻译》2015 年第 2 期。
② 朱立元：《当代西方文艺理论》，华东师范大学出版社，2005，第 47、50 页。
③ 朱立元：《当代西方文艺理论》，华东师范大学出版社，2005，第 50 页。

是文字本身，而是文字与语言的关系。为方便论述，我们将"音响形象"与"概念"之间的能指、所指改称为第一能指与第一所指；而在"文字"与"音响形象"的结构中，"文字"又成了能指，"音响形象"则成了所指，二者的关系可描写为第二能指与第二所指，"音响形象"则既是第一能指，又是第二所指。因此，"文字"—"音响形象"—"概念"三位一体的"语言"，对应的是：第二能指—第二所指（第一能指）—第一所指的双重叠加的结构。

对"表音体系"的语言而言，"音节的"或"字母的"文字的"目的是要把词中一连串连续的声音模写出来"，在这个过程中，由于"后者（文字）唯一的存在理由是在于表现前者（语言）"，[1] 文字就几乎没有独立存在的理由，文字自身的光芒完全被语言的"音响形象"所遮蔽。换句话说，表音语言中第二能指受制于第一能指（第二所指），即"音响形象"。由于诗性是由能指主导的，那么，表音语言的"诗性"只能主要表现在第一能指的变化上，这也就是为什么西方不仅思想是"逻各斯中心主义"，而且文学也是"声音中心主义"的，有着悠久的口传史诗传统，"修辞术"（rhetoric）的产生也源自演讲与论辩，如亚里士多德就将修辞定义为"说服的方式"[2]。由于"字母的价值纯粹是消极的和表示差别的"[3]，几乎完全受制于第一能指，因此其生成诗性的空间就非常狭小了。

而对汉语尤其是古汉语而言，文字与语言的关系则完全不同。第二能指（文字）不是像表音语言那样，专为第二所指（声音）而生，如仓颉造字是因为"见鸟兽蹄迒之迹，知分理之可相别异

---

① 〔瑞士〕费尔迪南·德·索绪尔：《普通语言学教程》，高名凯译，商务印书馆，1980，第47页。

② 〔古希腊〕亚里士多德：《修辞学》，罗念生译，生活·读书·新知三联书店，1991，第24页。

③ 〔瑞士〕费尔迪南·德·索绪尔：《普通语言学教程》，高名凯译，商务印书馆，1980，第166页。

也"（许慎：《说文解字·序》），并不是以记录语言为其存在前提。索绪尔指出，汉字这个符号"与词赖以构成的声音无关"，而且可以"间接地和它所表达的观念发生关系"；"对汉人来说，表意字和口说的词都是观念的符号；在他们看来，文字就是第二语言"①。也就是说，汉字自身就是一套自足的表意系统，并不以记录汉语为唯一目的，汉字作为记音符号只是偶然的、临时的客串。

但正如谢林所说的那样："文字只是一种手段，它依赖于语言而存在，这是理所当然的。"②脱离语言的文字最终会成为无源之水，干涸、枯竭。形声造字法有效解决了汉字与汉语的关系问题，但由于汉字是将音、形合为一体，一个形声字既可以是"形"（视觉的、表意的）的汉字，也可以是"声"（听觉的、表音的）的汉字，都可以直接与所指（观念）联系起来。这样，汉语的三要素（文字、音响形象、观念）之间的关系就比表音语言复杂得多。对汉语而言，"文字不仅是被动记录语言的载体，同时还是主动支配语言的结构力量"③。文字和语言都有可能成为第一能指，为表述方便，同时也尊重语言先于文字这个事实，我们仍然将文字称为第二能指。因此，第二能指与第一能指之间只是一种若即若离的松散关系，都分别能与所指（观念）发生联系。由于诗性是由能指主导的，那么汉语的第一能指、第二能指都能生成诗性。这里，我们需要特别强调的是，语言三要素所对应的双重能指所指结构不是凝固不变的，而是既依存又斗争的"化生"关系，"绝对的不变性是不

---

① 〔瑞士〕费尔迪南·德·索绪尔：《普通语言学教程》，高名凯译，商务印书馆，1980，第51页。

② 〔德〕谢林：《中国——神话哲学》，卜钊译，载夏瑞春编《德国思想家论中国》，陈爱政等译，江苏人民出版社，1989，第162页。

③ 孟华：《汉字：汉语和华夏文明的内在形式》，中国社会科学出版社，2004，第21、2～3页。

存在的"①。比如，文字存在的唯一理由就是记录语言，但文字又常常会"遮住语言的面貌"，"文字不是一件衣服，而是一种假装"。索绪尔称其为"字母的暴虐"②。表音语言尚且如此，汉语中文字的"暴虐"有过之而无不及，在秦始皇"书同文"成为现实后，汉字就成了中国文化的控制性力量，龚鹏程先生甚至称其为"文字教"③。

有了能所结构关系，我们可以对一些文化、文学现象进行解释。如汉语中的"文言"现象就是文字（第二能指）遮蔽语言（第一能指），文字用自己的力量修改、包装语言的结果。汉语一直是"言文不合"的文言、白话的双轨制，在白话文运动胜利前，"文"（第二能指）一直占有压倒性优势。鲁迅所说的"无声的中国"也就是第二能指（"文"）压制第一能指（"言"）的结果。也可以说，白话文运动的语言学实质是第一能指反抗第二能指、主张自身权利的运动，这与龚鹏程先生的观察有异曲同工之处，他认为："五四白话文学运动，应该就可以看成是一次由'文'到'语'的大翻身。"④ 由于第二能指对第一能指的压制，"新乐府""白话诗""口语诗"等第一能指衍生的诗歌在汉字的文化语境中往往处境艰难，只得通过文学运动来争取自身的生存空间。

诗性不是来自所指——说一百遍"我爱全人类"，它也不会成为一首诗。诗歌的秘密永远不在于说什么，而在于怎么说，即能指符号以什么样的方式延缓抵达所指的过程。能指符号有两类，诗性

---

① 〔瑞士〕费尔迪南·德·索绪尔：《普通语言学教程》，高名凯译，商务印书馆，1980，第194页。

② 〔瑞士〕费尔迪南·德·索绪尔：《普通语言学教程》，高名凯译，商务印书馆，1980，第56~58页。

③ 龚鹏程：《文化符号学——中国社会的肌理与文化法则》，上海人民出版社，2009，自序。

④ 龚鹏程：《文化符号学——中国社会的肌理与文化法则》，上海人民出版社，2009，第73页。

也就有两类：第二能指（文字）诗性和第一能指（声音）诗性。表音语言的诗性主要集中在第一能指上，而以汉语为代表的表意语言的诗性虽然是双轨制，但仍以第二能指诗性为代表。所以，不独汉语，一切语言都是诗性语言。但汉语能够在两个维度上生成诗性，因而汉语是诗性更强的语言。

诗性的本质是能指、所指的间距增大，能指以迂回的方式抵达所指。同为能指符号的文字与语言（狭义的、声音形态的，为方便叙说，后文称为"口语"）即第一能指与第二能指都是诗歌创作的材料，都可以生成诗性，但由于两个能指有着诸多差异，如文字与声音、视觉与听觉、凝固与挥发等，诗性生成方式也自会不同。

从符号学的角度，第一能指、第二能指何者为中心是一个非常重要的思想、文化建构问题。孟华甚至将"文化"定义为"文字看待它所表达的语言的方式，即言文关系方式"[①]。叶秀山也是从语言符号的角度来观察中西文化的："西方文化重语言，重说，中国文化重文字，重写。……中国文化在其深层结构上是以'字学'为核心的。"[②] 在笔者的能指、所指动态结构中，西方文化是第一能指的文化，中国文化是双轨制的文化，但主要是第二能指的文化。索绪尔的符号学是以第一能指即"口说的词"为核心的符号学，与之对应的是"声音中心主义"和"逻各斯中心主义"，这是从柏拉图到黑格尔一以贯之的思想传统，贬抑文字，神化声音。德里达却通过确立第二能指的中心地位的方式解构了西方形而上学的权威中心。可见，文化问题、思想问题、哲学问题都不过是语言问题、符号问题。"我们所身处的世界，乃是我们自己运用语文构成的世界。"[③]

---

① 孟华：《汉字：汉语和华夏文明的内在形式》，中国社会科学出版社，2004，第2～3页。
② 叶秀山：《美的哲学》，人民出版社1991年版，第26～27页。
③ 龚鹏程：《文化符号学——中国社会的肌理与文化法则》，上海人民出版社，2009，自序。

能指符号本身具有不同属性，其与观念、世界的关系也各有不同，因而诗性生成的方式和手段自然也有区别。

第二节　能指的膨胀

第一能指主要由声音符号构成。如印欧语系的诗歌及汉语中以口头方式传承或后来以文字固定下来的早期诗歌，大部分是第一能指性的诗歌。其诗性的生成与第一能指符号有着密切关系。

第一能指最重要的诗性生成手段是能指膨胀。所谓能指膨胀，是相对于语言的经济原则而言的。作为工具性的语言，达意为最高要求，但同时也要符合语言的经济原则，即用最少的语言完成达意的任务，比如各种语言都大量使用缩略语。能指膨胀则是在完成达意的任务时，违背经济原则，通过能指符号的重复完成同一个达意任务。章、句的重复是典型的能指膨胀。第一能指的膨胀与口语的易逝性、在场性和对象性等特点有着密切关系。声音过耳不留，想要将意义留存下来，实在不是件容易的事。口传文化中有一些常见的共性的方法，比如，建立一定的模式、重复表述的内容等。美国学者沃尔特·翁通过对荷马史诗的研究，发现不识字的荷马在"创作"时"铺张地使用套语"，"广泛地使用预制构件"的特点；另外，"在一种口语文化里，已经获得的知识必须要经常重述，否则就会遗忘"。[①] 人类学家的田野考察还发现："准确重复口传材料不是在仪式化的语境中形成的，而是在独特的语言和音乐约束下产生

---

① 〔美〕沃尔特·翁：《口语文化与书面文化：语词的技术化》，何道宽译，北京大学出版社，2008，第16～17页。

的。"① 毫无疑问，找到远古的纯粹口头诗歌根本不可能，现存的一些文字摹本却部分地保留了这些特征。荷马史诗的"铺张地使用套语""重复""音乐"等就是能指的膨胀，目的就是为了适应"口语听觉驻留的特点"。②

在能指膨胀的运用上，《诗经》采取的手段几乎如出一辙。如一篇诗歌中往往由总体结构相同的几节构成，其中只有少数字词的变动。从传达意思的角度看，一节就够了，重章叠句就是我们所说的能指膨胀。与荷马史诗相同的是，汉语口传类文学往往也与音乐相配：朱光潜先生追溯诗的起源时，就发现"诗歌与音乐跳舞是同源的"。如阮元将《诗经》的"颂"训为"舞容"，可证明"颂诗是歌舞的混合"；而惠周惕说"风雅颂以音别"；汉魏乐府有"鼓吹""横吹""清商"等名，都是以乐调名诗篇："这些事实都证明诗歌、音乐、跳舞在中国古代原来也是一种混合的艺术"③。《诗经》是"诵诗三百、弦诗三百、歌诗三百、舞诗三百"（《墨子·公孟》），其他的如乐府、曲子词、宋词、元曲等在文人加工之前莫不如此，这也是准确重复口传材料的需要。其中有些手段在我们今天看来已经过时，缺乏诗性，但正如沃尔特·翁所说的那样："后世读者原则上贬低的习惯用语、套路、预期中的修饰词——更直率地讲，陈词滥调，荷马时代的诗人却是如此看重，并充分利用。"④ 造成荷马时代诗人"看重"并"充分利用"而后世读者"原则上贬低"的原因不是别的，正是符号的差异。荷马时代使用的是口

---

① 〔美〕沃尔特·翁：《口语文化与书面文化：语词的技术化》，何道宽译，北京大学出版社，2008，第47页。

② 刘晓明：《"语""文"的离合与中国文学思维特征的演进》，《中国社会科学》2002年第1期。

③ 《诗的起源》，载朱光潜《朱光潜美学文学论文选集》，湖南人民出版社，1980，第151～162页。

④ 〔美〕沃尔特·翁：《口语文化与书面文化：语词的技术化》，何道宽译，北京大学出版社，2008，第16～17页。

语，没有文字可以凭依，意义的留存只能借助重复的方式和音乐的手段，但文字的使用则使得意义的留存变得简单高效，当初最为有效、最为合理的方式变成了并非必需的"陈词滥调"。文字得到充分运用的时代的人，其实是两种符号、两种媒介的使用者。文字的出现只是改变了语言的记录方式，它不仅不会取消语言，而且还依赖语言所提供的养料。诗歌创作也就由口语和文字这两种媒介构成了，只是最终的创作都会以文字呈现，文字尤其是汉字的"形声相宜"正好分别为口语创作和文字创作提供了可能性。也正是因为这两种介质的存在和影响，在进行文学作品分析时，首先对其进行"形"偏向和"声"偏向的辨识就并不是毫无意义的工作了。"声"偏向就是第一能指偏向，"形"偏向即第二能指偏向；两种偏向的创作各有各的要求，两种偏向的作品也各有各的形式。

重复是以荷马为代表的口传材料使用者常见的、必需的手段；《诗经》也是以口传材料为介质的，因而也必然表现出"重复"这个特点。朱自清在研究在研究《诗经》时发现：

> 歌谣的节奏最主要的是靠重叠或叫复沓，本来歌谣以表情为主，只要翻来覆去，将情表到了家就成，用不着废话。重叠可以说原是歌谣的生命，节奏也便建立这上头。字数的均齐，韵脚的调协，似乎是后来发展出来的。[1]

朱自清先生的发现对我们认识《诗经》的语言本质，从而把握中国诗歌演进的路径是有着重要意义的。朱先生的发现中有这么几点值得我们注意：第一，《诗经》是歌谣，是唱的，是与声音密切

---

[1] 《经典常谈·诗经第四》，载《朱自清全集》（第 4 卷），江苏教育出版社，1990，第 30 页。

相关的。这与不少人将《诗经》当作文人创作作品的看法是不同的，而"字数的均齐，韵脚的调协"则是后来文字型创作的特点；第二，从能所指的角度看，《诗经》这种口传文学最重要的表达方式就是能指的膨胀，如果仅为实现达意的目的，是用不着这样"翻来覆去"的。"铺张地使用套语""重复""音乐"不仅体现于荷马史诗，同样也体现于《诗经》，这并非巧合，可以说，这正是一切口语创作的共性。"复沓""重叠"也就是"重复"，用沃尔特·翁的说法就是"冗余"。"冗余"在能指偏向派看来是写作中致命的弱点，从文人五言诗开始，汉语诗歌就几乎连虚词都找不到了，更别说"冗余"的词了。从语言与思维的关系看，"冗余"却是口语思维的必然产物，因为，"在口头话语中，情况却截然不同（与文字阅读不同——引者注），脑子以外没有你能够回顾的东西，因为话一说出口就消失得无影无踪。于是，脑子就不得不放慢速度，使注意力集中在刚才说过的话上。冗余，即重复刚刚说过的话，能够使听说双方都牢牢地追随既定的思路。既然冗余是口语文化里思维和说话的特点，所以在深刻的意义上我们可以说，冗余自然而然是思维和语言的伴生物，而不是罕见的线性结构。线性的或分析的思维和语言是比较少见的，它们是人为的东西，是文字技术的产物"①。在人们日常口语行为中，这样的"冗余"依然大量存在。有的读者也许会问，写作不是文字行为吗？的确，写诗是文字行为，但文字是声音和形式的结合，也具有很强的语言性。所指偏向型强调的正是语言偏向性，当写作偏向语言（声音）时，遗留的口语思维方式就会起作用，作品便会呈现出口语文化的特点。

文学史中有个"常识"，认为五言诗是在四言诗的基础上增加

---

① 〔美〕沃尔特·翁：《口语文化与书面文化：语词的技术化》，何道宽译，北京大学出版社，2008，第30页。

一个字，因此，即便要讲"冗余"，也是五言比四言冗余。其实这完全是误解。以《诗经》为代表的四言诗，其实是口语思维的结果，五言诗是文字思维的结果，因此《诗经》有大量的"冗余"，而五言诗则几乎完全没有所谓"冗余"。《诗经》中不仅重章叠句是"冗余"，大量的语气词、助词也都是"冗余"。如果将这些清理干净，《诗经》的句式其实比五言诗更长。比如《关雎》：

> 关关雎鸠，在河之洲。
> 窈窕淑女，君子好逑。
>
> 参差荇菜，左右流之。
> 窈窕淑女，寤寐求之。
>
> 求之不得，寤寐思服。
> 悠哉悠哉，辗转反侧。
>
> 参差荇菜，左右采之。
> 窈窕淑女，琴瑟友之。
>
> 参差荇菜，左右芼之。
> 窈窕淑女，钟鼓乐之。

首先看看"冗余"："窈窕淑女"重复四次；"参差荇菜"重复三次；"左右 X 之"重复三次。从文字思维的角度看，这些都是不需要的。其次，如果去掉部分"冗余"，你发现其句式会比五言长，这更加证明，五言诗与四言诗并不具有亲缘关系。我们可以很方便地将其改为七言：

关关雎鸠河之洲，
窈窕淑女君好逑。
参差荇菜左右流，
窈窕淑女寤寐求。

寤寐思服求不得，
辗转反侧心悠悠。

参差荇菜左右采，
窈窕淑女琴瑟友。
参差荇菜左右芼，
窈窕淑女钟鼓乐。

因为做了一些简省，带有文字型语言的味道，如果再继续"复沓""重叠"也会显得很怪。不仅如此，即便在文字已经浸淫日久的年代，新的口语偏向的文体也会体现出这样的特点，如陈元锋先生就认为：

> 音乐性或歌唱性乃是中国诗歌的灵魂，作为不可或缺的形式因素，一直是诗歌发展演变的潜动力。中国诗歌与音乐经过先秦时期第一度分离之后，在以后的长期发展过程中亦合亦离，始终保持着密切的联系。中国诗歌形体演化改进之际，往往就是民族音乐发达更新之时，如由古到律、由诗到词、由词到曲，每一种诗型从产生到定型、发育、成熟、衰落，莫不与音乐息息相关，相依为命。①

---

① 陈元锋：《乐官文化与文学——先秦诗歌史的文化巡礼》，山东教育出版社，1999，第236页。

　　由于陈先生要论述的是"乐官文化"与"文学"，他自然将重点放在了"音乐"上，认为是"音乐"推动了中国诗歌的发展，这自然是偏颇的。更重要的是，陈先生没有像朱自清先生那样对诗歌做出一定的分类，而是在一个笼统的"诗歌"概念下谈诗歌，这显然是没有把握住中国诗歌的本质的，因此陈先生虽然有一些极其独到的观察，但结论仍然需要修正。比如将"音乐"当作诗歌发展的"潜动力"，就多少有些本末倒置。笔者不了解中国音乐演变的历史，对"中国诗歌形体演化改进之际，往往就是民族音乐发达更新之时"的结论不敢妄加评论，而且，"由古到律、由诗到词、由词到曲"中，笔者也只认为每一种诗型的产生是与音乐联系在一起的。稍加考辨就会发现，由乐府到五言、从古体到律诗、从早期词到文人词，最终走向恰恰是去音乐化的。五言诗、律诗及后来的词大概都不再是合乐演奏的。何以会如此呢？这正是因为文字的渗入，逐渐改变了这些诗的口语性质，使其变成了文字诗、文人诗。缺少了口语性质，创作与欣赏中的"铺张地使用套语、重复、音乐"等手段也就没有那么重要了。可以说，在没有文字辅助的年代，荷马、《诗经》的作者只能那样写诗，这是由第一能指的语音性决定的。

　　诗歌从最早的诗、乐、舞的混合体中独立出来，本质上也是因为"言"找到了更方便的记录方式——文字。我们今天不能再现古乐、古舞，但还可以依稀找寻古诗，这是因为文字是最为有力的工具。虽然诗歌借助文字摆脱了对音乐、舞蹈的依赖，但当初支撑三者融合的共性的因素并不会改变，这个因素就是节奏和韵律。如果说，当初因为有乐的衬托和支持，诗歌本身的节奏和韵律还不需要被过分凸显的话，后来没有音乐可以借助了，诗歌就必须自己重新塑造并强化节奏和韵律了。六朝诗歌以文字胜，文字的声律取代了语言的自然节奏和韵律，诗歌的音乐性大为减弱。六朝以后，恢复乐府传统并达到极高水准的，笔者以为是张若虚的《春江花月夜》。在笔者心目中，它符合"好诗"的所有标准，笔者也以为它理所当然地会受到追捧。结果，在检视资料的过程中，让笔者颇感讶异的是，它居然也曾经有过一段极长的无闻的历史，但正是这段湮没的历史，很好地证明了本书的理论。这首今天公认的好诗，宋代文献《文苑英华》《唐文粹》《唐百家诗选》《唐诗纪事》等却均未收录。据程千帆先生的考证："我们今天所能见到的最早的《春江花月夜》，是《乐府诗集》卷四十七所载。这一卷中，收有清商曲辞吴声歌曲《春江花月夜》共五家七篇，张作即在其中。这篇杰作虽然侥幸地因为它是一篇乐府而被凡乐府皆见收录的《乐府诗集》保存下来了，但由宋到明代前期，还是始终没有人承认它是一篇值得注意的作品，更不用说承认它是一篇杰作了。"[①] 从语言学的角度看，《春江花月夜》的被忽视与陶诗当年的被忽视几乎如出一辙，其实质就是文字偏向型对语言偏向型的忽视。但《春江花月夜》为什么又会由隐而显，从寂寂无闻，到后来"孤篇横绝，竟为大家"（陈兆奎辑《王志》卷二，"论唐诗诸家源流（答陈完夫问）"条）呢？笔者以为最重要的原因就是《春江花月夜》完美再现了语言偏向型诗歌的音乐性。可以证明的是：一是它被《乐府诗集》收录，与其一同被收录的是"清商曲辞吴声歌曲"，由此可见其音乐性；二是这首诗后来被改编为各种形式的音乐作品，不能不说是其本身蕴含的音乐质素激发了音乐家的创作灵感；三是从语言形式看，这首诗也极好地体现了用语的"重复"与节奏的"复沓"，仅以开首四句为例，"春江潮水连海平，海上明月共潮生。滟滟随波千万里，何处春江无月明"正是以对"春江""潮""海""明""月"等字

---

① 程千帆：《张若虚〈春江花月夜〉的被理解和被误解》，《文学评论》1982 年第 4 期，第 18 页。

词的重复，形成了"复沓"的带有极强音乐性的节奏，如果仅从达意的角度看，恐怕"海上生明月"五字即可，这些重复也正是第一能指符号的膨胀，通过重复等膨胀手法，该诗再现了语言的音乐性，从而再现了诗性。沈德潜说："乐府之妙，全在繁音促节，其来于于，其去徐徐，往往于回翔屈折处感人，是即依永和声之遗意也。"（沈德潜：《说诗晬语》）这正是充分利用所指偏向型语言的声音属性的表现。

文字出现后，虽然字母文字的"唯一作用就是记录语言"，但文字的铭刻性极大地减轻了记忆负担，第一能指膨胀的程度有所减弱。但总体而言，印欧语言的第一能指性没有改变，因此，西方诗歌的段落重复、押韵、音步等仍然极为重要，除了内容上的更新外，诗歌形式总体变化不大。汉语诗则呈现为两个传统：偏重文字的诗和偏重口语的诗。偏重口语的诗一定程度上体现了前述的特点，如特别注意押韵、音乐性等，这在乐府诗、宋词、元曲以及一些较为成功的新诗上都可以找到。

第三节　能指的浓缩与变形

与第一能指相反，第二能指诗性生成最重要的手段是能指浓缩，也可叫作所指膨胀。即在能指符号不变的情况下，导引出更多所指。这与文字的物质铭刻性、离境性、意指性有关。尤其是汉字，既可以记录语言，又能够超越语言，成为"第二语言"（索绪尔）。记录语言时的汉字就是口语，超越语言时的汉字就是文言。语言常变，汉字却具有超稳定性，汉字经历的时代、跨越的地域远较语言长久、宽广。在使用过程中，语言的信息会存留在汉字上，德里达称其为"踪迹痕"（trace track）。"每个字如同一枚硬币，在使用流通中不断沾上新的'踪迹痕'。"① 在诗歌语言中，带有"踪迹痕"的语言就是意象与典故。西方诗歌也有意象和典故，但远不如汉语多，原因在于其文字的独立性不够强，语义吸附能力有限。以月亮意象为例：月亮这个能指对应的所指是夜晚天空最亮的发光体，但在长期的使用中，"作为现成意象的月亮的约定涵义"至少有：团圆与思念、离情别绪的抒发、故园的象征、永恒的化身、历史的见证者、美的象征、淡泊闲逸、追求心灵自由的情怀等。② 作为能指符号的"月亮"未变，但所指却大幅膨胀。严云受说："如果对中国古典诗词意象没有起码的了解的话，那就不可能了解中国的古典诗词，不可能真切、深入地理解中华民族的文化。"③ 在没有文字浸染的口语年代，春花就是春花，秋月就是秋月，体现的是语言的元命名功能，是"一个当下的、即兴的联结过程"④。缺乏意象形成所需的时空超越能力。而文字却具有极强的语义吸附能力，而跨越时空也丰富了它所能够吸附的语义。而文字"所具有的对语言和思维的反思和自觉的加工能力，使得文字比语言更容易为表达者的主观意志所控制"⑤，正是在"反思"和"自觉的加工"中，作者将主观意志投射到物象上，物象因蕴含了"意"而成为"意象"。文字的超越时空能力，又很容易将这些"意象"传播开去，并且继承下来。因此，文字的能指就暂时偏离了实际的所指，"文字与对象的分离，使得意义的生产活动大于实际指涉活动，极大地推动了精神的自由创造"⑥。"意义的生产活动大于实际指涉活动"就是所指的膨胀。相对于膨胀了的所指，能指显得好像浓缩了——

---

① 郑敏：《世纪末的回顾：汉语语言变革与中国新诗创作》，《文学评论》1993 年第 3 期，第 11 页。
② 严云受：《诗词意象的魅力》，安徽教育出版社，2003，第 141～153 页，引言。
③ 严云受：《诗词意象的魅力》，安徽教育出版社，2003，引言。
④ 孟华：《汉字：汉语和华夏文明的内在形式》，中国社会科学出版社，2004，第 38 页。
⑤ 孟华：《汉字：汉语和华夏文明的内在形式》，中国社会科学出版社，2004，第 38 页。
⑥ 孟华：《汉字：汉语和华夏文明的内在形式》，中国社会科学出版社，2004，第 38 页。

也可称作能指的浓缩。意象对汉语诗歌的重要性显然超过了对西方诗歌的重要性，原因就是文字（汉字）在汉语中的重要性大大超过了文字（字母）在西方语言中的重要性。西方诗歌很晚才受中国古典诗词启发而创立了所谓"意象派"，虽也享誉一时，但影响却难说深远。"以庞德为代表的英美意象派诗人，尝试采用中国古典诗歌这种意象密集的表现方法，也取得了一定效果，而构句行文终嫌造作费力，异乎汉诗的自然浑成，这正是两种语言的不同性能所决定了的。"① 进一步说，这是由两种语言不同的能指、所指结构所决定的。意象自然是文字偏向型诗歌最喜欢使用的手段，而语言偏向型诗人大多是反对这一手段的，以于坚为例，于坚的所谓"拒绝隐喻"其实就是要清除"意象"中的"意"，将"意象"还原为一个"象"。于坚说：

> 隐喻已经成了诗歌的思维手段，如果你运用这种思维手段去写作的话，你就会不由自主地陷进陈词滥调里面。比如，你写"太阳"这个词，你自己以为你写的就是"太阳"，但是实际上"太阳"已经具有了它的通过无数次隐喻积淀起来的文化语境，你总会想到它是代表高高在上的、光明的、伟大的、普照的等等，但是如果你想说太阳只是一个发光的球体，反而被认为是愚蠢的，你不能说这个话。"太阳"一词，如果你不加以限制的话，在读者那里，它就肯定具有至高无上的意义。②

所以，一旦提倡口语写作，就必然要着手清除因文字而生的写作手段，意象就是首当其冲的。伊沙的《车过黄河》也是对"黄河"意象的消解，将"黄河"还原为一条河。不可否认的是，

---

① 陈伯海：《中国文学史之宏观》，中国社会科学出版社，1995，第115页。
② 于坚、谢有顺：《于坚谢有顺对话录》，苏州大学出版社，2003，第211页。

中国的文字传统造就了大量意象，丰富了汉语诗歌，但相对于口语而言，汉字确实又积淀了太多的"隐喻"，限制了语言该有的活力。

典故就更为明显了，每个典故都是一个人物、一个场景、一段故事，甚至一联佳句的浓缩。"知音""蛇足"都仅有两个字，但都能还原为一个完整的故事。典故的使用是因为文字偏向型诗歌对形式有极其严格的要求，后来的绝句、律诗篇幅都极为有限，短的如五绝，要想在20个字内完成辗转腾挪、起承转合，如照实陈述，显然是不可能的，只得抽取故事中具有代表性的三两个字来替代较长的故事。较长的故事，相对于三两个字的能指符号，显然是膨胀了的。并且，"在这种不断地使用、转述过程中，词语才有可能积淀与容纳超出其字面的内容或改变其原来的意义"①。"字面"即能指，"字面内容"即所指，"字面内容"大于"字面"，也就是所指膨胀，相对于所指膨胀，能指实际上是浓缩了。

由于典故最集中地体现了符号的文字性特征，不同语言观、文字观的人对其的意见分歧也最大：文字偏向型诗人偏爱有加；语言偏向型自然是避之不及。李商隐对典故尤为偏嗜："唐李商隐为文，多检阅书史，鳞次堆积左右，时谓为獭祭鱼。"（吴炯：《五总志》）"检阅书史"本身就带有极强的文字色彩，是典型的文字型活动。其余文字偏向型诗人偏嗜程度不及义山，但典故运用仍然是他们创作中极为重要的手段。由于浓缩了的典故背后有一个巨大的意义网络，如果对"故事"本身——所指不够了解，对典故就无法做到心领神会，造成字都认识，却不解其意的阅读偏差。被典故浓缩的意义同样因为没有可以验证的生活体验，而对历史事件知识不够丰富的读者构成挑战。这自然是语言偏向型诗人无法容忍的。钟嵘在

---

① 葛兆光：《汉字的魔方——中国古典诗歌语言学札记》，复旦大学出版社，2008，第148页。

《诗品》中就对当时过度用典的风气表示过反对：

> 夫属词比事，乃为通谈。若乃经国文符，应资博古，撰德
> 驳奏，宜穷往烈。至乎吟咏情性，亦何贵于用事？"思君如流
> 水"，既是即目；"高台多悲风"，亦惟所见；"清晨登陇首"，
> 羌无故实；"明月照积雪"，讵出经史。观古今胜语，多非补
> 假，皆由直寻。颜延、谢庄，尤为繁密。于时化之。故大明、
> 泰始中，文章殆同书抄。（钟嵘：《诗品》）

钟嵘认为诗歌的目的是"吟咏情性"，他眼中的好诗显然是
"情生文"型，即所指偏向型，而典故则是明显的文字偏向，能指
偏向，是"文生文"，因此他对"殆同书抄"的文字偏向型手段是
不赞成的。胡适《文学改良刍议》也鲜明地提出"不用典"，这与
他"文须废骈，诗须废律"的反文字型诗歌是一脉相承的。

典故只是一种手段，本身并无好坏，关键要看使用者的能力，
最高明的用典当然是能够做到如盐化水，契合无间，有"典"而不
觉"典"在。如李白的"只愁歌舞散，化作彩云飞"（李白：《宫
中行乐词》），纪昀对它的评价是"用巫山事无迹"（见方回《瀛奎
律髓》卷五）。又如陶渊明的"心远地自偏"，历来注家向不注出
处，但朱自清先生却认为"心远"亦为典故，化自《庄子·则阳
篇》中的"其于人心者若是其远也"。但笔者认为，李白、陶渊明
的这两句诗未必是有意用典，只是后人觉得大诗人的诗应该是"无
一字无出处"而为之配典。当然，如果真是因为有意用典而达到这
个效果，倒是值得赞赏，因为不知典出，照样解诗，且无窒碍；如
果能寻典迹，则可更进一层，若有会心。

互文也是能指浓缩的重要手段。互文一般通过对仗的方式实现，
这是"文"思维与"言"思维的显著区别。从符号学的角度看，"汉
字和拉丁字母看待语言的方式是截然不同的，它们代表了两种符号

表达方式：文本位的意象性方式和言本位的对象性方式"①。但笔者认为仅仅将汉字看作和拉丁字母文字相对应的文字是不全面的，因为汉字是"形声相宜"的结合体，同时又具有偏向性。笔者的理解是，汉字偏向语言时呈现的特点与拉丁字母看待语言的方式接近；而汉字偏向文字时表现出的则是文本位的意象性方式。汉语是文本位和言本位的双轨制语言，这一点是一定要认清的。

能指偏向的汉字是用意象性的方式看待语言的。按徐通锵教授的说法，对象性方式就是"A就是B"，而意象性方式则是"A犹如B"。所谓"A犹如B"，即"A借助于B，从A与B的相互关系中去把握、体悟A和B的性质与特点"②。A和B相互借助，A或B单独时都无法凸显其自身意义，意义既不来自A，也不来自B，也不来自A+B，而来自A与B共融互生的意义，这个意义与A和B都相关但又大于A与B。徐通锵先生认为，这种思维方式往往"以奇求偶，形成二向对立，凸显主观性因素的参与，借联寓意"，而且，"以声律为框架，在平仄有规律地交替使用中讲求平仄相对、字义相对、字义关系的结构规则相对，形成一种对称性、综合性的结构"③。这种手法就是汉语的"互文见义"。互文的核心就是借用汉字的非线性形成一种相互补充、相互发挥的功能，使所指大于能指，相对于放大了的所指，能指是被浓缩了的。比如杜甫的《客至》中的"花径不曾缘客扫，蓬门今始为君开"，如果不懂互文，很容易将其理解为各不相干的两句。而按互文的意指性，则应该理解为：花径不曾缘客扫，今始为君扫；蓬门不曾缘客开，今始为君开。相互生发后的含义显然大于单纯两句的含义。由此可见，文字

---

① 孟华：《汉字：汉语和华夏文明的内在形式》，中国社会科学出版社，2004，第54页。
② 徐通锵：《汉语结构的基本原理——字本位和语言研究》，中国海洋大学出版社，2005，第230页。
③ 徐通锵：《汉语结构的基本原理——字本位和语言研究》，中国海洋大学出版社，2005，第231页。

偏向型的诗歌拒绝重复，显得简洁。而如前所述，语言偏向型的一个显著特征则是重复、冗余、能指膨胀。我们可以对照一下汉乐府《江南》中的几句："鱼戏莲叶东，鱼戏莲叶西，鱼戏莲叶南，鱼戏莲叶北，鱼戏莲叶中。"能指的膨胀与浓缩就很明显地体现出来了。刘知几《史通·叙事》篇又云："章句之言有显有晦：显也者，繁词缛说，理尽于篇中；晦也者，省字约文，事溢于句外。然则晦之将显，优劣不同，较可知矣。夫能略小存大，举重明轻，一言而巨细咸赅，片语而洪纤靡漏，此皆用晦之道也。"刘知几也是受到了文字偏向的影响，更强调"用晦之道"，其实"用显之道"同样重要。"省字约文"，能指浓缩也；"事溢于句外"，所指膨胀也，这正是文字偏向型的典型特点。

所指膨胀、能指缩小是汉语诗歌独有的、标志性的诗性生成方式，是深深植根于汉语的"文"与"言"的离合关系中的。阮元对"文"与"言"的问题研究得最为深入，他的《文言说》不仅解释了为什么会有"文言"，区分了"文"写作与"言"写作的区别，而且指出孔子的《文言》篇正是"文"写作的始祖。

孔子于乾坤之言，自名日文，此千古文章之祖也。为文章者，不务协音以成韵，修词以达远，使人易诵易记，而惟以单行之语，纵横恣肆，动辄千言万字，不知此乃故人所谓直言之言，论难之语，非言之有文者也，非孔子所谓文也。《文言》数百字，几于句句用韵。孔子于此，发明乾坤之蕴，诠释四德之名，几费修辞之意，冀达言外之言。要使远近易诵，古今易传，公卿大夫皆能记诵。以通天地万物，以警国家身心。不但多用韵，抑且多用偶。……凡偶皆文也。于物两色相偶而交错之，乃得名日文，文即象其形也。然则千古之文，莫大于孔子之言《易》。孔子以用韵比偶之法，错综其言，而自名之日文，何后人必欲反孔子之道，

而自命曰文，且尊之曰古也！（阮元：《揅经室》三集）

"言"思维是"直言之言"，所以"动辄千言万字"。但"文"思维表现在一是必须"协韵"；二是多用"比偶之法"。互文正是通过对仗的方式，让前后两句可以相互逗引、相互补充、相互生发，用较少的文字传递更多的信息。互文的实质也是"文生文"。

第二能指还有一种诗性生成方式，我们称之为能指变形。由于汉字不必以记录语言为唯一责任，既不必对真实世界也不必对观念世界负责，创作诗歌时，可以方便地打破逻辑锁链，对能指进行较大程度的变形，阻隔通往所指的道路，从而生成诗性。最常见的能指变形是倒装。所谓变形，针对的是"日常语言"，即通过对日常语言的改造让其成为诗歌语言。日常语言要对真实世界负责，完成信息传递、交流的任务，必须符合语法，符合逻辑，反之，如果一个人讲话时"颠三倒四"，要么无法交流，要么会被视为疯子。印欧语的第二能指受制于第一能指，基本没有独立性、自足性，变形空间极为有限。这就是为什么外国诗歌在中国读者看来总有平铺直叙之感。而作为第二能指的汉字在进行诗歌创作时，可以极尽变形之能事，闪转腾挪，游刃有余。如谢枋得认为"语倒则峭"，范德机赞赏"颠倒错乱"，冒春荣教人"倒装横插"，都是对能指的变形。

汉语之所以能够并要求以倒装作为诗性生成手段，与文言的表意性强的特点有关。表意性强，故语法性弱，语法性弱，语言就以块状构造为主，这与印欧语的语法性强，语言以线性构造为主是不同的。语法性弱加上块状构造，语言的组合空间就大，"倒装横插"仍能表意。余光中先生曾对杜甫的"海内风尘诸弟隔，天涯涕泪一身遥"进行拆装组合，其结果居然可达十一种之多，如变为"风尘诸弟隔海内，涕泪一身遥天涯"等，均不影响诗性、诗意。同时，余先生也对华兹华斯《西敏斯特桥上赋》的第十二行：The river glideth at his own will 进行"拆而复装"，结果是"可能性竟不及杜诗之半"，而且难度也不相同，"华兹华斯这行诗，八个字，十个音节，长度甚于杜诗，照说句法回旋的空间应该更宽"，而杜诗，"是两行依相当的部位同时变换，照说牵制应该更多"。① 余先生的比较及结论均足证第一能指不同，其诗性生成手段及空间是有很大差异的。

总之，不同语言、不同层级的能指符号生成诗性的手段是不一样的。第一能指主要是通过能指膨胀的方式，第二能指则主要是通过能指缩小和能指变形的方式。当然，有了这些手段，我们就可以说，这是一首诗，至于是不是"好诗"，则要看作者运用这些手段的熟练程度、水平及抵达"意"（所指）的效果了。

"新诗"并不是一个确定的概念，它在不同时期有不同名称，如新体诗、白话诗、自由诗、现代诗等，但它有一点是确定的："新"诗与"旧"诗的区别主要表现在"体"上。"新诗"是摒弃了旧"体"而创造了新"体"的诗。果真如此，"新诗"自然有取代"旧诗"的理由。问题在于，"新体诗"的"体"就是"诗体大解放"的"自由体"，其实质就是无体。但"体"的存在才决定了艺术的存在，无"体"的结果就是取消了这门艺术。废名很早就意识到了这一点，在被问及"有些初期做新诗的人，现在都不做新诗了，他们反而有点瞧不起新诗似的，不知何故？"时，废名首先承认了这个事实，然后说，"他们从实际观察的结果以为未必有一个东西可以叫做'新诗'"，这篇"问答"的最后，废名的结论是"我不妨干脆的这样说，新诗的诗的形式并没有"②。"体"之不存，

---

① 余光中：《余光中谈翻译》，中国对外翻译出版公司，2002，第159页。
② 《新诗十二讲——废名的老北大讲义》，辽宁教育出版社，2006，第226～232、28页。

诗将焉附？是不是可以这样说，正是"诗体大解放"让新诗从一开始就"奄奄一息"，就"交倒霉运"，就成了"病理学研究的"标本？难怪穆木天要说"中国的新诗的运动，胡适是最大的罪人"①。反过来，我们也因此可以推论，"旧体诗"打而不倒，正是因为它的"体"还在。"体"既是束缚，也是最高理想。既然没有新体，难道就真的存在一个十恶不赦应该被彻底摧毁的"旧体"？这场人为构建的二元对立，会不会只是一场"假想的新旧之争"②？如果说新诗是白话诗，大概是没有人反对的。但如果承认这一点，新诗也就没有什么"新"了。中国文学史上，白话诗并不鲜见，比如，中国文学的源头《诗经》就是"由口语改编的，并须借口传得以保存"③。口语比白话还要白话。后世的乐府诗、元白体、词、曲都是白话诗。胡适的所谓新诗运动也不过是"于旧诗中取元白一派作为我们白话新诗的前例"④。问题是，为什么古已有之的白话诗到现在就没有诗味了呢？如前所述，由于语言是双重能指、所指关系的叠加，所以有两类诗性生成方式，也可以说有两种类型的诗歌，即第一能指的诗歌和第二能指的诗歌，也可叫作文字型和语言型诗歌，笔者将其命名为能指偏向型诗歌和所指偏向型诗歌，我们还可像废名那样将其表述为"元白易懂得一派"和"温李难懂的一派"。名各不同，实则一也。但不管哪一派，都必须遵循因语言、文字而生的诗性生成方式。

---

① 穆木天：《谈诗——寄郭沫若的一封信》，载王永生编《中国现代文论选》，贵州人民出版社，1982，第 81 页。

② 田晓菲：《隐约一坡青果讲方言：现代汉诗的另类历史》，宋子江、张晓红译，《南方文坛》2009 年第 6 期。

③ 刘晓明：《"语""文"的离合与中国文学思维特征的演进》，《中国社会科学》2002 年第 1 期。

④ 《新诗十二讲——废名的老北大讲义》，辽宁教育出版社，2006，第 28 页。

第四节　现代汉诗诗性生成中的问题

对汉语而言，第一、第二能指都能生成诗性。第一能指的诗歌是带有口语特色的诗歌，主要是通过能指膨胀的方式生成诗性。如前所述的段落间某种程度的重复、押韵，这样的诗最好能配合音乐吟唱。其实，不多的几首受到广泛认可的"新诗"正是具有这些特征的，如徐志摩的《再别康桥》、戴望舒的《雨巷》、闻一多和余光中的一些诗。以至今仍脍炙人口的《雨巷》为例，其运用的技巧就是通过段落的重复（第一节与最后一节）、关键意象的重复（"撑着油纸伞""丁香一样"）、韵的重复（"长""巷""娘""芳""徨""怅""茫"）等能指膨胀的方式生成诗性的，也为戴望舒赢得了"雨巷诗人"的荣誉。如果非要为这些膨胀的能指找到所指的话，其所指不过是：希望在雨巷碰到那个丁香般的姑娘。《再别康桥》也基本如此。遗憾的是，戴望舒等后来的主张却对白话这种语言的诗性生成方式有所对抗，推崇"诗不能借重音乐"，"韵和整齐的字句会妨碍诗情，或使诗情成为畸形的"，"真的诗的好处并不就是文字的长处"[1] 等全然违背第一能指诗性生成的方式。但最终结果却是，他以这种方式创作的"真的诗"却并没有取得更大成就，至少没有超过了《雨巷》的成就。

诗好不好，是否有诗性、诗意、诗味，不是几个人可以决定的，民族语言、民族文字才是最终的决定力量。毛泽东说，"用白话作诗，几十年来，迄无成功"，语似偏激，却也并非全无根据。胡适的"白话诗"倡议其实仅具学理意义，其创作的白话诗更不应

---

[1]　戴望舒：《望舒草》，浙江文艺出版社，1997，第 117～119 页。

该当作此类诗歌创作的典范。成仿吾对这一类白话诗有过很直接、很激烈、很尖刻的批驳。对胡适的《他》，成仿吾说："这简直是文字的游戏，好像三家村里唱的猜谜歌，这也可以说是诗么？《尝试集》里本来没有一首是诗，这种恶作剧正自举不胜举。"他对胡适的《人力车夫》的评论是："这简直不知道是什么东西。自古说，秀才人情是纸半张，这些浅薄的人道主义更是不值半文钱了。坐在黄包车上谈贫富问题劳动问题，犹如抱着个妓女在怀中做了一场改造世界的大梦。"① 然后，成仿吾分别列举了康白情《草儿》中的《别北京大学同学》和《西湖杂诗》、俞平伯的《仅有的伴侣》《山居杂诗》以及周作人、徐玉诺等人的诗歌，并全部予以否定性评价。

成仿吾的这些犀利言辞正是笔者当年学习现代文学时心有腹念而不敢言的话，今天从语言学的角度，其实是更可以看出白话诗"迄无成功"的症结的。既然是"白话诗"，"白话"就是诗歌创作的质料。如前所述，"白话"虽然不等于口语，但"白话"暗含了"口语偏向"，是"所指偏向"，因此，这类诗歌就必须符合"口头"诗歌创作的一些特性。比如"套语"，比如"重复"，比如"音乐"。巧合的是，成仿吾也正是从这点上给这些不成功的"新诗"开药方的。成仿吾指出，这样口语化的"小诗"之所以远离了诗歌的抒情性，原因正在于："抒情诗的真谛在利用音律的反复引我们深入一个梦幻之境，俳句仅一单句，没有反复的音律，他实在没有抒情的可能。"总而言之，成仿吾认为当时的诗歌："他们大抵是一些浅薄无聊的文字：作者既没有丝毫的想象力，又不能利用音乐的效果，所以它们总不外是一些理论或观察的报告，怎么也免不了是一些鄙陋的嘈音。诗的本质是想像，诗的现形是音乐，除了

---

① 成仿吾：《诗之防御战》，原载 1923 年 5 月 13 日《创造周报》，第 1 号。

想像与音乐，我不知道诗歌还留有什么。这样的文字也可以称诗，我不知我们的诗坛终将堕落到什么样子。我们要起而守护诗的王宫，我愿与我们的青年诗人共起而为这诗之防御战。"①

成仿吾将这样的诗歌写作贬低到了"诗坛堕落"的层面，自然有些言之过重，其实这不过是个技术性的问题。既然要用"白话"写诗，就只得按"口语"诗歌的要求来，如果将"陈套、重复、音乐"这些手段去掉，"白话诗"就既没有能指偏向型诗歌的技术追求，又没有所指偏向型诗歌的情感发抒，最终必然是"非驴非马"，不伦不类。一直对"新诗"持冷眼旁观态度的鲁迅同样认为：

> 我只有一个私见，以为剧本虽有放在书桌上的和演在舞台上的两种，但究以后一种为好；诗歌虽有眼看的和嘴唱的两种，也究以后一种为好；可惜中国的新诗大概是前一种。没有节调，没有韵，它唱不来；唱不来，就记不住；记不住，就不能在人们的脑子里将旧诗挤出，占了它的地位。……我以为内容且不说，新诗先要有节调，押大致相近的韵，给大家容易记，又顺口，唱得出来。但白话要押韵而又自然，是颇不容易的，我自己实在不会做，只好发议论。②

鲁迅的谦虚背后恰恰是对诗歌本质的洞见。他首先认为，诗歌有"眼看的"和"嘴唱的"两种，其实就是文字型和口语型这两种。鲁迅以为"旧诗"就是"眼看的"，所以"新诗"自然应该是"嘴唱的"，但"可惜中国的新诗大概是前一种"，即将本应该是"嘴唱的"新诗写成了"眼看的"，具体表现就是"没有节调""没

---

① 成仿吾：《诗之防御战》，原载 1923 年 5 月 13 日《创造周报》，第 1 号。
② 《致窦隐夫》，《鲁迅全集》（第 12 卷），人民文学出版社，1981，第 555~557 页。

有韵""唱不来",开出的方子自然也与成仿吾差不多:"要有节调""押大致相近的韵""顺口""唱得出来"。对新诗创作的这些要求,不是鲁迅的要求,而是语言的要求,违背了语言的规律而强行改变创作手法,其流弊今天应该可以看得很清楚了。

如果说,成仿吾、鲁迅等人的看法还只是一种感受、直觉的话,对口语文化与书面文化差异有着深入研究的西方学者的结论就更具学理性和说服力了。沃尔特·翁在谈到口语的套语式思维时就发现:

> 在原生口语文化里,为了有效地保存和再现仔细说出来的思想,你必须要用有助于记忆的模式来思考问题,而且这种思维模式必须有利于迅速用口语再现。在思想形成的过程中,你的语言必然有很强的节奏感和平衡的模式,必然有重复和对仗的形式,必然有头韵和准押韵的特征;你必然用许多别称或其他的套语,必然用标准的主题环境(议事会、餐饮、决斗、有神助的英雄等等);你必然用大量的箴言,这些箴言必然是人们经常听见的,因而能够立刻唤起记忆,它们以重复的模式引人注意、便于回忆;你还必须用其他辅助记忆的形式。严肃的思想和记忆的系统紧紧地纠缠在一起。对记忆术的需求甚至能够决定你使用的句法。[1]

白话(口语)不是一种工具,而是一种思维,即便诉诸文字也是如此,但如果要模拟这种语言,就必然带有这种思维的痕迹。不仅"铺张地使用套语"这一特点是这样,"重复""音乐"等其他手法也同样如此。生活在文字控制的时代,反思"前文字时代"的

---

[1] 〔美〕沃尔特·翁:《口语文化与书面文化:语词的技术化》,何道宽译,北京大学出版社,2008,第25~26页。

思维并不是件轻松、容易的事情。就目前情况看，纯粹口语形态的艺术（沃尔特·翁称之为"原生口语文化"）已经基本不复存在，用文字呈现的所谓"口语写作"，也只不过是对口语的模拟，但不管怎么说，一旦模拟口语，口语思维模式就会在一定程度上显现在你的写作中，口语诗歌的特点也会自然呈现出来。因为口语的思维和表达已经"深深地锚泊在意识和无意识之中，一旦被用于笔端，它们就不会消逝"①。

当然，我们也不用恐慌、悲观，认为悠久的口语诗歌传统已经消亡殆尽。具有这些传统的诗歌仍然存在，比如某些流行歌曲的歌词、手机短信段子（王一川称为"能指盛宴"）等。而网络诗人受到较高评价的诗歌不少也是第一能指的诗歌。如霍里子高（博客用户名）在汶川地震后创作的《春雨》：

> 春雨其濛，在昼犹昏。
> 平陆失据，天海隐沦。
> 愿言思子，怅恨良深。
> 彼墟将覆，八万群氓不得生。
>
> 春雨其零，积水盈庭。
> 圆涡相界，草色湿青。
> 愿言思子，怅恨何胜。
> 彼墟之覆，八万群氓不得生。
>
> 春雨止矣，檐滴犹闻。
> 子其远矣，杯触犹温。

---

① 〔美〕沃尔特·翁：《口语文化与书面文化：语词的技术化》，何道宽译，北京大学出版社，2008，第18页。

愿言思子，怅恨实深。

彼墟已覆，八万群氓不得生。

　　该诗所指简单，就是深深思念汶川地震的死难者，但作者却充分运用了能指膨胀的手法，模仿了"诗经"体，诗分三节，每节以"春雨"起头，以"八万群氓不得生"作结，以"昏""沦""深""生""庭""青""胜""闻""温""深"等为韵脚，渲染出一种"哀而不伤"的凄凉。这样的诗篇还有很多，它们的好，正在于符合了诗性生成的规律。

　　不愿或不屑作第一能指的诗，那就作第二能指的诗吧。笔者这里说的诗人是那些获得了声誉的"正统"诗人。尖刻一点说，他们中的大多数能成为诗人不是因为他们的诗，而是因为诗歌行为——写诗。人微言轻，还是借更有成就的批评家的话来为自己撑腰吧。郜元宝教授在"复旦诗社"演讲的题目就是《离开诗——关于诗篇、诗人、传统和语言的一次讲演》，因为"在当代汉语诗歌作者身上，这个生活世界的特征则表现为他们的语言缺乏基本的诗味……表现为在稿纸上胡乱涂抹，误把分行散文当作诗篇，满足于语言中仅存的一点命名的勇气和虚弱的韵律，而听任诗的基质在语言中彻底消失，就像听任起码的礼仪在交往行为中彻底消失却大言不惭地说这样的语言是诗的语言，这样的生活是幸福的生活。我们时代的诗就是被这样的大言不惭挤走了"[1]。我完全同意郜元宝教授的观察和评价，"诗味"的缺乏、"诗的基质"的"彻底消失"也是因为"起码的礼仪"的彻底消失，而写诗的"起码礼仪"就是来源于符号的诗性生成手段。从符号学的角度，我认为这些诗人其实是不屑于第一能指的诗性（也很难，只是他们觉得容易），又没

---

[1]　郜元宝：《离开诗——关于诗篇、诗人、传统和语言的一次讲演》，《当代作家评论》2002年第2期，第33页。

有能力在第二能指上生成诗性。这些诗人遭到了双重悬隔，既不会写第一能指的诗，也不会写第二能指的诗，"那就只好去写一些装神弄鬼的诗了"①。胡适的新诗运动后，第二能指诗性生成方式遭到了有针对性的清除，《文学改良刍议》中的"须言之有物""不摹仿古人""须讲求文法""务去滥调套语""不用典""不讲对仗"都是针对第二能指的诗性生成方式的。胡适的理论在现代文学史上享有极高的声誉，但对现代诗歌的创作却根本没有什么作用。从符号学的角度看，胡适其实是希望通过清除第二能指的诗性生成方式，从而实现第一能指的诗性生成方式，这根本就是南辕北辙，对两种符号的诗歌都形成了伤害。如果不从符号的角度，是很难解释胡适的理论与现实之间的差距的。且看贩烟翁的《漫兴八首》之五：

> 楼外高楼山外山，百年安治一挥间。
> 物权田地无分产，国策城乡未叩关。
> 邑政滥觞先富论，舆情专注使君颜。
> 至今多少巴东女，仍补浓妆赴晚班。

首先，组诗名称显然让人容易联想到杜甫的《秋兴八首》，这就是"摹仿古人"；颔联、颈联是极尽冶炼的对仗；而"先富论""巴东女"等明显是"用典"；同时，"巴东女"还是个极其鲜明的新意象，来自"邓玉娇案"，指代的是底层、弱势、抗争的女性。诗体虽古，内容全新，诗性盎然动人，全在于遵循了第二能指作诗的原则。

客观地说，新诗今天的遭遇并不全是诗人的责任，这与"现代

---

① 郜元宝：《离开诗——关于诗篇、诗人、传统和语言的一次讲演》，《当代作家评论》2002 年第 2 期，第 39 页。

汉语"的发展及现状是密切相关的。"现代汉语"并不是像教科书说的那样，就是"普通话"，而是"一种口语、欧化句法和古代典故的混合物"①。在确立白话的中心地位时，欧化的侵入让汉语成了一种怪异的语言。在 20 世纪 30 年代就有人发现："'五四'式白话，实际上只是一种新式文言，除去少数的欧化绅商和摩登青年而外，一般工农大众，不仅念不出来听不懂，就是看起来也差不多同看文言一样吃力。"② 这种"白话"并不是生活中的"话"，而是一种"翻译腔"。瞿秋白在对鲁迅的"宁信而不顺"的翻译观进行质疑时指出，当时的一般欧化文艺和所谓"语体文"都有这种脱离真实语言的"病根"。这种"翻译腔""不但不能够帮助中国现代白话文的发展，反而造成一种非驴非马的骡子话，半文不白的新文言"。③ 我们不得不承认，这样欧化的翻译腔仍然是今天书面汉语的主流。从符号学的角度看，欧化语既不是第一能指——"不仅念不出来也听不懂"，也不是第二能指——"同看文言一样吃力"，欧化的侵入打破了文字—语言—观念之间的同构关系，不仅割断了第一能指与观念的关系（生活中人们不这样说），也让第二能指无所依附（好的作家也不这样写），文字表意性减弱，表音性并未增强，语言、文字同时失范。不客气地说，很多新诗就是在用这样的"骡子话"写。更要命的是，这些诗人竟引以为豪。"张曙光的作品里有叶芝、里尔克、米沃什、洛厄尔以及庞德等人的交叉影响"；"西川的诗歌资源来自于拉美的聂鲁达、博尔赫斯，另一个是善用隐

---

① 〔美〕费正清编《剑桥中华民国史（1912～1949）》（上卷），杨品泉等译，中国社会科学出版社，1994，第 528 页。

② 寒生：《文艺大众化与大众文艺》，载文振庭《文艺大众化问题讨论资料》，上海文艺出版社，1987，第 86 页。

③ 瞿秋白：《再论翻译——答鲁迅》，载罗新璋、陈应年编《翻译论集》（修订本），商务印书馆，2009，第 354 页。

喻、行为怪诞的庞德"……①第一，不知道他们是如何接近这些"资源"的，是读原文还是读译文？第二，他们受到的影响是技术上的还是思想上的？对第一个问题，读译文接受诗歌不是件很荒谬的事吗？弗罗斯特不是说过，诗是一经翻译就不存在的东西吗？对第二个问题，除了技巧，难道真有什么思想是西方诗人的独得之秘吗？欧化的实质是自我语言殖民，是白话在推翻文言的斗争中请来的帮手，可惜的是，推翻了文言，白话又被更强大的力量控制了——这股力量的头顶有着民主、科学、现代等让人目眩的光晕。诗歌是民族语言的精粹。用这么一种"非驴非马"的"骡子话"作诗，缺乏诗性也就是必然的了。

　　事实上，对现当代文学语言的反思一直都有，五四运动八十周年纪念日，白先勇先生撰文对"五四"文学运动的功过进行了清理并对其享有的声誉予以深刻质疑，他说："《儒林外史》、《红楼梦》，那不是一流的白话文，最好、最漂亮的白话文么？还需要什么运动呢？就连晚清的小说，像《儿女英雄传》，那鲜活的口语，一口京片子，漂亮得不得了；它的文学价值或许不高，可是文字非常漂亮。我们却觉得从鲁迅、新文学运动才开始写白话文，以前的是旧小说、传统小说。其实这方面也得再检讨，我们的白话文在小说方面有多大成就？"②白先生其实是从文学的第一能指——白"话"的角度进行反思的，我们有着悠久的第一能指的写作传统，但欧化撕裂了这一传统。诗人冯至则从第二能指的角度反思了当时及自己的诗歌写作："现在中国的文字可以说混杂到万分——有时我个人感到我的中国文是那样地同我疏远，在选择字句的时候仿佛是在写外国文一般……所谓文学者，思想感情不过是最初的动因，'文

---

① 王家新：《从一场濛濛细雨开始》（代序），载王家新、孙文波编《中国诗歌　九十年代备忘录》，人民文学出版社，2000。

② 转引自《天涯》1991年第4期，第151页。

字'才是最重要的。我觉得我是非常地贫穷，就因为我没有丰富的文字。"这位被鲁迅誉为"最优秀的抒情诗人"竟然发出了这样的忏悔："我不承认我从前作的诗是诗，我觉得那是我的耻辱。"① 冯至的这一番话，谈的正是汉语的第二能指问题："文字才是最重要的"。对诗歌而言，能指才是最重要的。这与形式主义诗学，雅可布逊的观点都是一致的。但在五四以降的文学评价中，这样的观点一直被冠以"文字游戏"的恶名。上述小说家、诗人的反思说明，口语形态、文字形态的汉语都没有问题，真正的问题倒在于人为的对立使得汉字与汉语两败俱伤，欧化语言乘虚而入。这其实是不应该发生的，只要汉字还在，"文言与白话无从对立，五四以来一切文言与白话的战争，都是在这一虚构中抓瞎起哄"②。

如果将文学问题归结为语言问题、文字问题、符号问题，作家、诗人则会敬畏语言，尤其是敬畏双轨制的汉语，从而敬畏传统，并从传统中学习、借鉴诗歌写作手法，"新诗"才会有出路。周作人先生在为刘半农的《扬鞭集》所作的序中说道："超越善恶而又无可排除的传统，却也未必少，如因了汉字而生的种种修辞方法，在我们用了汉字写东西的时候总摆脱不掉。"③ 无论记音的汉字，还是表意的汉字，都能生成诗性，这是汉字留给我们的宝贵财富，不管是作第一能指的诗，还是作第二能指的诗，尊重诗性生成的规律，提高诗性生成的技艺，变"欧化"为"化欧"，取消并不存在的文言—白话、新诗—旧诗的二元对立，向汉语学习，向汉字学习，"新诗"一定可以开创一片新的天地。

---

① 转引自郜元宝《离开诗——关于诗篇、诗人、传统和语言的一次讲演》，《当代作家评论》2002 年第 2 期，第 35 页。

② 龚鹏程：《文化符号学——中国社会的肌理与文化法则》，上海人民出版社，2009，第348 页。

③ 周作人：《扬鞭集·序》《语丝》1926 年 6 月第 82 期。

第五章

能指的抽离与所指的沉潜

语言工具论认为语言只是工具，是外在于人并可以被人掌控、玩弄的工具。得出这样的结论并非没有根据：我们每天说的、写的、在手机屏幕上画的、在电脑键盘上敲的不是任由我们支配的工具是什么？但正如笔者前面分析的那样，语言是工具，但又不仅仅是工具。在相对短暂的时间维度上，语言的确是人的工具，学会了说话、写字，我们就可以用这个工具去交流。但如果将时间拉到无限长，在无垠的时间长河里，作为个体的人不过是沧海一粟，而语言显然先于任何存在的个体的人，也就是说，语言一定在任何个体的人出生之前就已经存在，并且其存在的年代已经久远到不可追溯——即便仓颉造字故事为真，他也只是文字的创立者，语言也先于他存在。从这个角度讲，还能说语言只是任由人掌控、支配的工具吗？你可以改变世界格局，但你不可能改变语言，也正是在这个意义上，荣格、海德格尔这些哲人才说出"不是人说话，而是话说人"的惊人论断。显然，他们是站在一个更高的立论点来看待语言与人的关系的。

在文字出现后，语言就出现了裂变，有了口语和书面语之分。有人认为书面语就是对口语的记录，这样的结论显然过于简单。简单化自然可以得出一些看似清晰确定的结论，但同时也难免空泛、偏颇。口语与书面语并不是泾渭分明的两种存在，而是你中有我、我中有你，甚至根本分不出你我的对立统一体。文字介入后，口说的未必都是口语，如大会发言、政府工作报告等，这些"言"背后都有一个"文"本存在。报告人有时会脱稿说几句，报告的语言和脱稿的语言就不是一类语言了。都是"说话"，但说"书面话"和"口语话"显然不是一回事。口说的未必都是口语，书面的也未必就是与口语无关的文字的连缀，但无论多么文字化的书面语都必须以口语为根底。既然无法简单、清晰地在二者之间画出界线，自然也没有必要孜孜于制定口语、书面语的"工业化"标准，但对一些文本、语言片段的口语或书面语偏向做出判断倒不是一件复杂的事情。比如以下两段：

> 武松正走，看看酒涌上来，便把毡笠儿背在脊梁上，将哨棒绾在肋下，一步步上那冈子来。回头看这日色时，渐渐地坠下去了。此时正是十月间天气，日短夜长，容易得晚。武松自言自说道："那得甚么大虫！人自怕了，不敢上山。"武松走了一直，酒力发作，焦热起来，一只手提着哨棒，一只手把胸膛前袒开，踉踉跄跄，直奔过乱树林来。见一块光挞挞大青石，把那哨棒倚在一边，放翻身体，却待要睡，只见发起一阵狂风来……那一阵风过处，只听得乱树背后扑地一声响，跳出一只吊睛白额大虫来。（《水浒传》第二十三回《横海郡柴进留宾 景阳冈武松打虎》）

> 又数日，门庭略寂，陶乃以蒲席包菊，捆载数车而去。逾岁，春将半，始载南中异卉而归，于都中设花肆，十日尽售。复归艺菊。问之去年买花者，留其根，次年尽变而劣，乃复购于陶。陶由此日富：一年增舍，二年起夏屋。兴作从心，更不

谋诸主人。渐而旧日花畦，尽为廊舍。更于墙外买田一区，筑塘四周，悉种菊。至秋，载花去，春尽不归。而马妻病卒。意属黄英，微使人风示之。黄英微笑，意似允许，惟专候陶归而已。（蒲松龄：《黄英》）

以上两个文本片段都是以书面形式呈现的，但不能简单地说它们都是书面语。如前述，我们无法将片段中的口语、书面语元素尽数拈出，但稍做比较，就能发现，前者更偏向口语，后者更偏向书面语。当然，也可以借助笔者的一对范畴来对此加以说明。前者为所指偏向型语言，后者为能指偏向型语言。读者的阅读体验也能证明两种语言的不同之处。口语偏向型的前一文段，读者的阅读体验是流畅的、线性的，读者沉浸在故事中，几乎忘掉了文字本身；而文字偏向型的后一文段，读者却不得不经常被文字吸引或者打断，为完整理解文意，还不得不时常瞻前顾后，借助上下句彼此生发。

但这显然只是口语、书面语或者说所指偏向型、能指偏向型语言在工具层面的表现，在思想文化层面，所指偏向型语言与能指偏向型语言所塑造的思想、文化形态也是不一样的。可以这样说，选择一种类型的语言就是选择一种文化态度。谢有顺认为："语言并不单单是字和声音，语言其实也是一种意识形态。一种语言对人的影响，也可以说是这种语言后面的意识形态对人的影响。并不存在一种单纯的语言，语言总是跟一个民族的思想、文化、精神个性密切相联。"[1] 谢有顺教授在这里对坚讲的是不同语言与其民族的思想、文化、精神个性等方面的关联，对同一种语言而言，选择偏向"字"或选择偏向"声音"同样是"意识形态"问题，这其实也是孟华所说的"文编码"和"言编码"问题。

---

[1]　于坚、谢有顺：《于坚谢有顺对话录》，苏州大学出版社，2003，第111页。

对诗歌写作而言，同样如此。具有一种语言意识，或者选择一种语言来写作诗歌，也会对作者反映、提倡的内容产生影响。所指偏向型语言偏向的正是语言的声音维度。而一旦有意识地将文字的两个维度——声音维度和视觉维度中的某个维度作为语言的主要表现形式，则必然造成诗歌内容的价值偏向。比如说，崇尚"言""语""话""讲"的诗人必然会认为真实生活、具体生活、普通人的生活才是值得书写的生活，在其对立面的自然就是虚假、陈旧、贵族的生活。陈独秀在《文学革命论》中提出"三大主义""曰，推倒雕琢的阿谀的贵族文学，建设平易的抒情的国民文学；曰，推倒陈腐的铺张的古典文学，建设新鲜的立诚的写实文学；曰，推倒迂晦的艰涩的山林文学，建设明了的通俗的社会文学。"（陈独秀：《文学革命论》）陈独秀所谈的"贵族文学"与"国民文学"、"古典文学"与"写实文学"、"山林文学"与"社会文学"，从语言与文字的关系看，前者都是文字型或能指偏向型语言必然的价值取向；后者则为语言型或所指偏向型语言的价值取向。一旦选择了白话作为诗歌的创作材料，就必然会站在"国民文学"、"写实文学"与"社会文学"一边，并毫无选择地将"贵族文学"、"古典文学"与"山林文学"当作批驳的对象。语言不再仅仅是工具，也成了使用者生活立场甚至意识形态的试金石。

选择一种语言，就是选择一种生活方式，而在诗歌或文学写作中，就是选择为某个群体代言。以前的文学研究遵循"知人论世"的研究方法，往往将一个人诗歌中呈现的阶级偏向与其生活境遇、生活阶层结合起来，想当然地认为，富人为富人代言，穷人为穷人说话。实际上根本不是这样，如提倡写诗"老妪能解"的元白虽不是达官，但也并非穷苦百姓，虽也屡遭贬谪，但终其一生，生活还都算优裕。提倡"白话文"运动的胡适当时的物质生活不仅无虞，而且应算优渥。因此，这些人选择为普通百姓代言，绝不是因为其物质条件的拮据或仕途的困窘，而是由其语言观决定的。

李商隐的例子更有代表性。后人大多觉得，出身贫寒，未履高位的李商隐的诗歌应该是最具"人民性"的，但事实却恰恰相反。这里有两个问题：一是什么样的诗人会有"人民性"？或者说，诗人本身属"人民"，诗歌就有了"人民性"吗？第二个问题则是，李商隐诗歌的"藻饰""用典""晦涩"与缺乏"人民性"之间有无关系？如果从诗人身世、背景的角度思考这个问题，并不容易找到具有说服力的答案。不少读者对李商隐本是"人民"却不写"人民"的诗感到不解。

> 李商隐与人民的联系不算密切。他虽然出身于低级封建官僚家庭，少年时代又经历了家庭的巨变，曾经为生活而苦苦挣扎，依理说他应该有一定的机会接近人民并体会人民的苦难；可就现存的作品看，足以印证他反映人民疾苦的诗歌，除了有名的《行次西郊作一百韵》外，实在是很少的。……他没有写下像杨万里、范成大那样的有浓郁乡土气息的田园诗，更没有写出像陆游那样的描写农民艰苦生活和歌颂他们优秀品质的《太息》、《记老农语》一类作品。他曾做过亲民的尉官，也曾经为"活狱"事件愤而辞官。这虽然说明他能为无辜被定罪的人民伸张正义，却并没有写出直接反映民生疾苦的作品。也可能他写过这一类诗篇而散失不传了。[1]

对只查检到一首李商隐反映人民生活的诗，吴先生和绝大多数读者一样无比怅惘，甚至一厢情愿地猜想"也可能他写过这一类诗篇而散失不传了"。而笔者以为，对于有着语言自觉的诗人而言，

---

[1]　吴调公：《李商隐研究》，中华书局，2010，第 239 页。

有意识地选择具有某种偏向性的语言决定了他诗歌反映的内容。李商隐选择了能指偏向型的语言作为创作符号，其作品必然呈现出强烈的"去人民化"倾向——虽然他自己也是"人民"。可见，诗歌内容并不直接由诗人自身的身份、阶层、地位决定，而是由其所持的语言观决定的。

与李商隐一样同属能指偏向派的闻一多，其身份也颇令人尴尬。无论从家庭背景还是个人生活，来自湖北省浠水县下巴河镇陈家岭的闻一多似乎都应该属于"人民"，应该写"人民性"强的诗歌。但有意思的是，"历来中国的新文学史研究者，对于闻一多的新诗，对于闻一多的形象，总是赞扬他的后期，而贬低甚而至于丑化他的前期，给他加上许多诸如：'资产阶级个人主义'、'资产阶级人道主义'、'蹲象牙塔'、'唯美主义'、'感伤主义'、'新月派代表'等等，不大好听，把闻先生前期的形象加以丑化，使人感到这种评价不够实事求是"①。闻一多被贴上的那些在当时看来并非赞美的意识形态的标签，因何而来？笔者认为这大约与他早期大力提倡新诗的格律不无关系。文字偏向型的诗，就是讲格律的诗，讲格律的诗，就是偏重艺术的诗，偏重艺术的诗，就是"唯美"的诗，"唯美"的诗，就是"资产阶级"的诗。闻先生对文字、对艺术的态度决定了后人对他的评价。他骨子里的对国家、对民主、对人民的深沉的爱，竟然完全被他的诗学观所遮蔽。如果不是闻先生后来为民主自由而捐躯，恐怕那些标签仍然会留在不少人的心里。可见，选择一种语言，选择一种艺术方式，不仅决定了创作的面貌，往往也决定了他在文学史上的地位。

与此相反的是，白居易、胡适等人身份、地位都很高，但他们却都选择了为"人民"代言。这其实也是《诗经》传统、乐府传

---

① 高国藩：《新月的诗神——闻一多与徐志摩》，台湾商务印书馆，2004，第23页。

统的题中应有之义。自汉儒以来，《诗经》传统被阐释为诗歌应当承担教化讽谏之责，恪尽刺美比兴之职，"上以风化下，下以风刺上。主文而谲谏，言之者无罪，闻之者足以戒"（《毛诗序》）。《诗经》、乐府传统的诗就是"言"传统的诗，如元白的诗歌中反映普通劳苦民众的诗篇甚众。元稹的《田家词》《织妇词》《采珠行》等都是对当时下层百姓苦难生活"即事名篇"的作品。如《织妇词》就讲述了农家女儿在沉重赋税压迫下，终身不敢婚嫁："缫丝织帛犹努力，变緀撩机苦难织。东家头白双儿女，为解挑纹嫁不得。"作者自注云："予掾荆时，目击贡绫户有终老不嫁之女。"而白居易在其《秦中吟十首》的序里，也谈到自己创作的缘起："贞元、元和之际，予在长安，闻见之间，有足悲者。因直歌其事，命为《秦中吟》。"多年后，白居易又作诗回忆当初的创作心境："忆昔元和初，忝备谏官位。是时兵革后，生民正憔悴。但伤民病痛，不识时忌讳。遂作《秦中吟》，一吟悲一事。贵人皆怪怒，闲人亦非訾。天高未及闻，荆棘生满地。"（《伤唐衢》之二）这一方面的动因是中国古代知识分子的道德担当，将"文"作为沟通"天子"与"生民"之间的工具，诗歌的功能就是"惟歌生民病，愿得天子知"（白居易：《寄唐生》）。另一方面则是因为受"言"偏向影响的诗人自然会将笔触放到普通人的生活中。

可见，是否具有"人民性"直接体现在"雅俗"的选择上，能指偏向型诗歌大多站在"雅"的一边，而所指偏向型诗歌则往往与"俗"有着极为密切的联系。"雅俗"不仅仅是文学审美问题，而且还常常与意识形态相勾连。"雅俗"观念最初产生又是与语言、文字牵扯在一起的，从符号的角度考察"雅俗"问题也许可以揭示其中复杂的互动关系。

第一节　"高"雅：能指的抽离

　　"雅"字之本源，因年代悬隔，已殊难追溯，但由于"雅"这一范畴在思想、文化、政治、日常生活中的重要性，对"雅"之本义的训释由来已久。《说文解字》中的"雅"为"楚乌"，即乌鸦之一种也，与今日所用之"雅"关联不大。但我们可以通过考辨与"雅"连用的一些范畴窥见"雅"之本义。

　　"文"雅。"雅"与"言"连用最早见于《论语》。《论语·述而》篇说："子所雅言，《诗》、《书》执礼皆雅言也。"什么是"雅言"呢？郑康成的解释是："读先王典法必正言其音，然后义全。"（见何晏《论语集解》引），所以"雅言"也就是"正言"。但什么样的"言"才算得上"正"言呢？按刘端临的说法，"雅言"是"王都之言"（刘台拱：《论语骈枝》），而"正"与"政"相通，政治中心——"王都"的话自然就是"正言"。早期的一些文献里也透露了"雅"与政治中心之间的关系。如《荀子·荣辱篇》里记载："越人安越，楚人安楚，君子安雅。非知能材性然也，是注错习俗之节异也。"《荀子·儒效篇》又说："居楚而楚，居越而越，居夏而夏。是非天性也，积靡使然也。"周祖谟先生认为："这里'君子安雅'和'居夏而夏'是一个意思。雅与夏同义，夏即中夏，所以与楚越对称。"① 而"西周所都丰镐，为夏故域，周初人往往自称为夏人……王都京畿既是全天下的政治中心，因而京畿的一切也都成了四方的准则；各地音调、语言不同，西周京畿一

---

　　① 周祖谟：《从文学语言的概念论汉语的雅言、文言、古文等问题》，《北京大学学报》（人文社会科学版）1956 年第 1 期。

带的语音就成了当时的标准音，那里的方言也成了官话"①。因此，所谓"正言"就是带有官方色彩、官方在行政过程中使用的语言，其实就是"官话"。

表面上看，"官话"与"方言"一样，都只是语言的声音问题。但从孔子的语言实践中，就会发现，二者无论在言语内容的生成方式上还是运用的场合上，都有着显著的区别。正如刘端临所说的那样："夫子生于鲁，不能不鲁语，惟诵《诗》读《书》、执礼，必正言其音，所以重先王之训典，谨末学之流失。"（刘台拱：《论语骈枝》）这里要特别注意的是，孔子在生活中是"说"山东话的，"鲁语"对孔子而言，更多的是一种声音性的存在。而孔子在"诵""读"《诗》《书》时，才会讲"普通话"，用"雅言"。区别就在于，孔子"说"山东话时，是没有也不需要文字底本的，而讲"雅言"时，是需要以《诗》《书》这些文字记载的内容为前提的，而"执礼"当然也不是可以随口讲话的，即便不是照着底本念，至少心中也已经有了个类似文字稿的东西。因此，雅言与方言的区别在于，方言是不依赖于文字的声音性存在，雅言虽然也是声音，但是是被规约的声音；而雅言被规约的方式就是文字。笔者在这里想提醒读者的是，"官话"表面上像是在说话，但这些"话"，无论是语音、词汇还是语法都是受到文字的支配的，"官话"的本质是文字化了的语言。生活中，一个人与父母聊天时讲的话与坐在主席台正式发言时的话不可能是一样的，其不仅是内容的不同，而且语音、语调、遣词造句的方式都不会相同。方言发出的是自己的声音，官话发出的是文字的声音。钱穆先生认为："即在中国古代，语言文字，早已分途；语言附着于土俗，文字方臻于大雅。文学作品，则必仗雅人之文字为媒介、为工具，断无即凭语言可以直接成

---

① 于迎春：《"雅""俗"观念自先秦至汉末衍变及其文学意义》，《文学评论》1996 年第 3
期，第 119 页。

为文学之事。"① 语言与文字分途发展，确实是中国语言、文字、文化的一大特点，即"言文不合"，文字确实也有"臻于大雅"的趋势，但这恐怕更适用于中国早期社会，即文字尚不能追摹语言的时代。与"（文）字"的"形声相宜"结合起来，更确切地说，当文字整体偏向"声"的时候，即语言性较强的时候，确实是更"附着于土俗"的；而当文字整体偏向"形"的时候，即文字性较强的时候，则更易"臻于大雅"。钱穆先生看到了文字的文字性，但忽视了文字的语言性，因此难以解释大量用文字书写的俗文学，而且他还从整体上否定了远比书面文学历史更为悠久的口头文学。这也是笔者建议用所指偏向型语言和能指偏向型语言的称谓来替代口语和文字的原因，即便仍然用口语和文字，笔者也认为口语偏向和文字偏向的说法更为准确。关于"雅"与"文"（文字、文学、文人、文化）之间的关系，于迎春对此有详细论述：

> "雅"由先秦时代主要用于音声方面的价值评断语汇，迤逦蜕变，东汉以来，成为士阶层中一个与"俗"对立的，基本不是针对人生"实务"、"庶事"的概念。而随着文学和文人意识的觉醒，它也逐渐显示出向审美观念和趣味渗透的趋势。"雅，义也"（《释名·释书契》）。"雅"是含有某种观念性的东西，对于乐于寻找、赋予意义的士人说来，这种观念性是自然而适合的。

> "雅"既是文人特有的价值术语，代表着一个时代文人的人生和审美理想，则所谓"雅化"，就不但承认了有一个文人群体及其特有价值、标准的存在，而且实际上承认了主流文化的文人化。这不仅是说文人是文学当然的、主要的创作者，同

---

① 《读诗经·一》，载钱穆《中国学术思想史论丛》（卷一），安徽教育出版社，2004，第139页。

时还意谓着文人标准的受尊重。一般而言，民间文学必待文人的改造、整理，注入他们的情趣、形式，使之雅驯之后，方才能步入文学的殿堂。

与政治统一密切相关的文字统一，直接造就了文化、文学的统一。借助于统一的文字这个优势，文人这一中国古代特有的人物类型的存在，使得文学的观念和审美标准也趋于统一了。这个观念和标准是如此深固，成长于士阶层内部的文人，其群体虽在上下流动之中，犹能不轻易失却。因是，中国古代的文人文学及语言才能显示其令人难以置信的稳定性，在白话文兴起之前的上下二千年中，始终具有不为时空所限的力量。①

具体到诗歌写作，"雅"的写作主要是文字型写作，与强调声音性的"口语型写作"是相对立的。因此，能指偏向派的诗歌写作都是"雅"写作，主要特点就是注重文字、注重音律（音律表面上是声音，但不是人的自然声音，而是经过规范并具有强制性的文字的声音，因此，注重音律正是对文字的注重）。"雅"（言）是借助"文"才得以实现的，但"言"仍然是"文"的基础，如果将"文"中的"言"完全遮蔽、扼杀，则又走到了极端，同时也走到了尽头。"雅"最初与语言的"文"联系在一起，而"文"又同"纹"，有纹饰之意，"雅"最终通过"文"而转为"纹"，成为与审美关联的范畴。"雅"的"纹饰"性，带来了两个后果：第一个后果是，由于"（文）饰"者，"掩"也，因此"雅"写作（文字偏向型写作）的意义大多不是那么明朗，常常是诗篇中的每个字都认识，但其"说"了什么却又难以捉摸。比如李商隐的一些"无题"诗，到底说了什么，时至今日也没有公论。第二个后果是，由

---

① 于迎春：《"雅""俗"观念自先秦至汉末衍变及其文学意义》，《文学评论》1996 年第 3 期，第 127～128 页。

于"（文）饰"者，"美"也，因此"雅"写作常常具有所谓的"唯美"特点。梁启超先生也坦白地承认："义山的《锦瑟》、《碧城》、《圣女祠》等诗，讲的什么事，我理会不着。拆开来一句一句叫我解释，我连文义也解不出来。但我觉得它美，读起来令我精神上得一种新鲜的愉快。须知美是多方面的，美是含有神秘性的。"①梁先生的这一番话恰好集中解释了"文""雅"的作品的两个特性：所指的不确定及形式上的美感。这也证明，读不懂李商隐的诗大概既不是理解问题，也不是学养问题——还有谁敢说自己学问比朱熹、梁启超高？他们都读不懂，唯一能证明的恐怕就是，让人读"懂"根本就不是这一类诗歌追求的目标。"雅"本来就是"言"的问题，结果却通过"文"来实现，在实现"雅"的过程中，也带上了"纹饰"之物的两个特点。

雅"正"。这是因为雅言"借助政权的力量，雅言既为正言，雅声既为正音，'雅'自然就获得了'正'的意义。'雅者，正也'（《毛诗序》）。规范和标准往往具有普遍性、共通性，因此，《毛诗序》曰：'言天下之事，形四方之风，谓之《雅》。'相反，'以一国之事，系一人之本，谓之《风》。'雅既广被天下，通行全国，风便是限于时地、具有浓厚区域特点的音声和事物，所以《毛诗序》疏，一曰其广，一曰其狭，又曰：'道被四方，乃名为雅'"②。如果将"雅"视为较高层次的美学追求的话，这个目标则是通过"正"这一手段实现的。"正"即规范，将异质的、杂乱不合规矩的因素剔除，而留存共性的、规整的因素的过程即为"正"的过程。由于"正"与"政"互训，在执政过程中，如果将"正"视为标杆，则

---

① 梁启超：《中国韵文内所表现的情感》，载《饮冰室合集》（卷四），中华书局，1989，第 119~120 页。
② 于迎春：《"雅""俗"观念自先秦至汉末衍变及其文学意义》，《文学评论》1996 年第 3 期，第 119 页。

"雅"又成为手段，通过"雅言""雅乐"的熏陶以达到整个社会的风清气正。

正是因为"雅""正""政"的多元互训，"雅"最终不可避免地与权力联系在了一起。孟华教授认为：

> "雅正"甚至不仅仅是一种学术规范，更是一种经典性、真理性、本源性的权力话语。对《论语·述而》"子所雅言，《诗》、《书》、执礼，皆雅言也"，郑玄解释雅言为"正言"，认为"读先王典法必正言其音，然后义全。"刘台拱解释说："夫子生长于鲁，不能不鲁语，惟诵《诗》、读《书》、执礼必正其音，所以重先王之训典，谨末学之流失。"荀子在《正名篇》中说："刑名从商，爵名从周，文名从《礼》；散名之加于万物者，则从诸夏之成俗曲期，远方异俗之乡，则因之而为通。"又在《王制篇》中提出了"使夷俗邪音，不敢乱雅"的主张。可见，在儒家那里，雅正的概念已经与先王典法、诗书礼乐等并置起来了。

> "雅"的汉字性是以层累性意义系统体现出来的：
>
> 汉字记录的王畿口语（标准语）↓
>
> 　　　超越、脱离口语的书面语↓
>
> 　　　　　　儒家经典↓
>
> 　　　　　经典的、本源的文化规范[1]

可以看出，"雅"本身是对"言"的规范，但"言"只是一种声音性的存在，不易保留，因此，必须借助于"文"。京畿的口语（官话）最终借助文字实现了自己的权力，消除了个体、个性、异质，将京畿的标准（政权的标准）掩饰为文学的标准。在很长时间

---

[1] 孟华：《汉字：汉语和华夏文明的内在形式》，中国社会科学出版社，2004，第291页。

里，我们认为文字改革只是关乎阅读与书写的化繁为简的行为，其背后隐藏的对语言整合、规范的真正目的往往被忽视了。比如秦代的"书同文"政策，美国学者卜德就认为："从技术上讲，秦的改革显然不仅涉及单纯地简化几个字的问题，而且还涉及改变其他字的基本结构和废除另一批字的问题。……在造成政治统一和文化统一的一切文化力量中，文字的一致性（与方言的多样性正好形成对比）几乎肯定是最有影响的因素。"① 其实，郭绍虞先生的见解更是言简意赅："所谓同文字云者，其作用犹不仅在文字；其所同的乃是文字语。"② 由于方言主要是声音性的存在，因此相对而言，更能体现言说者的内心和个性，而当"言"以"文""字""书"等形式出现后，"内心""个性""真实"等与"言"紧密联系的质素就被"统一""官方""虚假"等与"文"紧密联系的特质取代了——当然，我们也可以方便地将其称为"雅"。文风问题就与世风问题联系在了一起。荀子早有云："乱代之征，文章匿而采。"（注：如果反思一下中国文坛、诗坛影响颇深、反响颇大的文学运动，就会发现这些运动大多出现在一个朝代的中晚期，似乎成为荀卿论断的注脚。）"采"说明选择的语言偏向是"文"偏向，是"雅言"，其结果则是"匿"，即语言所指未显，意义未明，而这样的文风盛行的时代，常是"乱代之征"。反过来说，"乱代"固然会有很多"乱象"，但颓败文风必为其一，用钱钟书的说法，就是"如审乐知政是一般道理"。李谔的上书也是从这个角度看待文风与朝运的关系的。当时的文风是"闾里童昏，贵游总丱，未窥六甲，先制五言。至如羲皇舜禹之典，伊傅周孔之说，不复关心，何尝入耳！以傲诞为清虚，

---

① 〔美〕卜德：《秦国和秦帝国》，载〔英〕崔瑞德、〔英〕鲁惟一编《剑桥中国秦汉史公元前221—公元220年》，杨品泉、张书生、陈高华等译，中国社会科学出版社，1992，第72～73页。

② 郭绍虞：《中国语言与文字之分歧在文学史上的演变现象》，《照隅室古典文学论集》（上编），上海古籍出版社，2009，第490～493页。

以缘情为勋绩，指儒素为古拙，用辞赋为君子"，这样的写作简直就是"文""雅"到极端，但李谔从中看到的却是，这样的文风可能会带来的朝政命运："文笔日繁，其政日乱。"

雅与"政"相连，也就是说"雅"或"雅言"有着极强的意识形态性。"雅"的核心其实是声音的文字化。自然的声音（如方言）与文字的声音（如官话）的最大区别是，前者是多姿多彩、仪态万方的，后者是一本正经、不苟言笑的。讲某种话，不仅仅是声音的选择问题，背后还隐含了是说自己的话，还是说别人的话这样更深层次的问题。"大力推广XX话"，真正要解决的不是交流问题，而是政权的巩固。"政"固然可以训为"正"，但"正"的标准却又是由"政"来确定的。但不管怎么说，"雅"—"正"—"政"之间的确有着内在的、无法分割的关系。于坚是少有的对语言进行过哲学、文化学思辨的诗人，在提出"口语写作"的创作实践中，他对新时代的"雅言"——普通话从意识形态上进行了深刻的分析。于坚认为：

> 由于时代的制约，如果从社会语言学的角度看，普通话并不仅仅是一个中性的有利于各种思想、信息、价值和社会各阶层进行交流的基本工具。对于传统汉语，它采取的是所谓取其精华、弃其糟粕的取舍原则，它向着一种广场式的、升华的更适于形而上思维、规范思想而不是丰富它的表现力的方向发展，使汉语成为更利于集中、鼓舞、号召大众；塑造新人和时代英雄、升华事物的"社会方言"。它主要是一种革命话语，属于汉语中直接依附于政治生活的部分。它摒弃了旧官话方言中的肉感和形而下的具体、私语、卑俗、淫词秽语、边缘化、不规范土语，精练了能指的范围，在所指上进行革命与深化。它堂而皇之地进入课文、广播、社论、话剧、朗诵诗和抒情

诗，成为汉语的公开话本的法定的语言形式和书面语。它因而得以在 1966 年成为革命与时代的日常语言（运动语言）、惟一的书面语。它创造的一个奇迹是摧毁了由各种汉语地方方言建构的中国传统的内心世界，有效地进行了所谓"灵魂深处的革命"。不仅仅是大众用普通话所写的成千上万份检查、交代通过了革命；包括某些旧时代的语言巨匠最终都服从了普通话的话语权利，自觉地对个人话语加以改造（如老舍、曹禺），自觉地开始普通话写作。实际上，表面以意识形态的转变为标志的思想改造，根本上说，乃是一种话语方式的革命性转换，如果我们将中国二三十年代的诗人的作品与五六十年代诗人的作品中使用的汉语做一番比较，我们会发现汉语中的新的价值标准同时也成为当代文化的美学标准。在诗歌中，语言的转变是极其明显的。[①]

于坚论及的虽然是当代的"雅言"——普通话，但反观历史，"雅言"的政治性在历朝历代莫不如此，只是表现形式、推行力度有所差别而已。在这个意义上，"雅言"写作往往都是宏大叙事，关乎民族、国家，一己之私、一己之利不再是诗歌关心的内容。"雅言"写作者在古代叫"文人"，在今天叫"知识分子"。"文人"在文字的时代受到了理所当然的尊崇，但自五四白话文运动以来，"话"（白话文的"话"）取代了"文"，"从根本上动摇了传统文字—文学—文化的具体结构"[②]，"文人"的地位受到了"话人"的严重挑战。这也是 20 世纪 90 年代中国诗歌界的"知识分子写作"与"民间写作"的论争。这场交锋，笔者认为其本质是能

[①] 于坚：《拒绝隐喻》，云南人民出版社，2004，第 139 页。

[②] 龚鹏程：《文化符号学——中国社会的肌理与文化法则》，上海人民出版社，2009，第 347 页。

指偏向派和所指偏向派，或"文本位写作"与"言本位写作"，或"雅"写作与"俗"写作的交锋。

所谓"知识分子写作"，按程光炜的定义是：

> 一、受当代政治文化深刻影响的知识分子写作。这种写作，往往带着时代或个人的悲剧的特征，它总是从正面或反面探讨社会存在的真理性。二、西方文化意义上的知识分子写作。从事这类写作的人，喜欢将西方文化精神运用到对中国语境的审察之中，力图赋予个人的存在一种玄学的气质。三、有着中国传统文化背景的知识分子写作。他们执着于对当下存在诗意问题的探询，由于不太与写作者的亲身感受发生更直接的关联，因此与读者的关系表现出一定程度的疏离。①

在西方语境中，"知识分子"内含了与官方的紧张关系，因此笔者并不认同自称为"知识分子写作"的那些诗人是真正意义上的"知识分子"，恐怕将"知识分子写作"称为"知识写作"更为确切。吊诡的是，"民间写作"有意识地与权力话语、意识形态保持了距离，他们的写作更接近"知识分子写作"的本义。但不管怎么说，这三类"知识分子写作"划分的标准正是他们各自的语言资源。第一类的语言资源是普通话，第二类的是欧化语言，第三类的则是古汉语写作，但这三类资源都包含在"现代汉语"这一范畴中。② 当然，程先生自己也说了，"贯穿于八、九十年代的诗歌写作在总体上属于第一类的写作"，如果这样，这里面的几个关键词实际上涵盖了"雅"与"正"和"政"的关系："政治文化""时代""个人""社会存在""真理性"，前面几组概念大概可以归于

---

① 程光炜：《九十年代诗歌：另一意义的命名》，载王家新、孙文波编选《中国诗歌　九十年代备忘录》，人民文学出版社，2000，第169页。

② 参见朱恒《"现代汉语"辨析》，《四川教育学院学报》2008年第1期。

"政"，"真理性"当然是"正"了。

于坚显然洞穿了这些"雅写作"的本质，他说："普通话诗歌，其趋向形而上脱离具体时空的语式，暗接的乃是中国文学中贵族化的小品抒情诗传统，并把这一传统意识形态化了。……但这种暗接并非由于文学的自然发展，它既有来自对传统惯性的迎合，也有极端时代强化意识形态的需要。而恰恰汉语在贵族文学这一路上，早已发展出一套更适于思想统一控制、建立集体意志的形而上思维的语式。"①"普通话"诗歌就是"雅言"诗歌、"贵族化"传统，其实可以一直回溯到"风雅颂"的"雅"，"大雅""小雅"不正是"贵族化"吗？因此，与自然的、生活的、当下的诗歌相比，"雅化"诗歌的宏大性、教化性，有时显得有些"装"，给人拿腔拿调的感觉。谢榛说："古诗十九首，平平道出，且无用工字面，若秀才对朋友说家常话，略不作意。如'客从远方来，寄我双鲤鱼。呼童烹鲤鱼，中有尺素书'是也。及登甲科，学说官话，便作腔子，昂然非复在家之时。若陈思王'游鱼潜绿水，翔鸟薄天飞。始出严霜结，今来白露晞'是也。此作平仄妥帖，声调铿锵，诵之不免腔子出焉。魏晋诗家常话与官话相半，迨齐梁开口，俱是官话。官话使力，家常话省力；官话勉然，家常话自然。夫学古不及，则流于浅俗矣。今之工于近体者，惟恐官话不专，腔子不大，此所以泥乎盛唐，卒不能超越魏进而追两汉也。嗟夫！"（谢榛：《四溟诗话》卷三）谢榛的这段话不仅指出了中国诗歌创作的语言材料——家常话和官话，并且从整体上勾勒了中国诗歌风格上的递变：魏晋前，家常话，自然；魏晋时，家常话与官话相半；齐梁后，俱是官话，不自然。"官话"，即雅言，雅正（政）之言，自然受"政"之影响弥深，这样的能指偏向型写作，虽然"平仄妥

①　于坚：《拒绝隐喻》，云南人民出版社，1997，第145页。

帖，声调铿锵"，但"诵之不免腔子出焉"。

"高"雅。"风雅"并用，表明二者分属不同范畴。"风"是"以一国之事，系一人之本"，而"雅"则是"言天下之事，形四方之风"。从某种意义上讲，语言偏向是具有意识形态性的。汉语诗人的语言观是很复杂的，有的年少偏"文"，老则偏"言"，中则"文""言"调适；有的则能"文"能"言"，均有佳作；有的则不"文"不"言"，诗显混沌；有的是该"文"才"文"，需"言"则"言"……但不管怎样，只要在"文"与"言"中有了有意识的偏向，并且依照这种偏向创作，其诗作必然会具有这样或那样的意识形态性。孟华就认为："一种文字，是以'言'的方式还是以'文'的方式看待自己的语言，本质上就是一种文化编码：'文'的方式与传统、稳定、典籍、精英、雅文化、官方意识形态有关，'言'的方式与现实、变化、面对面交流、大众、俗文化、民间意识形态有关。"[1] 通常意义上，我们认为西方以拉丁字母为标志的文化是以"言"的方式看待自己的语言的，这也是德里达所说的声音中心主义传统。但也不要忘了，即便是拼音文字，同样会对语言产生"暴虐"，文字记录声音不过是一种假象，正是在这个意义上，德里达用文字中心主义消解了声音中心主义，从而引发了西方知识界对逻各斯中心主义不证自明性的怀疑。因此，我们也只能说，即便是拼音文字，也只是一种偏向用"言"的方式看待自己的文字——既然可以偏向"言"，当然也会有偏向"文"的时候。而将汉语简单归结为以"文"的方式看待汉字，同样失之过简。毋宁说，汉语更倾向于用"文"的方式看待汉语，但同时，汉语也能够用"言"的方式看待自己。也就是说，汉语中有两个几乎势均力敌的传统，一个是用"文"的方式看待汉语的传统；另一个是用

---

[1] 孟华：《汉字：汉语和华夏文明的内在形式》，中国社会科学出版社，2004，第3页。

"言"的方式看待汉语的传统。①

自有汉字出现，这两个传统就同时存在。在汉字记录汉语的技术手段改善之前（如早期的甲骨刻写、金石刻写、竹简刻写、丝帛书写，要么太慢，文字书写无法跟上语言的速度，要么记录成本太高，直至纸张发明并推广，汉字记录汉语的问题才算基本解决），当时的文化形态应该是以"言"为核心的形态，比如《诗经》就是"言本位语言观"的作品，但不可否认，"文"偏向的作品也有少量存在。而到五言诗、骈文、赋盛行的时代，"文"的中心地位得到确认，但"言"偏向的作品（也就是那些采用"说""话""白话""口语"，并追求"风雅""兴寄""意义"的作品）始终顽强地存在，到宋代基本达到平衡。其他时代也有偏向，但偏向性不如这几个时期强烈。总而言之，汉语不是简单偏"文"或偏"言"的语言，在不同时代虽各有侧重，但总体看来它们是共同存在的，这也是汉语诗学论争产生的根本原因。

"高雅"的"高"除了在技术、知识等上面的"高"之外，其实也是一种对民间、低俗、庸众的远离。"知识分子写作"其实也是"雅"派写作，他们标榜最多的也是责任、担当、精神、境界等，如西川下面这段回答里已经鲜明地表达出来了他们的"高"。

> ……稍后，我提出了"诗歌精神"和"知识分子写作"等概念，并以自己的作品承认了形式的重要性。我的所作所为，一方面是希望表明自己对于服务于已泛滥成灾的平民诗歌进行校正，另一方面也是希望表明自己对于服务于意识形态的

---

① 当然，我们说这两个传统"势均力敌"，不是说二者地位绝对相当，而是各有擅长之处。在官方、书面，自然是"文"传统占优；而在民间、口语、日常生活，当然是"言"传统胜出。而且，每当"文"传统独大之时，也是"言"传统挺身反抗之时。正是"言"传统对"文"传统的矫枉、纠偏，让汉字最终总能不忘自己的使命，返回汉语。

正统文学和以反抗的姿态依附于意识形态的朦胧诗的态度。从诗歌本身讲，我要求它多层次展出，在感情表达方面有所节制，在修辞方面达到一种透明、纯粹和高贵的质地，在面对生活时采取一种既投入又远离的独立姿态。①

这段话里几乎包含了"雅"的所有要素：形式、意识形态、纯粹、高贵、远离。

因为"雅"是与"文""政""高"等联系在一起的，因此，一方面崇"文"的必然崇"雅"；另一方面，崇"雅"的也必然借助于文字偏向性的写作来让"雅"得以实现。废名将诗歌分为"难懂派"和"易懂派"，"雅"写作则自然是"难懂派"；不管你的诗歌写得如何好，如果"老妪能解"，则不为"雅"。一旦选择了文字（能指偏向型或所指偏向型），就选择了创作方式（技术为上［"中律"］或内容为上［"情动于中"］），也就选择了风格（"难懂"与"易懂"），也就选择了立场（为"政"服务与为民代言），也就选择了生活态度（"投入"与"远离"）。王独清的一段话很有代表性：

> 不但诗是最忌说明，诗人也是最忌求人了解！求人了解的诗人，只是一种迎合妇孺的卖唱者，不能算是纯粹的诗人！若果诗人底的诗篇引动了民众底鼓掌，那只是民众偶然能相当的了解诗人底诗篇，却并不是诗人故意求民众了解。……故我以为要求最好的诗，第一先须要求诗人去努力修养他底"趣味"。②

王独清并没有直接亮明自己的诗歌的语言观，但可倒推出其一定是能指偏向型，这段话里讲了诗人的创作方式是要做"纯粹的诗

---

① 西川：《让蒙面人说话》，东方出版中心，1997，第271页。
② 王独清：《再谈诗——寄给木天、伯奇》，《创作月刊》1926年第1卷第1期。

人"，显然是追求技术的；选择的风格是"难懂派"，因为"诗"和"诗人"都"最忌说明""最忌求人了解"，民众只能"偶然"了解，显然不希望让人尤其是民众懂；选择了立场——拒绝为民代言，不做"迎合妇孺的卖唱者"；选择的生活态度是远离普通民众生活，要"努力修养他底'趣味'"。其实，总结一下能指偏向型的诗人，就会发现他们的语言观、艺术风格、作品特点、写作手法、写作立场大多相同。

"雅"文学虽然有官方的力量作为支撑，但也不可能将"俗"文学赶出去，从而独霸文坛。这其实是由"言—文"关系决定的。我们的世界固然越来越是"文"的世界，但从来"言"才是"文"的源头活水，离开了"言"，"文"就成了无源之水，很快就会枯竭。因此，以"雅"为代表的"文"的话语权就不可能无限制地膨胀下去，每在其衰亡、干枯之际，都会有一次文体革命或文学革命为其注入新鲜活力。关于这一点，孟华教授有极其精彩的论述：

> 因为文本位的文言文学、雅文学只适合阅读，不适合听觉接受，无声的、阅读的文学在漫长的封建社会是少数人的精英文化，它与大众文化所要求的有声的、听觉的文学向背离。当然我们说雅文学是无声的，指的是它推迟自然语言声音的在场，而并非指字音、文学音等有汉字凝固的文本音。无声性的"声"指的是语音而不是文本音、文字音。雅文学过分坚持自己的无声性立场，必然被多数人所抛弃而走向衰落，这就是"雅"或"文"的不可能性。因为来自"文"的文学传统，是建立在以汉字为代表的文本世界基础上而逐渐远离以"言"为代表的现实生活。这种文本主义倾向常常使中国古代文人的创造灵感不是来自生活，而是来自词语、典故、典籍或已有的其他作品，例如中国古典小说一般是"累积型"的，它的产生是

对已有文本的模仿。这些已有的文本或符号，实际上充当了意义的始作俑者和生产者。它本是一个结构、一个原型、一个规范、一个"谱"、一个表达方式或能指，但被当作了模仿的本源。文学创作一般包括两个向度：一是对已有文本、写作规范的变易，一是对生活的认识。这也是中国传统文学创作的双重原则：文本位原则——对原型、规范、文本的模仿，言本位原则——对生活、现实的模仿。全唐诗歌多数雷同，这是"文"的力量在起作用，中国文学传统的主流是文本位原则。①

汉字与汉语的这种关系造成了"言"偏向（所指偏向）和"文"偏向（能指偏向）两个传统，这两个传统的源头分别是口语和文字。但一些文学研究者、文化研究者未能深究文字与语言的这种既可离又可分，既不可离又不可分的复杂关系，因而常常直接将其称为口语和文字。但本书反复强调，文字一旦出现，口语就不可能再是毫无文字魅影的口语了，文字也不可能是只诉诸视觉丝毫与声音无关的文字了。但这些研究中关于口语、文字的一些特点的结论仍然足资借鉴。"言"偏向（所指偏向）可以借助一些关于口语特性的研究，"文偏向"（能指偏向）可以借鉴关于文字的研究。因为，"言"偏向的本质就是想恢复曾经的口语传统，口语的特性自然是这个传统极其希望凸显的特征；"文"偏向的核心则是希望保留文字从而保留文化、文明的颜面，文字对文明的影响自然也成了"文"偏向派拼命阐发的重点。在讨论中国文字对中国文学的影响时，高友工先生也分析了文字和口语的分野："文字是以表意为主，它所代表的可以是外在的现象，亦可以说是这外在现象在表意者心中形成的观念。读音则是要传达文意的一种方便的手段。就这个观点来看，文字和口语是两个相反相成的系统，可以并行不悖。

---

① 孟华：《汉字：汉语和华夏文明的内在形式》，中国社会科学出版社，2004，第298页。

正如不识字的人仍然可以运用语言并无窒碍，文字也可以不需要声读来达意，最重要的分野还是在这两个系统的根本基础上。"① 高先生的结论毫无疑问是对的，笔者希望补充一点：文字和口语固然是两个并行不悖，相反相成的系统，但文字本身又可以体现这两个系统，即有偏向文字的文字和偏向口语的文字——毕竟，"文明"社会的一切"文化"活动都是以"文字"形式呈现的，文字上面也可以打上口语的印记。

如果说，西方的社会的"言"偏向传统生发了声音中心主义、逻各斯中心主义，在整体文化上形成了公民社会、国民社会，及求真、求理的价值取向等传统的话，中国则因为"文"与"言"的双重传统，造成了复杂的社会面貌。鲁迅在1919年就描述过当时的社会状态："中国社会上的状态，简直是将几十世纪缩在一时：自油松片以至电灯，自独轮车以至飞机，自镖枪以至机关炮，自不许'妄谈法理'以至护法，自'食肉寝皮'的吃人思想以至人道主义，自迎尸拜蛇以至美育代宗教，都摩肩挨背的存在。"② 鲁迅描述的中国社会状态，时至今日仍然存在，这其实与汉语复杂性导致的思想复杂性是有关系的。具体到文学或诗歌创作，同样也是这样的"乱象"，比如直到今天，中国大陆诗坛依然是古体诗写作、近体律诗写作、现代汉诗写作、口语诗写作、民间段子写作、打油诗写作，更有什么"非非主义""梨花体""乌青体""下半身写作""崇低写作"等穿插其间，各派都有自己的主张甚至理论，"你方唱罢我登场"，热闹无比。这自然也不是什么坏事，在后现代主义语境下，对中心、经典的解构必然带来"众声喧哗"。但这背后深层次的原因还是汉语尤其是现代汉语本身的杂糅特性。

虽然"言"偏向和"文"偏向的文本在各个时代都是共同存

---

① 高友工：《美典：中国文学研究论集》，生活·读书·新知三联书店，2008，第188页。
② 《随感录五十四》，载《鲁迅全集》（第1卷），人民文学出版社，2005，第360页。

在的，在本节的语境下，即"雅"偏向和"俗"偏向的文本是同时存在的，但从文学发展的历史看，各种文体似乎首先都是以"言"偏向或"俗"偏向的面貌出现的。比如五言诗，其实大量的五言句式就是在乐府、古诗十九首这些当时看来还比较"俗"的文本里首先运用的；如宋词，最初也是较为粗俗的"小曲儿"。但这些"俗"的作品都有一个"雅化"的过程。叶燮说："诗道之不能不变于古今而日趋于异也。日趋于异，而变之中有不变者存。请得一言以蔽之曰：雅。雅也者，作诗之原，而可以尽乎诗之流者也。"（叶燮：《汪秋原浪斋二集诗序》，《已畦集》卷九）钱穆先生也认为："故中国文学乃以雅化为演进，而西洋文学则以随俗而演进……可知中国文学上之尚雅化，其事岂可厚非。"① 所谓"雅化"就是"文字化""文人化"，这几乎是中国所有文体的演进之路。但一旦"雅"，则会将注意力放在文字上，其结果必然强调诗歌写作的技术性、政治性、宏大性，而忽视了自然性、真实性、生活性。

反映在文学论争上，"能指偏向派"常常攻击"所指偏向派"，说他们"装""假""空"；而"所指偏向派"则攻击"能指偏向派""猥亵""下流""低俗""直白"等。如李梦阳在《诗集自序》中转引王叔武语："夫诗者，天地自然之音也。今途咢而巷讴，劳呻而康吟，一唱而群和者，其真也，斯之谓风也。孔子曰：'礼失而求之野'，今真诗乃在民间。"（李梦阳：《诗集自序》）李梦阳显然是"俗"派，他眼里的"好诗"就是"途咢而巷讴，劳呻而康吟，一唱而群和者"，是不需要任何加工的"自然之音"，也就是"民间写作"。从这里，我们是不难看出这些观点与胡适的"话怎么说，诗就怎么写"以及于坚"民间写作"诗学观是一脉相承

---

① 钱穆：《中国文学论丛》，生活·读书·新知三联书店，2002，第 11～12 页。

的。当然反对者亦众，如稍晚的陈子龙就认为："文当规摹两汉，诗必宗趣开元。吾辈所怀，以兹为正。至于齐梁之赡篇，中晚之新构，偶有间出，无妨斐然。若晚宋之庸沓，近日之俚秽，大雅不道，吾知免夫。"① 以陈子龙为代表的诗学观其实就是"雅"派诗学观，反对的正是"庸沓""俚秽"，强调的是"规摹""宗趣"等技术性手段，呼唤的是"大雅"，本质上就是"知识写作""文人写作"。

第二节　"低"俗：所指的沉潜

谭帆先生说："'俗文学'研究曾是 20 世纪中国文学研究中的'显学'，有着举足轻重的地位。"② 俗文学古已有之，一直未登大雅之堂，为什么在这个时期突然成为"显学"？从笔者的语言学视角看，这一切并非偶然，这显然是和当时白话文正式成为官方用语相联系的。白话文地位的提高，直接抬高了俗文学的地位。

既然是"俗文学"，首先就必须对"俗"的意义进行考辨。谭帆先生的这篇文章对"俗"有极为周详的梳理，认为"俗"大致可分为：一、"风俗"之"俗"，指相沿习久而形成的风尚、习俗；二、"世俗"之"俗"；三、"雅俗"之"俗"；四、"通俗"之"俗"。谭先生紧接着对这四"俗"进行了总结、归类：

> 大体而言，"风俗"之"俗"指称特定的风尚习俗，而风尚习俗又以民间性与下层性为主流；"世俗"之"俗"在道

---

① 《壬申文选凡例》［《陈忠裕公全集》（卷三十）］，载《陈子龙全集》（中册），人民文学出版社，2011，第908页。
② 谭帆：《"俗文学"辨》，《文学评论》2007年第1期，第76页。

德、情趣和追求上划出了一个独特人群，这一人群是以现实追求和俗世享受为特色的；"雅俗"之"俗"主要从审美和文艺的角度立论，指在思想情感、表现内容、风格语体方面与"雅"相对举的、趋于下层性的文艺和审美的一脉线索，并在价值评判上作了限定；而"通俗"之"俗"既承"雅俗"之"俗"，又由"世俗"之"俗"演化而来，然更注重下层百姓之内涵。总之，"俗"在古代文献中大体都以下层性为依归，体现了浓重的俗世内涵。还值得注意的是，在中国古代，以"俗"为宗旨之书籍大多表现出"自上而下"的"说教"、"布道"或"供人消遣"的意味，是有意为之而非自发的。这种书籍约有三类：一为"宗教"的"布道施教"，二为"思想"的"道德说教"，三为"文艺"的"寓教于乐"。故在"俗"的框范中使俗世之民获得教益或娱乐是以"俗"为宗旨的书籍所体现的共同特性。"俗文学"之"俗"无疑应从上述内涵中寻求依据，而对中国"俗文学"作出界定。[①]

谭先生的用心也许是希望通过考辨"俗"的源流，从而建立专门的"俗文学"学科，因此选择的角度是高屋建瓴的，但缺少对"俗"本身的体察。比如有人说，某某是个俗人，这个某某恐怕会起而还击的。究其原因，正是因为"俗"字潜藏了否定甚至攻击，以至于一般人要赶紧与之划清界限——虽然我们每个人本质上都是不折不扣的"俗人"。

古时"风""俗"并举，故有"移风易俗"之说。但"风"与"俗"又有区别，《史记·乐书》说："上行谓之风，下习谓之俗。"也就是说，与"雅"相比，"风""俗"皆为下，但"风"与"俗"比，又有上下之别，"俗"为下之下。《汉书·地理志下》

---

① 谭帆：《"俗文学"辨》，《文学评论》2007 年第 1 期，第 77 页。

云："凡民函五常之性，而其刚柔缓急，音声不同，系水土之风气，故谓之风；好恶取食，动静亡常，随君上之情欲，故谓之俗。""风"更多的是与一方的民情、性格、语言等关联在一起的，而"俗"却更强调人的本性，与习性、情感、欲望等联系在一起。应劭《风俗通义·自序》也说："风者，天气有寒暖，地形有险易，水泉有美恶，草木有刚柔也。俗者，含血之类，像之而生。故言语歌讴异声，鼓舞动作殊形，或直或邪，或善或淫也。""俗"受"风"的影响，是基于人之本性的外在表现。从这个意义上讲，"俗"确实不是贬词。但据于迎春的考辨，到礼崩乐坏的战国时代，"俗"之为义，就显现出较前代更为复杂的情形。"本来，'俗'既指与国家、都城相对的地主和广大乡村，以及其中世代常行的风习，从中抽象出通常的、平凡的、大众的这样一些一般性含义，乃是自然而然的事情。然而，在尚用'安居乐俗'、'故家遗俗、流风善政'之义以外，就表示社会普通状态这一引申义而言，战国的思想家看起来难以保持中性态度，自觉不自觉地流露出价值否定的倾向。"具体而言，就是"在由地方乡土及其上所常行，转而指普通的、平常的、一般的之后，又程度不同地染上粗鄙、浅陋、不足观之类的轻诋色彩。从俗者难免于鄙，而至德者不和于俗，有道者有异乎俗者，在战国诸子的著作里，成了几乎不争的论断"。而到了汉末，"'俗'的涵义都一以贯之地着重在对物质欲利的热衷和智识的寡少这两方面。很显然，对于士人们说来，'俗'作为用来评价人的品格的否定性概念，其意义已经相当稳定"①。

在"雅"与"俗"成为对立性范畴后，由于"雅"与"言""音声"之间的直接联系，"俗"除了表示人的举动、修养等之外，也与语言有了一定的关系，即"雅"的语言性投射到了"俗"上

---

① 于迎春：《"雅""俗"观念自先秦至汉末衍变及其文学意义》，《文学评论》1996 年第 3 期，第 124 页。

面，生活中也常有"俗语""俗话"的说法。也就是说，"俗"除了前面说的诸如"粗鄙、浅陋、不足观"与"对物质欲利的热衷和智识的寡少"等含义外，还常与方言土语联系在一起。"雅""俗"对立的背后是"雅言"和"方言"的对立。当然，如前所述，"雅言"的本质主要不是自然的语音，而是被规范了的以文字形式体现的声音；而方言主要是以自然语音形式体现出来的声音性的语言。钱穆先生也是看到了"雅""俗"与语言之间的关系的。他说："即在中国古代，语言文字，早已分途；语言附着于土俗，文字方臻于大雅。"① 钱先生这里讲的"语言"就是声音形式的方言，或者说，是口头语；而"文字"则是被规范了的"通语"。这样，对文学而言，"俗"也就关涉着用什么样的语言（讲什么样的话）、讲谁的话、为谁讲话、讲些什么内容。因此，与谭帆先生不同，笔者的观点是，"俗文学"的首要问题是语言问题。以《诗经》为例，《诗经》中的风、雅、颂三个部分从语言的角度看是稍有不同的。风诗以口语为主，是偏于俗的文学；雅、颂部分虽也大体是口语创作的，但显然受文字的影响更深，故是偏于雅的文学。《诗经》成为后世所有文人的经典，正是因为《诗经》里面完整地包含了"雅""俗"两种审美趣味，无论哪种语言观的诗人都能从中有所得。

最早从学术的角度研究"俗文学"的是郑振铎。今天俗文学研究者有将俗文学拔高的趋势，但郑振铎开篇即旗帜鲜明地给"俗文学"下了定义。

何谓"俗文学"？"俗文学"就是通俗的文学，就是民间的文学，也就是大众的文学。换一句话，所谓俗文学就是不登

---

① 《读诗经·一》，载钱穆《中国学术思想史论丛》（卷一），安徽教育出版社，2004，第139页。

大雅之堂，不为学士大夫所重视，而流行于民间，成为大众所嗜好、所喜悦的东西。

…………

"俗文学"有好几个特质，但到了成为正统文学的一支的时候，那些特质便都渐渐的消灭了；原是活泼泼的东西，但终于衰老了，僵硬了，而成为躯壳徒存的活尸。

"俗文学"的第一个特质是大众的，她是出生于民间，为民众所写作，且为民众而生存的。她是民众所嗜好、所喜悦的；她是投合了最大多数的民众之口味的，故亦谓之平民文学。其内容，不歌颂皇室，不抒写文人学士们的谈穷诉苦的心绪，不讲论国制朝章，她所讲的是民间的英雄，是民间少男少女的恋情，是民众所喜听的故事，是民间的大多数人的心情所寄托的。

她的第二个特质是无名的集体的创作。我们不知道其作家是什么人。他们是从这一个人传到那一个人；从这一个地方传到那一个地方。有的人加进了一点，有的人润改了一点。我们永远不会知道其真正的创作者与其正确的产生的年月的。也许是流传得很久了；也许是已经经过了无数人的传述与修改了。到了学士大夫们注意到她的时候，大约已经必是流布得很久，很广的了。像小说，便是在庙宇、在瓦子里流传了许久之后，方才被罗贯中、郭勋、吴承恩他们采用了来作为创作的尝试的。

她的第三个特质是口传的。她从这个人的口里，传到那个人的口里，她不曾被写了下来。所以，她是流动性的；随时可以被修正，被改样。到了她被写下来的时候，她便成为有定形的了，便可成为被拟仿的东西了。……

她的第四个特质是新鲜的，但是粗鄙的。她未经过学士大夫们的手所触动，所以还保持其鲜妍的色彩，但也因为这所以还是未经雕斲的东西，相当的粗鄙俗气。有的地方写得很深刻，但有的地方便不免粗糙，甚至不堪入目。……

她的第五个特质是其想象力往往是很奔放的，非一般正统文学所能梦见，其作者的气魄往往是很伟大的，也非一般正统文学的作者所能比肩。但也有其种种的坏处，许多民间的习惯与传统的观念，往往是极顽强的黏附于其中。任怎样也洗刮不掉。所以，有的时候，比之正统文学更要封建的，更要表示民众的保守性些。……

她的第六个特质是勇于引进新的东西。凡一切外来的歌调，外来的事物，外来的文体，文人学士们不敢正眼儿窥视之的，民间的作者们却往往是最早的便采用了，便容纳了它来。像戏曲的一个体裁，像变文的一种新的组织，像词曲的引用的外来的歌曲，都是由民间的作家们先行采纳了来的。甚至，许多新的名辞，民间也最早的知道应用。①

在郑振铎的定义及特质总结中，"民间""大众"是关键词。与谭帆先生不同的是，郑振铎的"民间""大众"并不是需要"布道""施教"的处于宾格地位的"民间""大众"，而是创造了各种形式的"俗文学"的主格的"民间""大众"。"俗"的"大众"固然有很多需要"化移"的东西，但这些东西同时也是每天必须面对"衣食住行、吃喝拉撒"的大众的真实生活，显然不应该给予过多的道德及价值评判。

如果说"民间""大众"厘清的是创作者的问题，则第二个问题应该是创作所依据的材料。郑振铎总结的第三个特质涉及了这个问题，但不准确。"流传"之前必须有创作，不管创作者是有名氏还是无名氏，是个人还是集体。本研究一直认为采用什么样的媒介、符号创作决定着文本最终的呈现方式，因此，解决"俗文学"

---

① 郑振铎：《中国俗文学史》，北京工业大学出版社，2009，第1~3页。

的创作媒介、符号问题非常重要。如前所述，"雅"文学的创作符号是文字化、书面化的语言，"俗"文学的创作符号则是声音化、非书面的语言，正如钱穆先生所说的："语言附着于土俗，文字方臻于大雅。"我们相信文字出现之前的"俗文学"都是口头创作、口头流传的，但文字出现之后，情况发生了变化。文字对语言的影响，前面已有多处详细分析，此处不再赘述。我们今天能够看到的"俗文学"都是文字写定的，到底还有多少没有诉诸文字、消散在渺远的时空里、就好像从来就不曾存在过的口创、口传的"俗文学"？恐怕谁也给不出答案。因此，现在可资阅读、分析的"俗文学"只可能是文字形式的"俗文学"。既然都是文字，文字与文字之间的区别就只有用笔者的所指偏向型和能指偏向型来解释了。虽然"俗文学"也被称为"口头文学""白话文学""口语文学"，但若要诉诸文字，只有称为"所指偏向型"文学更为准确。

郑振铎总结的其他几个特质，如"新鲜""粗鄙""奔放""顽强"的"习惯与传统""勇于引进新的东西"都与"口语偏向性"或"所指偏向性"紧密联系在一起的。郑振铎从"俗文学"的角度所列的作品与胡适从"白话"的角度开列的作品多有重合，这也看出"俗文学"的口语性。宇文所安也认为："中国文学语言就通过被文类的区别相互分割开来的语言累积而不断生长，直到二十世纪新的白话文学的诞生。或许最好是把旧有的中国文学语言理解为一系列的修辞层次，在'雅'、'俗'之间，或'古'、'今'之间（'今'被视为一种风格，在公元六—八世纪之间被常规化）变动。我们今天的'白话'，指的是第一条轴线上'俗'的那一端；但就是在这里也没有任何常规标准可言。"[①] 至于像谭帆先生那样一定要将"俗文学"的特质之一界定为"俗文学是指以受众为本位的文

----

① 孙康宜、〔美〕宇文所安主编《剑桥中国文学史》（上卷，1375年之前），刘倩等译，生活·读书·新知三联书店，2013，第16~17页。

人加工、整理或创作的文学作品，是'书面文学'"，① 我以为是本末倒置，并未抓住问题的关键，因为，这个"特质"对"雅文学"同样适用。"俗文学"可分为两类："俗人"创作的"俗文学"和"雅人"创作的"俗文学"。所谓"俗人"，即未受正统文化影响或影响不深的人，他们的"俗文学"全然来自生活，仍然无意识地带有口传文学的孑遗，并且多以口头形式存在。后世所谓"采风"，学习的就是这类"俗文学"。而"雅人"则是受文字影响既深的文化人，这类人创作"俗文学"，或是因为喜欢，或是为"俗人"开启民智。这才是谭帆先生定义的"俗文学"。

具体到诗歌写作，以所指偏向型文字为主的"口语写作"也好，"白话文"写作也罢，自然表现出站在"大众"立场上说话、说"大众"懂的话、说与"大众"日常生活密切相关但不高雅的"真话"。

"俗文学"表现的最重要的内容就是真实的世俗生活。从李谔、陈子昂开始，元白、公安、胡适、于坚等对六朝诗歌、沈约、律诗、温李、知识分子写作等的攻击最多的地方，就是这一派诗歌写作的"假"。因为能指偏向派写作更强调语言的文字性，而文字天然具有跨越时空、消弥个性的特点，因而这一派的写作很容易学别人说话，或说别人的话，这在看重"信口信腕"的所指偏向派看来当然是言不由衷，显得虚假。反对"假"的最好的方式莫过于强调自己的"真"。

所指偏向派对能指偏向派的反对并非毫无根据，语言的声音性与人自身的思想、观念、情感确实有着密切的关系。中外早期哲学家、思想家都对文字持怀疑态度，他们已经隐约察觉了文字在假装真实、再现声音的时候夹带了自己的"私货"。比如柏拉图认为，

---

① 谭帆：《"俗文学"辨》，《文学评论》2007 年第 1 期，第 80 页。

"写"（pharmakon）的使命是唤醒理念的记忆，但他同时意识到，pharmakon 在希腊文中含有"药"的意思，因此它兼有记录和歪曲理念两种作用，它或为"良药"，或为"毒药"。德里达则将其引申为文字从没有对心灵观念忠实表达，因为文字总倾向于相互影响，这种叠加（隐喻）总会离要说的原义越来越远。既然"写"无法忠实地模仿"说"，差异与离异便不可避免。① 对诗人而言，所谓"心灵观念"就是"情""志""意"，如果忽视文字的语言属性，就不能直接、自然地将其传达出来。"文字从没有对心灵观念忠实的表达"，换句话说就是，在传达心灵观念时，文字往往会"失真"。所指偏向派攻击能指偏向派的"假"，并强调自己的"真"，看来是有一定的理论依据的。当然，这种"真"与"假"与道德、人格无关，是直接受制于各自的语言观的。庄子对文字同样也是充满怀疑的，《庄子·天道》记载：

> 桓公读书于堂上，轮扁斫轮于堂下，释椎凿而上，问桓公曰："敢问公之所读者何方邪？"公曰："圣人之言也。"曰："圣人在乎？"公曰："已死矣。"曰："然则君之所读者，古人之糟粕已夫！"桓公曰："寡人读书，轮人安得议乎？有说则可，无说则死。"轮扁曰："臣也，以臣之事观之。斫轮徐则甘而不固，疾则苦而不入；不徐不疾，得之于手而应于心；口不能言，有数存焉于其间。臣不能以喻臣之子，臣之子亦不能受之于臣，是以行年七十而老斫轮。古之人与其不可传也，死矣。然则君之所读者，古人之糟粕已夫！"

庄子与柏拉图探讨的问题、探讨问题的方式及最终结论几乎如出一辙，这也可以证明"东海西海，心理攸同；南学北学，道术未

---

① 尚杰《思·言·字——评德里达对形而上学的批判》，《中国社会科学》1996 年第 1 期。

裂"。关于文字的"问题意识"大概是以文字开始侵入语言为发端的。桓公读"书"，书乃文字记载；记载的内容为圣人之"言"，"言"者已死，"言"之生命亦逝，是为"糟魄"。"魄"者，魂也。轮扁清晰地建构了文字—语言—灵魂之间的关系，与西方"好的自然的文字是内心和灵魂深处的神圣铭文"①，是人同此心，心同此理的。所谓"好的自然的文字"就是"言语"，即所说的"话"。桓公读的"圣人之言"是形诸文字的"圣人之言"，"言"与"身"共存，"身"在则"言"在，"身"死则"言"亡。圣人口说的"言"一旦离开圣人，用"字"表达出来，则不再是"圣人之言"，而是"古人之糟粕"了。当然，庄子的本意比这还要高一层，他想表达的是本体是不可"言"传的，何况"文"传！

但不管怎么说，在传递思想时，与语言相比，文字都更值得怀疑。历代诗论家未必都有这样的哲学思考，但他们觉得"言"不能跨越时空，因此与言说者是合二为一；而"言由心生"，"言"与言说者的内心又是同一的，这样，"言"就占据了与"心"最为接近的位置，成为"心"的代言者，而由"心"生出的"言"当然就是"真"言。

思想家对文字进行哲学思考，发现了"文"（字）的不可信；也有人从训诂的角度反证了"言"与"我"的同一性。《尔雅·释诂》将"言"和其他作为自称的代词如卬、吾、台、予等置于同一类义词系列，训为"我也"。对应于"言"的，有汉字"语"。《说文·言部》：语，论也，从言吾声。"吾"，我也，从口五声。口即代表言说，这种言说，是"我"的声音，也是"我"的外化。因而，在汉语中，"言""语"行为都与言说主体"我"浑然一体。② 徐麟先生将"言/我"关系的考证运用到诗歌分析当中，认

---

① 〔法〕雅克·德里达：《论文字学》，汪堂家译，上海译文出版社，2005，第23页。
② 朱玲：《文学符号的审美文化阐释》，安徽大学出版社，2002，第16～17页。

为当"言"字以主格出现于某种语境时，指称一个含有内在情感结构的"我"，在这样的语境中，"言"即"我"的存在方式或状态，故"言/我"不分，如"言采""言观"；一旦这个内在的情感"结构"被分离出来，"言"便从主格退居所属格，成为"我的"，如"驾言出游，以写我忧"。朱玲认为："徐麟先生道出了旧有的'言/我'中一个未被阐释的但又极其重要的修辞文化现象：一方面，以'言'代'我'的修辞现象，不是因为'我'的指代功能在表达上的不足，而是因为'我'的自觉意识、自我体验过于早熟、过于丰富；另一方面，'言'字的双声合并，体现了当时诗歌语言的高度成熟与凝练，并与'我'的内在体验的成熟与丰富相对应。因此，'言/我'关系反映了《诗经》时代的语言和诗学状况，'言，我也'的命题，是中国古代以诗为'言'的言说方式的产物。"① 如果说，前述的哲学家、思想家证明的是"文（字）"远离了"我"，无法传达真实的"我"；徐麟先生则从词源学的角度证明了"言"即"我"，"我"的"真"只有"言"可以传递。

但"文（字）"的出现显然遮蔽了"言"，也就遮蔽了"我"，这样，前文字时代人的"本真"状态也就不复存在了。如《淮南子·本经训》："昔者苍颉作书，而天雨粟、鬼夜哭。"高诱注曰："苍颉始视鸟迹之文造书契，则诈伪萌生，诈伪萌生则去本趋末、弃耕作之业而务锥刀之利。天知其将饿，故为雨粟。"仓颉作"书"，就是以"书"代"言"，"言/我"关系由于有了"书"的插足，"我"不必再对"言"负责，掩饰为"书"的"言"不再是由"我"发出，其结果必然导致"诈伪萌生"，而"诈伪萌生"，人类"本真"自然也就被遮蔽甚至永远缺席了。现在人们一般都很感激仓颉作书，但常常忘记了仓颉作书对人类的具有决定性的影响，忘

---

① 朱玲：《文学符号的审美文化阐释》，安徽大学出版社，2002，第18页。

记追问"天雨粟，鬼夜哭"的原因了。没有文字，人类就不会有"文"化，就进入不了"文明"时代，但有了文字，人类又必须警惕"诈伪"，警惕灵魂受到污染。如何在进入"文"明时代后依然保持人类曾经的纯真，是语言的所指偏向派苦苦追寻的答案。

所指偏向型诗人既然强调文字的语言性，必然会强调语言对内心传达的真实性，所以要求作诗必须有"我"，这其实是希望在文字中恢复曾经的"言/我"关系。性灵派的袁枚就说：

> 为人不可以有我，有我则自恃很用之病多，孔子所以无固、无我也。作诗不可以无我，无我则剿袭敷衍之弊大，韩昌黎所以"惟古于词必己出"也。北魏祖莹云："文章当自出机杼，成一家风骨，不可寄人篱下。"（袁枚：《随园诗话》卷七）

有"我"，"真"就有了保证。因此袁铣说："中郎公之论文若诗也，必曰真，故读公之文若诗者，亦皆曰真。夫真可袭乎？曰不可。公之真文真诗，实本其真性真情真才真识而出之。"（袁铣：《重刻梨云馆本叙》）江盈科也说："善论诗者，问其诗之真不真，不问其诗之唐不唐，盛不盛。盖能为真诗，则不求唐，不求盛，而盛唐自不能外。苟非真诗，纵摘取盛唐字句，嵌砌点缀，亦只是诗人一个窃盗掏摸汉子。盖凡为诗者，或因事，或缘情，或咏物写景，自有一段当描当画见前境界，最要阐发玲珑，令人读之，耳目俱新。……写真而逼真也……故余谓做诗，先求真，不先求唐。"（江盈科：《雪涛诗评·求真》）"求唐""求盛"是能指偏向派的"雅"写作；而"求真"则是所指偏向派的"俗"写作。胡适也认为"诗贵有真，而真必由于体验"[①]。"真"到什么程度呢？胡适在

---

① 胡适：《胡适日记全编》（1915—1917）（二），曹伯言整理，安徽教育出版社，2001，第51页。

《词选》里对张叔夏的父亲改字有过议论，说张父作了一句"琐窗深"，觉得不协律，遂改为"琐窗幽"，还觉得不协律，再改为"琐窗明"，才协律了。胡适忍不住揶揄："'深'改为'幽'，还不差多少；'幽'改为'明'，便是恰相反的意义了。究竟那窗子是'幽暗'呢，还是'明敞'呢？这上面，他们全不计较！"① 诗人并非记者或协助破案的证人，对这扇窗户的"幽""明"并无如实汇报的责任，更何况，有没有那么一扇"琐窗"都还很难说！对提倡有什么话说什么话的所指偏向派来说，根本不用考虑音律的问题，当然可以有什么说什么了，是明则明，是暗则暗。

既然文字对心灵的传达无法做到"忠实"，因此唯一能够担保不失其"真"的就只有语言了；但偏偏这种语言又是以文字的形式呈现的，好在汉字的"形声相宜"——用抹去文字自身的所指偏向型语言就能够在一定程度上解决这个问题。反过来，在追求"口语""白话"的所指偏向派看来，追求"文字"、追求"知识写作"的能指偏向派必然"假"。于坚说："我常常对我国诗歌的某些状况感到悲哀。我看见我们的诗歌已经变得多么造作虚伪，俗不可耐。诗人，几乎成了奶油小生的代称。需要重建诗歌精神，它必须植根于当代生活的土壤，而不是过去的幻想之上。"② 于坚针对的显然是"知识分子写作"一派，攻击的焦点同样是"造作虚伪"。

求"真"带来的问题是，由于过于追求生活的真、人性的真，对生活、人性缺少筛选、升华，常常陷入庸常、琐细、艳情之中，这也成为能指偏向派攻击的靶子。

有人说，文学是人学，从这个意义上讲，"人"（不是抽象意义上的人，而是活生生的普普通通的有血有肉的人）的生活自然应该是文学表现的核心内容。但过于强调日常性，或者说，过于用日

① 胡适：《词选》，中华书局，2007，第6~7页。
② 于坚：《拒绝隐喻》，云南人民出版社，2004，第3页。

常性来消解总体性、宏大叙事性、意识形态性，则又容易导致"崇低写作"。诗经的"风"诗，男女怨慕之情颇多，只是汉儒将其"经"化，世人对其中的多数诗篇不敢做男女之情解。乐府诗在《文心雕龙》里没有得到任何褒扬，反被贬为"艳歌婉娈，怨志诀绝，淫辞在曲，正响焉生？"（《文心雕龙·乐府》）而元白等"惟歌生民病，愿得天子知"的新乐府诗歌，虽然为他们赢得了广泛的声誉，但杜牧在为李戡所作的墓志铭里，借李戡之口表达了对元白诗的指责，让人吃惊的居然是他认为元白诗"纤艳不逞，非庄士雅人，多为其所破坏，流于民间，疏于屏壁，子女父母，交口教授。淫言媟语，冬寒夏热，入人肌骨，不可除去。吾无位，不得用法以治之。"（杜牧：《唐故平卢军节度使巡官陇西李府君墓志铭》）这里传递出两重意思：一是元白诗深受普通百姓的欢迎，以至"子女父母，交口教授"；二是元白的诗歌在"庄士雅人"眼里，"纤艳不逞"且多"淫言媟语"。看来乐府与仿乐府的"新乐府"在不同的时代得到了几乎一样的评判。

当然，所指偏向派对他们诗歌的这个特点也是心知肚明，并不讳言，甚至视为优点。李开先就说："忧而词哀，乐而词亵，此今古同情也。正德初尚《山坡羊》，嘉靖初尚《锁南枝》，一则商调，一则越调。商，伤也；越，悦也。时可考见也。二词哗于市井，虽儿女子初学言者，亦知歌之。但淫艳亵狎，不堪入耳，其声则然矣。语意则直出肺肝，不加雕刻，俱男女相与之情，虽君臣友朋，亦多有托此者，以其情尤足感人也。故风出谣口，真诗只在民间。"① 这真是"己之佳肴，他之毒药"，凡事并无对错，全看你从哪个角度分析了。"淫艳亵狎，不堪入耳"的东西，在他们看来是"直出肺肝""尤足感人"的"真诗"。笔者丝毫没有贬低这类诗歌

---

① （明）李开先：《市井艳词序》，《李开先全集》，卜键笺校，文化艺术出版社，2004，第469页。

259

的意思，只是感叹语言观对诗观的影响有多大。

对晚明公安派的"独抒性灵"中的"性灵"，有学者曾有过深刻的解释："他们的'性灵'，无须经过社会规范的过滤，'事无不可对人言'，即使是风月谈之类，也毫无保留。由于追求本性毕现，遂格外推崇真率。无论是反映生活内容，还是表达思想、情绪，都不忌讳私生活——私人的故事，私人的情趣，私人的七情六欲。"①既然撕下了"庄士雅人"的面具，诗歌能够表现的内容自然得到极大扩展。袁宏道写信给伯修表达自己找到新的表现领域的独得之乐："近来，诗学大进，诗集大饶，诗肠大宽，诗眼大阔。世人以诗为诗，未免为诗苦；弟以《打草竿》《擘破玉》为诗，故足乐也。"②而《打草竿》、《擘破玉》是"今闾阎妇人孺子所唱"，也就是说，在公安派眼里，反映普通人七情六欲的民歌才是真诗，才是值得往下传的作品。这样真实地反映人的日常生活，颇类似于当下有人提出的"下半身写作"。自然，他们与乐府、新乐府派得到的评价或者攻击是一样的。鹿善继就是这样评价公安派的诗的。"诗之亡，亡于离纲常为性情，彼所指为性情，只落饮食男女，任人云雾中，最昏人志。非淡泊无以明之。"（鹿善继：《俭持堂诗序》）"落饮食男女"几乎是所有口语偏向诗歌写作的必然特征，有的偏向"饮食"，有的偏向"男女"，而以偏向"男女"为多——只是他们都打着"真"的旗号。"雅"文学里并非没有"饮食男女"，只是"雅"本身的文字偏向性，使得即便是写作"饮食男女"，也显得更为超越，不如语言偏向型的文字那么肉欲。

因为推崇口语，所以于坚诗学的重要内容就是表现一种真实的世俗生活。于坚非常敏锐地看到了普通话（也就是"雅言"）与口

①　陈文新：《明代诗学》，湖南人民出版社，2000，第181页。
②　（明）袁宏道：《伯修》，载《袁宏道集笺校》（卷十一），钱伯城笺校，上海古籍出版社，2008，第492页。

语（方言）之间的对立，他认为他所提倡的口语写作并不仅仅是一种语言策略，背后隐藏的是深刻的意识形态对立，决定了诗人看待世界的眼光，即诗歌表现的内容。

　　但八十年代从诗歌中开始的口语写作的重要意义其实并没有被认识到，人们仅仅将它看成某种先锋性的，非诗化的语言游戏，而忽视了它更深刻的东西，对汉语日益变硬的舌头的另一部分（也许是更辽阔和更具有文学品质的部分）的恢复。口语写作实际上复苏的是以普通话为中心的当代汉语的与传统相联接的世俗方向，它软化了由于过度强调意识形态和形而上思维而变得坚硬好斗和越来越不适于表现日常人生的现时性、当下性、庸常、柔软、具体、琐屑的现代汉语，恢复了汉语与事物和常识的关系。口语写作丰富了汉语的质感，使它重新具有幽默、轻松、人间化和能指世界的力量。

　　……世俗化的、现世的、小市民的、小家庭、琐事、肉感、庸常。在外省，这些词不像在普通话中那样具有价值上的贬义，他们在南方经典作家的写作中一直是天经地义的。它们也不是诗人们故意为之的倾向。而是中性的，或者说是方言的一种性质。当然，它们与外省主要在中国南方的非意识形态化的更富于人性的日常生活有密切关系。在这些诗歌中，一个活生生的，有着自己的与古老传统相联系的中国社会的日常人生和心灵世界被呈现出来，它们不是号角或旗帜而仅仅是"在斯万家那边"在"盖尔芒特家那边"……（普鲁斯特）[1]

什么样的生活才是"真实"的生活？于坚在这里给出了最深入最全面的答案。

---

[1]　于坚：《拒绝隐喻》，云南人民出版社 2004 年版，第 147～151 页。

　　"俗文学"以"大众"为读者。对文化程度很高的人而言，是不存在"懂"与"不懂"的问题的，所谓"懂"主要针对的是文化程度不高的"大众"（尤其是古代，教育普及程度不高，"大众"往往就是文盲）。在汉语语境中，"言文不合"，"大众"不"懂"的主要是"文"，"言"则不存在"懂"的问题——即便是"大众"，也听得懂"话"。这涉及的其实是为谁说话、说谁的话的问题，这个问题的核心是语言选择，不是阶级选择。周作人先生当年对中国文学的语言问题有过较为深入的思考，他认为"以前的态度则是二元的，不是凡文字都用白话写，只是为一般没有学识的平民和工人才写白话的。因为那时候的目的是改造政治，如一切东西都用古文，则一般人对报纸仍看不懂，对政府的命令也仍将不知是怎么一回事，所以只好用白话。但如写正经的文章或著书时，当然还是作古文的。因而我们可以说，在那时候古文是为老爷用的，而白话是为听差用的"①。当然，"文"偏向到了极端，就不是"大众"不懂了，而是就连很多教育程度很高的人也不懂了。比如杜甫的有些律诗、李商隐的一些"无题"诗，连梁启超、胡适这些人也公开宣称"不懂"。"懂"与"不懂"自然不是评判诗歌的标准，"易懂"的未必是好诗，"难懂"的也不一定是不好的诗。所谓"难懂"，也就是诗歌将重点放在了文字自身及文字的关系上，远离了经验世界。到教育相对普及的今天，"文"已经内化到"言"里，"难懂"的是偏向"文"的文本，"易懂"的是偏向"言"的文本。对写作而言，创作的材料都是文字，诗人能做的就是选择一种什么样的文字，或者说，选择文字来传达一种什么样的语言——自然的声音化的语言还是人工的文字化的语言。

　　"雅文学"被"俗文学"攻击最多的就其"不懂"。本来是带

---

① 周作人：《导言》，载周作人编《中国新文学大系·散文一集》，上海文艺出版社，2003。

有意识形态性的阶级（阶层）问题转换成了语言问题，"俗文学"
派就是语言上的所指偏向派。李谔上书，"连篇累牍，不出月露之
形，积案盈箱，唯是风云之状"；陈子昂的"兴寄都绝"，换用今
天的话表达不过是：搞不懂他们到底想说什么，说了什么。白居易
倡导，"其辞质而轻，欲见之者易谕也"，也是希望读者能够看得
懂；至于"老妪解诗"，虽未知真假，但它与白居易的语言观、诗
学观是一致的。为了保证俗文学的"易懂"，就要让这类文学的语
言与生活语言贴近，"文"的标准让位于"话"，所以胡适在《建设
的文学革命论》一文里将"八不"改为"四话"，即：一、要有话
说，方才说话。这是"不做言之无物的文字"一条的变相。二、有
什么话，说什么话；话怎么说，就怎么说。这是文中（二）（三）
（四）（五）（六）诸条的变相。三、要说我自己的话，别说别人的
话。这是"不摹仿古人"一条的变相。四、什么时代的人，说什么
时代的话。这是"不避俗话俗字"的变相。① 但"话"是否就能做
到透明地传达思想，保证"懂"呢？郑敏教授对此有着深刻的批
判。她认为："胡、陈所犯的另一个重要错误是只重视'言语'
（parole）而对语言（language）不曾仔细考虑，……因此天真地以
为结构单纯、用词通俗的口语必然是大众一听就懂的。中国俗话说
'听话听音'，正说明在言语的阳面的显露之外，还有那阴面隐藏的
部分，这使得语言的透明度远不如它表面所表现的那么天真。语言
的受压抑部分和所表现部分同样都在交流中起着信息传达的作用。
文学语言的复杂性，正在于它的暗涵最为丰富，胡陈将语言的交流
看成僵化的概念传达，从中除去一切对话双方所流动的、变幻的、
互动的各种社会、文化与心理因素，这是属于浮浅到错误地步的对

---

① 《建设的文学革命论》，载《胡适文集》（第2卷），北京大学出版社，1998，第45页。

语言性质的误解。"① 郑敏教授讲的正是，语言已经文字化了，"各种社会、文化与心理因素"都凝结在文字上了，胡适、陈独秀等人仍然将文字化了的语言与"前文字时代"的语言等同起来，因而既是错误的，也是不可能的。

此派有的诗人论诗不用"易懂"，而易之以"淡"。袁宏道论"淡"的文字，主要集中于《叙呙氏家绳集》："苏子瞻酷嗜陶令诗，贵其淡而适也。凡物酿之得甘，炙之得苦，唯淡也不可造；不可造，是文之真性灵也。浓者不复薄，甘者不复辛，唯淡也无不可造；无不可造，是文之真变态也。风值水而漪生，日薄山而岚出，虽有顾、吴，不能设色也，淡之至也。元亮以之。东野、长江欲以人力取淡，刻露之极，遂成寒瘦。香山之率也，玉局之放也，而一累于理，一累于学，故皆望岫焉而却，其才非不至也，非淡之本色也。"这是说意识到了仅仅"易懂"还是不够的，"老妪能解"的诗固然照顾到了阶级（阶层）的诗歌需求，但用既"率"且"放"的"懂"解除"雅"之"高"、之"文"、之"正"，就像用蓬头垢面来对抗浓妆艳抹，矫枉过正。而"淡"似乎就是在"雅"与"俗"之间寻求平衡，即"淡雅"。追求淡雅的过程也就是文人化的过程，正如谢榛所言："凡作诗要知变俗为雅，易浅为深，则不失正宗矣。"（谢榛：《诗家直说》卷四）

"雅"与"俗"，从语言学的角度看，不应该有价值评判上的高下，更不应该简单认为，"雅"诗就是好诗，"俗"诗断无存在之理，或者"俗"诗就是诗之正道，"雅"诗则纯属"假大空"，都该付之一炬。一旦"易懂"，则易犯直露之病，从而招来浅陋、粗鄙之讥，尤其是用口语偏向的语言作诗，如果又不顾口语思维及口语诗歌的表达方式，则很难在"诗"与"非诗"之间划出清晰

---

① 郑敏：《世纪末的回顾：汉语语言变革与中国新诗创作》，《文学评论》1993 年第 3 期，第 10 页。

界限，极不容易得到认可。

总之，"雅""俗"最初都是与语言相关的范畴，但随着文字的出现，丰富多彩、独具个性的"俗话"通过文字限定为"雅言"（官话），语言被文字化了，并直接导致了文人、文学、文化的出现，并最终形成了具有意识形态色彩和强烈阶层区分的文学、艺术评判范畴。

结　语

　　"文学"乃"文"之学。文学流变固然与朝代更迭、思潮涌现、天才之横空出世有着密切关联，但从更为宏阔的视野看，决定文学变化的最核心的因素依然是语言和文字的变化，而决定语言、文字变化的物质力量又是介质的发展。[①] 语言与文字之间的离合、化生关系对文学形式的产生、文学作品的总体特点及文学的最终走向都有着决定性的作用。以中国诗学为例，其发展大概经历了四个较长的时段。

　　第一个阶段是"言胜"阶段，时间上大体是汉末以前。从介质角度看是纸张的发明、推广之前。由于书写介质的原因，此时文字无法追摹语言，语言、文字分途发展，文字是具有神性的工具，多用在占卜、记录历史等大事上，尚未被有意识地用作文学创作的材料。文学使用的符号以"言"为主，思维方式为口语思维；诗歌体现出强烈的声音性特征，讲求自然音韵，不讲格律，运用能指膨胀手法；创作机制为"情生文"机制，即所指驱动机制；符合"俗文学"的标准。后世读到的《诗经》（尤其是"风"诗）、乐府不是用文字创作的，是口语创作的文字记录——这一点值得文学研究者高度注意。

---

①　关于这个话题，在笔者主持的国家社科基金项目"媒介、符号与中国文学流变研究"中有详细探讨，此处不再赘述。

　　第二阶段是"文"胜阶段，大体时间段为汉末至隋末唐初，尤以六朝为典型。介质推动为纸张的推广、普及，纸张书写大大提高了文字追摹语言的速度，文字的神性逐渐消逝，掌握文字书写的人数急剧增加，出现了大量的"文人"，文字成了游戏的工具，汉字的"形""声"特性被发挥到极致。相对于文字的固定性，语言易逝性的弱点明显，文字的重要性超过了语言。文字成了文学的工具，思维方式则是"文思维"；创作机制从所指驱动的"情生文"便成能指驱动的"文生文"；文学尚雅，人工音律取代自然音律，格律创制成为风气。这时的诗歌不再是口头创作的记录，而是直接以文字呈现，带有口头语言特点的作品不受重视，如陶渊明的诗歌。

　　第三阶段为"言文"调适阶段，时间段为唐初至清末。介质基本稳定。在六朝文字风潮过后，人们意识到缺乏语言滋润的文字会成为死文字，意义缺席的诗歌也不是好诗歌。创作使用的符号为文字，多数诗人试图调适语言与文字之间的对立，没有特别明显的偏向性；但部分诗人则选择了文字的"文偏向"特点或"言偏向"特点，基于这两种偏向的诗学论争周期性爆发。但从总体上看，"文偏向"占优，"言偏向"处于相对劣势。从文学特点看，"言偏向"以《诗经》、乐府为源头，反对六朝以来的"文偏向"趋势。"文偏向"也意识到"言"的重要性，其间也有主动纠偏。

　　第四阶段为"言"再胜阶段，时间段为清末至今。介质稳定并有改良。创作使用的符号仍然是文字。近千年"文偏向"占优形成的传统，使得文字的语言性受到压制，加上外来文化、语言的渗入，"文偏向"传统受到严重冲击，"言偏向"通过白话文运动确立了自身地位。白话文被确定为官方文字。以文字为介质的"言偏向"原则就是文字为语言服务，文字服从于语言。"言"优于"文"，"说"高于"写"，与"言"相关的新文体得到前所未有的发展，如"话"剧、小"说"。但在从"文"到"言"的转向中，一直受"文偏向"控制的诗歌转向得并不彻底，未能彻底从"文偏向"的写作手法中抽离。首先，作为"文"人的诗人骨子里仍然轻视"言偏向"的诗歌，其次，以"文偏向"的手法写"言偏向"的诗歌，既不能方便地运用"文"的手法，也不能有效展现"言"的特点。结果不少诗歌呈现出"四不像"的缺点，得到读者认可的诗歌极少。

需要说明的是，这个阶段从 20 世纪 90 年代开始又有了新的变化，造成变化的深刻动因仍然是介质的变化。对中国大陆而言，从 20 世纪 90 年代开始，电脑迅速普及，文学书写方式再次发生变化。纸张书写，从某种意义上讲，最重要的思维仍然是"文思维"；电脑输入法中的拼音输入法，使得文字的声音性得到凸显，"言思维"得到了更进一步的体现。介质的这个变化是很值得文学史研究者注意的，我们应该从"言思维"的方向思考未来的文学发展。这个变化，沃尔特·翁称其为"次生口语文化"，这种"新的口语文化和古老的口语文化有惊人的相似之处：参与的神秘性、社群感的养成、专注当下的一刻甚至套语的使用都是如此。然而就其本质而言，这样的'次生口语文化'是更加刻意为之的自觉的口语文化，是永远基于文字和印刷术之上的口语文化；电子设备的制造、运作和使用都离不开文字和印刷这样的基本条件"[①]。最近十几年即时通信设备的广泛运用，使声音、图像的输入、传播变得越来越方便，次生口语生态得到进一步强化，这是未来文学发展的大背景和大方向。

但正如沃尔特·翁所说的那样，文字和印刷仍然是次生口语文化的"基本条件"，那么，对汉字而言，就仍然是"形声相宜"的

---

① 〔美〕沃尔特·翁：《口语文化与书面文化——语词的技术化》，何道宽译，北京大学出版社，2008，第 103 ~ 104 页。

结合体。即便是在次生口语文化的环境中，只要汉字还在，文字偏向或语言偏向，即能指偏向或所指偏向的文学就仍然会存在。相映成趣的是，与中国文学发展的第三阶段刚好相反，这一阶段的诗学运动主要表现为文字偏向型对语言偏向型的纠偏，呼吁文字在文学中的重要作用——这一现象现在已经初见端倪，人们对那个文字偏向的年代又充满了无穷的想象和无尽的怀念，就像六朝以后的人们呼唤《诗经》的时代一样。

对文字的或"形"或"声"的偏向，形成了能指偏向型诗歌或所指偏向型诗歌。偏向，意味着对某个方面的强化，但一定也会在别的方面有所削弱，在张扬优点的同时也会放大缺点。比如，能指偏向型诗歌在强化形式的同时，削弱了意义的传达；所指偏向型诗歌则在保证意义准确传达的过程中，削弱了形式因素，从而削弱了艺术性。既保证意义的真又注重形式的美，固然是非常困难的事情，但艺术存在的理由不正是因难见巧，化不可能为可能吗？最能体现艺术性的地方莫过于"戴着镣铐跳舞"之时，诗歌也能够充分利用汉字的能指所指离合共生关系，在能指所指之间找到巧妙的平衡点，此即孔子所谓"文质彬彬"。关于语言的偏向及平衡，黄侃先生曾有过精辟论述：

> ……芜辞滥体，足以召后来之谤议者，亦有三焉：一曰繁，二曰浮，三曰晦。繁者，多征事类，意在铺张；浮者，缘文生情，不关实义；晦者，审易故训，文理迂回。此虽笃好文采者不能为讳。爱而知恶，理固宜尔也。或者因彦和之言，遂谓南国之文，大抵侈艳居多，宜从屏弃，而别求所谓古者，此亦失当之论。盖侈艳诚不可宗，而文采则不宜去；清真固可为范，而朴陋则不足多。若引前修以自张，背文质之定律，目质野为淳古，以独造为高奇，则又堕入边见，未为合中。……故

知文质之中，罕能不越，或失则过质，或失则过文。救质者不得不多其文，救文者不得不隆其质，刍狗有时而见弃，澼絖有时而利师，善学者高下在心，进退可法，何必以井蛙夏虫自处，而妄诮冰海也哉？若夫言与志反，刘氏所呵，察此过愆，非昔文所独具。夫志深轩冕而泛泳皋壤，心缠几务而虚述人外，此之谖诈，诚可笑噱，还视后贤，岂无其比？博弈饮酒而高言性道，服食炼药而呵骂浮屠，乞丐权门而夸张介操，不窥章句而傅会六经，从政无闻而空言经济，行才中人而力肩道统，此虽其文过于颜、谢、庾、徐百倍，犹谓之采浮华而弃忠信也，焉得谓文胜之世士有夸言，质胜之时人皆笃论哉？盖闻修辞立诚，大《易》之明训，无文不远，古志之嘉谟。称情立言，因理舒藻，亦庶几彬彬君子。孰谓中庸不可能哉？①

如何摒弃"侈艳"而使"文采"仍在，保证"清真"而不留"鄙陋"，既不"过质"，也不"过文"，从而达到"兼善"，自然不是容易做到的事情。按笔者的划分，中国诗歌目前正处于"言再胜"阶段，也是沃尔特·翁所说的"次生口语"阶段，如何在诗歌中体现出"原生口语"特性，同时又不忽视文字的力量，创作出"文质彬彬"的具有时代感的诗歌，是当下诗人的艰巨任务。

---

① 黄侃：《文心雕龙札记》，中华书局，1962，第110~111页。

参考文献

［1］（明）袁宏道：《袁宏道集笺校》（卷十一），钱伯城笺校，上海古籍出版社，2008。

［2］（明）李开先：《李开先全集》，卜键笺校，文化艺术出版社，2004。

［3］（明）茅坤：《茅坤集》，张大芝、张梦新点校，浙江古籍出版社，1993。

［4］（清）段玉裁撰《说文解字注》，中华书局，2013。

［5］（宋）苏辙：《苏辙集》（第三册），陈宏天、高秀芳点校，中华书局，1990。

［6］（宋）严羽：《沧浪诗话校释》，郭绍虞校释，人民文学出版社，1961。

［7］（宋）朱熹等：《朱子语类》（第八册），（宋）黎靖德编，王星贤点校，中华书局，1986。

［8］（唐）司空图、（清）袁枚：《诗品集解·续诗品注》，郭绍虞集解、辑注，人民文学出版社，1963。

［9］〔德〕恩斯特·卡西尔：《语言与神话》，于晓等译，生活·读书·新知三联书店，1988。

［10］〔德〕恩斯特·卡西尔：《人论》，甘阳译，上海译文出版社，1985。

[11]〔德〕海德格尔：《在通向语言的途中》，孙周兴译，商务印书馆，1997。

[12]〔德〕黑格尔：《历史哲学》，生活·读书·新知三联书店，1956。

[13]〔德〕黑格尔：《美学》，朱光潜译，商务印书馆，1981。

[14]〔法〕茨维坦·托多罗夫编选《俄苏形式主义文论选》，中国社会科学出版社，1989。

[15]〔法〕雅克·德里达：《论文字学》，汪堂家译，上海译文出版社，2005。

[16]〔古希腊〕柏拉图：《柏拉图全集》（第2卷），王晓朝译，人民出版社，2003。

[17]〔古希腊〕亚里士多德：《范畴篇·解释篇》，方书春译，商务印书馆，1959。

[18]〔古希腊〕亚里士多德：《修辞术·亚历山大修辞学·论诗》，颜一、崔延强译，中国人民大学出版社，2003。

[19]〔古希腊〕亚里士多德：《修辞学》，罗念生译，生活·读书·新知三联书店，1991。

[20]〔加拿大〕高辛勇讲演《修辞学与文学阅读》，北京大学出版社，1997。

[21]〔加拿大〕埃里克·麦克卢汉、〔加拿大〕弗兰克·秦格龙编《麦克卢汉精粹》，何道宽译，南京大学出版社，2000。

[22]〔加拿大〕马歇尔·麦克卢汉：《理解媒介——论人的延伸》，何道宽译，商务印书馆，2000。

[23]〔联邦德国〕夏瑞春编《德国思想家论中国》，陈爱政等译，江苏人民出版社，1989。

[24]〔美〕H.G.布洛克：《美学新解——现代艺术哲学》，滕守尧译，辽宁人民出版社，1987。

［25］〔美〕杰姆逊：《后现代主义与文化理论——杰姆逊教授讲演录》，唐小兵译，陕西师范大学出版社，1986。

［26］〔美〕J.希利斯·米勒：《重申解构主义》，郭英剑等译，中国社会科学出版社，1998。

［27］〔美〕丁韪良：《花甲忆记——一位美国传教士眼中的晚清帝国》，沈弘、恽文捷、郝田虎译，广西师范大学出版社，2004。

［28］〔美〕费正清编《剑桥中华民国史（1912—1949）》（上卷），杨品泉等译，中国社会科学出版社，1994。

［29］〔美〕高友工、梅祖麟：《唐诗的魅力——诗语的结构主义批评》，李世耀译，上海古籍出版社，1989。

［30］〔美〕雷·韦勒克、奥·沃伦：《文学理论》，刘象愚、邢培明、陈圣生、李哲明译，生活·读书·新知三联书店，1984。

［31］〔美〕露丝·本尼迪克：《文化模式》，何锡章、黄欢译，华夏出版社，1987。

［32］〔美〕苏珊·朗格：《情感与形式》，刘大基等译，中国社会科学出版社，1986。

［33］〔美〕苏珊·朗格：《艺术问题》，滕守尧译，中国社会科学出版社，1983。

［34］〔美〕沃尔特·翁：《口语文化与书面文化：语词的技术化》，何道宽译，北京大学出版社，2008。

［35］〔美〕叶维廉：《中国诗学》，人民文学出版社，2006。

［36］〔美〕宇文所安：《盛唐诗》，贾晋华译，生活·读书·新知三联书店，2004。

［37］〔美〕宇文所安：《他山的石头记——宇文所安自选集》，田晓菲译，江苏人民出版社，2003。

［38］〔美〕宇文所安：《中国"中世纪"的终结：中唐文学文化论集》，陈引驰、陈磊译，生活·读书·新知三联书店，2006。

[39]〔美〕宇文所安:《中国文论:英译与批评》,王柏华、陶庆梅译,上海社会科学院出版社,2003。

[40]〔美〕周策纵:《五四运动:现代中国的思想革命》,周子平等译,江苏人民出版社,1999。

[41]〔瑞士〕费尔迪南·德·索绪尔:《普通语言学教程》,高名凯译,商务印书馆,1980。

[42]〔苏〕鲍列夫:《美学》,乔修业、常谢枫译,中国文联出版公司,1986。

[43]〔意〕维柯:《新科学》,朱光潜译,商务印书馆,1989。

[44]〔英〕崔瑞德、〔英〕鲁惟一编《剑桥中国秦汉史 公元前221—公元220年》,杨品泉、张书生、陈高华等译,中国社会科学出版社,1992。

[45]〔英〕特雷·伊格尔顿:《二十世纪西方文学理论》,伍晓明译,北京大学出版社,2007。

[46]《废名讲诗》,陈建军、冯思纯编订,华中师范大学出版社,2007。

[47]《胡适古典文学研究论集》(上、下),上海古籍出版社,2013。

[48]《胡适日记全编》(2,1915—1957),曹伯言整理,安徽教育出版社,2001。

[49]《鲁迅全集》(第4、5、10卷),人民文学出版社,1998。

[50]《鲁迅全集》(第1、7、9、12卷),人民文学出版社,2005。

[51]《瞿秋白文集》(文学编,第1卷),人民文学出版社,1985。

[52]《王国维文集》(第3卷),中国文史出版社,1997。

[53]《王力文集》,山东教育出版社,1990。

[54]《魏建功语言学论文集》,商务印书馆,2012。

[55]《闻一多全集》(第2、3、6、12卷),湖北人民出版社,1993。

[56]《闻一多文集》,海南国际新闻出版中心,1997。

［57］《新诗十二讲——废名的老北大讲义》，辽宁教育出版社，2006。

［58］《于坚的诗》，人民文学出版社，2000。

［59］《朱光潜美学文学论文选集》，湖南人民出版社，1980。

［60］《朱自清全集》（第4卷），江苏教育出版社，1990。

［61］艾青：《诗论》，复旦大学出版社，2005。

［62］北京大学中国语言文学系语言学、汉语教研室编《文学语言问题讨论集》，文字改革出版社，1957。

［63］卞之琳：《十年诗草》，安徽教育出版社，2007。

［64］蔡英俊：《中国古典诗论中"语言"与"意义"的论题——"意在言外"的用言方式与"含蓄"的美典》，台湾学生书局，2001。

［65］曹而云：《白话文体与现代性——以胡适的白话文理论为个案》，上海三联书店，2006。

［66］陈伯海：《中国文学史之宏观》，中国社会科学出版社，1995。

［67］陈文新：《明代诗学》，湖南人民出版社，2000。

［68］陈元锋：《乐官文化与文学——先秦诗歌史的文化巡礼》，山东教育出版社，1999。

［69］程光炜编选《岁月的遗照》，社会科学文献出版社，1998。

［70］戴望舒：《望舒草》，浙江文艺出版社，1997。

［71］戴逸主编《二十世纪中华学案》，北京图书馆出版社，1999。

［72］邓程：《论新诗的出路》，中国社会科学出版社，2004。

［73］丁福保辑《历代诗话续编》（上册），中华书局，1983。

［74］高国藩：《新月的诗神——闻一多与徐志摩》，台湾"商务印书馆"，2004。

［75］高友工：《美典：中国文学研究论集》，生活·读书·新知三联书店，2008。

［76］高玉：《现代汉语与中国现代文学》，中国社会科学出版

社，2003。

[77] 葛晓音：《八代诗史》（修订本），中华书局，2007。

[78] 葛兆光：《汉字的魔方——中国古典诗歌语言学札记》，复旦大学出版社，2008。

[79] 龚鹏程：《文化符号学：中国社会的肌理与文化法则》，上海人民出版社，2009。

[80] 郭绍虞：《汉语语法修辞新探》，商务印书馆，1979。

[81] 郭绍虞：《中国文学批评史》，商务印书馆，2010。

[82] 郭绍虞编撰《清诗话续编》，富寿荪校点，上海古籍出版社，1983。

[83] 郭绍虞撰《郭绍虞说文论》，上海古籍出版社。2000。

[84] 郭绍虞：《照隅室古典文学论集》，上海古籍出版社，2009。

[85] 郭锡良：《汉语史论集》，商务印书馆，1997。

[86] 海子：《海子的诗》，人民文学出版社，1995。

[87] 何九盈：《汉语三论》，语文出版社，2007。

[88] 何南林：《横行的英文》，齐鲁书社，2006。

[89] 胡经之、王岳川主编《文艺学美学方法论》，北京大学出版社，1994。

[90] 胡适：《白话文学史》，上海古籍出版社，1999。

[91] 胡适：《词选》，中华书局，2007.

[92] 胡适：《尝试集》，人民文学出版社，1984。

[93] 胡适：《国语文学史》，安徽教育出版社，2006。

[94] 黄侃：《文心雕龙札记》，中华书局，1962。

[95] 黄裳：《黄裳文集》（第3卷），上海书店出版社，1988。

[96] 江弱水：《古典诗的现代性》，生活·读书·新知三联书店，2010。

[97] 姜耕玉：《汉语智慧：新诗形式批评》，东南大学出版社，

2005。

[98] 蒋均涛:《审美诗论》,巴蜀书社,2003。

[99] 蒋绍愚:《唐诗语言研究》,中州古籍出版社,1990。

[100] 蓝棣之:《现代诗歌理论:渊源与走势》,清华大学出版社,2002。

[101] 李欧梵讲演《未完成的现代性》,季进编,北京大学出版社,2005。

[102] 李荣启:《文学语言学》,人民出版社,2005。

[103] 里克编选注释《历代诗论选释》,昆仑出版社,2006。

[104] 梁启超:《饮冰室合集》(卷四),中华书局,1989。

[105] 梁笑梅:《壮丽的歌者——余光中诗艺研究》,西南大学出版社,2006。

[106] 梁宗岱:《诗与真·诗与真二集》,外国文学出版社,1984。

[107] 林庚:《唐诗综论》,人民文学出版社,1987。

[108] 林庚:《新诗格律与语言的诗化》,经济日报出版社,2000。

[109] 林以亮:《林以亮诗话》(第2版),洪范书店有限公司,1976。

[110] 刘禾:《跨语际实践——文学,民族文化与被译介的现代性(中国,1900—1937)》,刘伟杰等译,生活·读书·新知三联书店,2002。

[111] 刘进才:《语言运动与中国现代文学》,中华书局,2007。

[112] 龙泉明:《中国新诗的现代性》,武汉大学出版社,2005。

[113] 鲁枢元:《超越语言——文学言语学刍议》,中国社会科学出版社,1990。

[114] 鲁枢元:《文学与语言学》,学林出版社,2011。

[115] 罗新璋、陈应年编《翻译论集》(修订本),商务印书馆,2009。

[116] 罗新璋编《翻译论集》,商务印书馆,1984。

[117] 罗振亚：《朦胧诗后先锋诗歌研究》，中国社会科学出版社，2005。

[118] 骆寒超：《20世纪新诗综论》，学林出版社，2001。

[119] 吕进主编《中国现代诗体论》，重庆出版社，2007。

[120] 马大康：《诗性语言研究》，中国社会科学出版社，2005。

[121] 孟华：《汉字：汉语和华夏文明的内在形式》，中国社会科学出版社，2004。

[122] 孟华：《文字论》，山东教育出版社，2008。

[123] 旻乐：《母语与写作》，山西教育出版社，1999。

[124] 闵军撰《顾随年谱》，中华书局，2006。

[125] 莫砺锋：《杜甫评传》，南京大学出版社，1993。

[126] 倪海曙：《清末汉语拼音运动编年史》，上海人民出版社，1959。

[127] 欧阳江河：《站在虚构这边》，生活·读书·新知三联书店，2001。

[128] 潘文国：《汉英语对比纲要》，北京语言文化大学出版社，1997。

[129] 钱理群、温儒敏、吴福辉：《中国现代文学三十年》，北京大学出版社，1998。

[130] 钱穆：《中国文学论丛》，生活·读书·新知三联书店，2002。

[131] 钱穆：《中国学术思想史论丛》（卷一），安徽教育出版社，2004。

[132] 钱钟书：《管锥编》，中华书局，1979。

[133] 钱钟书：《谈艺录》（补订本），中华书局，1984。

[134] 钱钟书：《谈艺录》（补订重排本）（上、下），生活·读书·新知三联书店，2001。

［135］申小龙：《中国文化语言学》，吉林教育出版社，1990。

［136］申小龙主编《语言学纲要》，复旦大学出版社，2003。

［137］沈玲、方环海、史支焱：《诗意的语言》，学林出版社，2007。

［138］孙康宜、孟华主编《比较视野中的传统与现代》，北京大学出版社，2007。

［139］孙康宜、〔美〕宇文所安主编《剑桥中国文学史》（上卷，1375 年之前），刘倩等译，生活·读书·新知三联书店，2013。

［140］孙康宜：《抒情与描写：六朝诗歌概论》，钟振振译，上海三联书店，2006。

［141］童庆炳：《文体与文体的创造》，云南人民出版社，1994。

［142］王光明：《面向新诗的问题》，学苑出版社，2002。

［143］王光明：《现代汉诗的百年演变》，河北人民出版社，2003。

［144］王家新、孙文波编选《中国诗歌　九十年代备忘录》，人民文学出版社，2000。

［145］王珂：《百年新诗诗体建设研究》，上海三联书店，2004。

［146］王力：《汉语诗律学》，上海教育出版社，2005。

［147］王瑶：《中国文学研究现代化进程》，北京大学出版社，1996。

［148］王一川：《语言乌托邦——20 世纪西方语言论美学探究》，云南人民出版社，1994。

［149］王毅：《中国现代主义诗歌史论》，西南大学出版社，1998。

［150］王永生主编《中国现代文论选》，贵州人民出版社，1982。

［151］王运熙：《中古文论要义十讲》，复旦大学出版社，2004。

［152］魏志成：《英汉语比较导论》，上海外语教育出版社，2003。

［153］文振庭编《文艺大众化问题讨论资料》，上海文艺出版社，

1987。

[154] 文字改革出版社编《清末文字改革文集》，文字改革出版社，1958。

[155] 闻一多：《红烛》，浙江文艺出版社，1996。

[156] 吴尚华：《中国当代诗歌艺术转型论》，安徽教育出版社，2004。

[157] 吴调公：《李商隐研究》，中华书局，2010。

[158] 伍蠡甫、胡经之主编《西方文艺理论名著选编》，北京大学出版社，1987。

[159] 西川：《让蒙面人说话》，东方出版中心，1997。

[160] 奚密：《从边缘出发》，广东人民出版社，2000。

[161] 奚彤云：《中国古代骈文批评史稿》，华东师范大学出版社，2006。

[162] 夏晓虹、王风等：《文学语言与文章体式——从晚清到"五四"》，安徽教育出版社，2006。

[163] 谢冕、唐晓渡主编《磁场与魔方——新潮诗论卷》，北京师范大学出版社，1993。

[164] 徐敬亚、孟浪、曹长青、吕贵品编《中国现代主义诗群大观 1986—1988》，同济大学出版社，1988。

[165] 徐时仪：《汉语白话发展史》，北京大学出版社，2007。

[166] 徐通锵：《汉语结构的基本原理——字本位和语言研究》，中国海洋大学出版社，2005。

[167] 徐通锵：《语言论》，东北师范大学出版社，1997。

[168] 徐志摩：《爱的灵感》，人民文学出版社，1988。

[169] 许明龙：《黄嘉略与早期法国汉学》，中华书局，2004。

[170] 严云受：《诗词意象的魅力》，安徽教育出版社，2003。

[171] 杨克主编《1998 中国新诗年鉴》，花城出版社，1999。

［172］杨匡汉：《中国新诗学》，人民出版社，2005。

［173］叶舒宪：《诗经的文化阐释》，湖北人民出版社，1994。

［174］叶秀山：《美的哲学》，人民出版社，1991。

［175］易闻晓：《中国诗句法论》，齐鲁书社，2006。

［176］尹虎彬：《古代经典与口头传统》，中国社会科学出版社，2002。

［177］于坚、谢有顺：《于坚谢有顺对话录》，苏州大学出版社，2003。

［178］于坚：《拒绝隐喻》，云南人民出版社，2004。

［179］于坚：《棕皮手记》，东方出版中心，1997。

［180］余光中：《等你，在雨中》，江苏文艺出版社，2007。

［181］余光中：《余光中谈翻译》，中国对外翻译出版公司，2002。

［182］余光中：《余光中谈诗歌》，江西高校出版社，2003。

［183］袁进：《中国文学的近代变革》，广西师范大学出版社，2006。

［184］袁可嘉：《论新诗现代化》，生活·读书·新知三联书店，1988。

［185］张隆溪：《道与逻各斯：东西方文学阐释学》，冯川译，江苏教育出版社，2006。

［186］张隆溪：《道与逻各斯》，四川人民出版社，1998。

［187］张器友等：《20世纪末中国文学颓废主义思潮》，安徽大学出版社，2005。

［188］张清华主编《21世纪中国文学大系：2006年诗歌》，春风文艺出版社，2007。

［189］张桃洲：《现代汉语的诗性空间》，北京大学出版社，2005。

［190］张中行：《文言和白话》，中华书局，2007。

［191］章太炎：《国故论衡》，第一书局，1924。

［192］郑敏：《解构—结构视角：语言·文化·评论》，清华大学

出版社，1998。

[193] 郑振铎：《中国俗文学史》，北京工业大学出版社，2009。

[194] 中国作家协会《诗刊》选编《2007 中国年度诗歌》，漓江出版社，2008。

[195] 周振甫、冀勤编著《钱钟书〈谈艺录〉读本》，上海教育出版社，1992。

[196] 周振甫：《文心雕龙今译》，中华书局，1986。

[197] 周作人：《夜读的境界》，钟书河编，湖南文艺出版社，1998。

[198] 周作人：《艺术与生活》，岳麓书社，1989。

[199] 周作人：《中国新文学的源流》，江苏文艺出版社，2007。

[200] 周作人编《中国新文学大系·散文一集》，上海文艺出版社，2003。

[201] 朱光潜：《诗论》，安徽教育出版社，1997。

[202] 朱光潜：《谈文学》，安徽教育出版社，1996。

[203] 朱恒：《现代汉语与现代汉诗关系研究》，中国社会科学出版社，2013。

[204] 朱竞主编《汉语的危机》，文化艺术出版社，2005。

[205] 朱立元主编《当代西方文艺理论》，华东师范大学出版社，2005。

[206] 朱玲：《文学符号的审美文化阐释》，安徽大学出版社，2002。

[207] 朱自清：《论雅俗共赏》，北京出版社，2005。

[208] 朱自清：《新诗杂话》，江苏文艺出版社，2010。

[209] 朱自清编选《中国新文学大系·诗集》，上海良友图书印刷公司，1935。

[210] R. Jakobson, *Selected Writing*, Vol V, Hague, Paris, New York, Mouton, 1979.

[211] 成仿吾:《诗之防御战》,《创造周报》1923 年 5 月 13 日第 1 号。

[212] 程千帆:《张若虚〈春江花月夜〉的被理解和被误解》,《文学评论》1982 年第 4 期。

[213] 郜元宝:《离开诗——关于诗篇、诗人、传统和语言的一次讲演》,《当代作家评论》2002 年第 2 期。

[214] 郜元宝:《为什么粗糙——中国现代知识分子语言观念与现当代文学》,《文艺争鸣》2004 年第 2 期。

[215] 梁绳祎:《通信》,《小说月报》1923 年第 13 卷第 1 号。

[216] 刘晓明:《"语""文"的离合与中国文学思维特征的演进》,《中国社会科学》2002 年第 1 期。

[217] 马大勇:《种子推翻泥土,溪流洗亮星辰——网络诗词平议》,《文学评论》2013 年第 4 期。

[218] 毛泽东:《给陈毅同志谈诗的一封信》,《诗刊》1978 年第 1 期。

[219] 尚杰:《思·言·字——评德里达对形而上学的批判》,《中国社会科学》1996 年第 1 期。

[220] 谭帆:《"俗文学"辨》,《文学评论》2007 年第 1 期。

[221] 田晓菲:《隐约一坡青果讲方言:现代汉诗的另类历史》,宋子江、张晓红译,《南方文坛》2009 年第 6 期。

[222] 王独清:《再谈诗——寄给木天、伯奇》,《创作月刊》1926 年第 1 卷第 1 期。

[223] 谢有顺:《回到事物与存在的现场——于坚的诗与诗学》,《当代作家评论》1999 年第 4 期。

[224] 于迎春:《"雅""俗"观念自先秦至汉末衍变及其文学意义》,《文学评论》1996 年第 3 期。

[225] 张宏生:《"对传统加以再创造,同时又不让它失真"——

访哈佛大学东亚语言与文明系斯蒂芬·欧文教授》，《文学遗产》1998 年第 1 期。

［226］章太炎：《文学说例》，《新民丛报》1902 年第 5 期。

［227］郑伯农：《关于格律诗的回顾与前瞻》，《中华诗词》2005 年第 12 期。

［228］郑敏：《关于〈如何评价"五四"白话文运动〉商榷之商榷》，《文学评论》1994 年第 2 期。

［229］郑敏：《世纪末的回顾：汉语语言变革与中国新诗创作》，《文学评论》1993 年第 3 期。

［230］周祖谟：《从文学语言的概念论汉语的雅言、文言、古文等问题》，《北京大学学报》（人文社会科学版）1956 年第 1 期。

［231］朱恒、何锡章：《欧化对诗形的冲击及对策》，《理论与创作》2007 年第 6 期。

［232］朱恒、何锡章：《五四白话文运动的语言学考辨》，《文学评论》2008 年第 2 期。

［233］朱恒：《"现代汉语"辨析》，《四川教育学院学报》2010 年第 10 期。

［234］朱恒：《语言的维度与翻译的限度及标准》，《中国翻译》2015 年第 2 期。

后　记

本书是教育部人文社科项目"文学自觉时代诗学论争的语言学考辨"的结项成果。该项目于 2011 年立项，至今已有 5 个年头。本人散淡的性格，加上严重的拖延症，使得这个项目时断时续，我有时甚至都不敢相信会有完成的那一天。2015 年 9 月，受学校"百万工程"资助，我到英国伦敦大学亚非学院访学，在人生地不熟的异国，终于可以通过完成这部书稿来打发那些寂寞孤独的时光。写这篇后记的时候，正是 2015 年的最后一天，我希望能在新年到来之前，用这本书给项目资助单位、给出版社，同时也给我自己一个交代。

回想 2011 年撰写项目立项申报书时，我多少是有些激动甚至有些抱负的；得到项目立项的消息时，我充满了自信甚至有些自负，以为自己发现了"独得之秘"。现在审视马上就要交出去的书稿，突然有了惶惑忐忑，但我也顾不了那么多了，我只希望书中写出了我真正想说的话。

作为一个老师，我对自己有个简单的要求：任何理论，在说服学生之前，先说服自己。但一打开文学史教材，我就发现很多文学"真理"常常显得那么可疑，比如文学断代，我就不相信唐朝灭亡了，唐代文学也就一夜之间跟着变成了一个完全不一样的宋代文学，就像我书里写的那样："唐诗并未在唐亡的那一年刎颈，宋词也没有在宋灭的那一天投江，元曲也没有在元终的那一刻噤声。"又比如诗歌是否真像生物一样有个从四言到五言到七言到词到曲的"进化"过程，推动"进化"的力量是什么？文学自觉为什么出现在魏晋而不是别的年代？陶渊明为什么多年寂寂无闻，到宋代其作品却突然大放异彩？为什么开启现代文学大门的胡适的诗学观点与公安派、元白的观点那么相似？是什么决定了他们理论的内在一致性？……作为一个讲授语言学的文学研究者，我猜想，我们是不是应该回到一个简单的出发点：文学是"文"学？"文"学、"文"人、"文"明、"文"化中的那个"文"到底是什么？破解了"文"这个符号，也就破解了中国的文学、文明、文化及文人现象。我决定从符号学入手，来为困扰我已久的文学问题找寻答案。我坚信，诗歌作为艺术，推动它前行的只可能是符号；伟大的诗人首先是符号的出色运用者。汉字正是中国文学发展唯一的、最终的推动力量。许慎关于"字"的被忽视已久的定义"形声相宜"，为我所有的阐释找到了支点。汉字不是干枯的书写手段，其本身就是语言。汉字是"形"与"声"的结合体，是语言和文字的结合体，是能指和所指的结合体；最为重要的是，汉字的"形"与"声"在不同的使用中是会有偏向的，这就是语言与文字的离合关系；这离合关系又是随书写介质的变化而变化的。作为符号的文字，不是能指所指的简单同构，而是能指所指的滑动共生。正是在这个滑动过程中，语言分别表现出了工具性、思想本体性和诗性。有了这个视点，笔者发现不少问题豁然开朗。用这个理论阐释有关翻译的限度及标准的文章得到了翻译类权威刊物《中国翻译》的认可，并被作为首文推出；对这个问题进行更深入探讨的课题"媒介、符号与中国文学流变"也于2013年获得了国家社会科学基金立项，这都是对我这些年思考的肯定。我希望本书关于中国诗学论争的解释能够给读者一些启发。

感谢我的家人对我的宽容与理解，尤其要感谢我的妻子，她不仅默默承担了我以搞研究为名逃避的家务，而且对我在职务、职称上的不求上进也从未有过任何怨言。感谢我的女儿，从上高中开始，她就是我学术报告、学术论文的第一个读者；我重要的项目申报书、论文都有她用红笔、蓝笔、铅笔改动的痕迹——她给了我从事研究的兴趣和信心。

感谢教育部人文社会科学项目评审专家对本项目的认可，他们对我从事学术研究给予的极大的鼓励比研究经费更为宝贵。

感谢中南财经大学新闻与文化传播学院为本书提供出版经费。

朱　恒

2015 年 12 月 31 日于伦敦大学亚非学院

补记：从伦敦回来后，就收到了颜林柯编辑寄来的书稿审稿报告和校对清样，看完后，我既高兴又汗颜。高兴的是审稿报告对拙著给予了较高评价，且褒扬之处又正是我本人颇为自得的地方，让我有种高山流水遇知音的快慰。但满页的红笔勾圈、批注，又让一向自诩严谨的我颇感汗颜。编辑仔细校对了全书的近千处引文，指出了所有的录入错误，订正了来源文献的版本、页码，再小的错误也没逃过编辑的"火眼金睛"。在此对编辑细致、耐心的工作表示真诚的谢意和崇高的敬意。

朱　恒

2016 年 5 月 11 日

图书在版编目（CIP）数据

旷代同调：中国诗学论争的符号学考辨／朱恒著
. -- 北京：社会科学文献出版社，2016.6
（文澜学术文库）
ISBN 978 - 7 - 5097 - 9224 - 7

Ⅰ.①旷…　Ⅱ.①朱…　Ⅲ.①诗学 - 符号学 - 诗歌研
究 - 中国　Ⅳ.①I207.2

中国版本图书馆 CIP 数据核字（2016）第 119062 号

·文澜学术文库·

旷代同调
——中国诗学论争的符号学考辨

著　　者／朱　恒

出 版 人／谢寿光
项目统筹／恽　薇　高　雁
责任编辑／颜林柯　于　跃

出　　版／社会科学文献出版社　（010）59367226
　　　　　　地址：北京市北三环中路甲 29 号院华龙大厦　邮编：100029
　　　　　　网址：www. ssap. com. cn
发　　行／市场营销中心（010）59367081　59367018
印　　装／三河市尚艺印装有限公司

规　　格／开本：787mm × 1092mm　1/16
　　　　　　印　张：18.25　字　数：238 千字
版　　次／2016 年 6 月第 1 版　2016 年 6 月第 1 次印刷
书　　号／ISBN 978 - 7 - 5097 - 9224 - 7
定　　价／79.00 元

本书如有印装质量问题，请与读者服务中心（010 - 59367028）联系